Nika Lubitsch
Kudamm 216
Erbsünde

NIKA LUBITSCH

KUDAMM 216

BAND 1

ERBSÜNDE

Bibliografische Information
der Deutschen Nationalbibliothek

Die Deutsche Nationalbibliothek verzeichnet diese
Publikation in der Deutschen Nationalbibliografie.
Detaillierte bibliografische Daten sind im Internet über
http://dnb.d-nb.de abrufbar.

1. Auflage 2013 by print!t

Lindenthaler Allee 36
D-14163 Berlin
Tel: 030 770 59 774
Fax: 030 770 59 776

Im Vertrieb der Münchner Verlagsgruppe GmbH,
Nymphenburger Straße 86
D-80636 München
Tel.: 089 651285-0
Fax: 089 652096
www.muenchner-verlagsgruppe.de

Cover und Satz: Hanspeter Ludwig, www.imaginary-world.de
Lektorat: Astrid Ann Jabusch http://annjabusch.de/
Korrektorat: ebokks Corinna Rindlisbacher, www.ebokks.de
Druck: CPI - Ebner & Spiegel, Ulm
Printed in Germany

ISBN 978-3-86882-503-9

Inhalt

Handelnde Personen

Kudamm 216:

Alice von Kaldenberg, Künstlername Alice Berger. Schriftstellerin, der die Abgründe der menschlichen Seele nicht fremd sind. Von ihren Mitarbeitern auch Lady Kaa genannt, nach der Schlange mit dem hypnotischen Blick in Rudyard Kiplings „Dschungelbuch“.

Judith Schilling, Generation Praktikum, arbeitslose Journalistin mit Ambitionen auf den Pulitzer-Preis.

Elke Friedrichs, Alices beste Freundin, ehemalige Schauspielerin und Gastronomin, hat mehr Lebenserfahrung als Geld, kocht wie eine Fee.

Hüseyin Aydin, begnadeter Maler und Alices „Ich such mir einen, der mir alles macht“.

Oliwia Pawlak, höchstbegabte Wirtschaftsingenieurin und Computerspezialistin, kümmert sich nicht nur um Alices Finanzen.

Dr. Maria König, Frau Dr. Porn genannt – promovierte über erotische englische Literatur. Alices „rechte und linke Hand", lektoriert nicht nur Alices Bücher.

Bernhard Goldsmith – genannt „Bernie". Weltberühmter Dirigent und trotz Scheidung Alices große Liebe.

Konstantin von Kaldenberg – Exmann Nr. 1, selbst Alice weiß nicht so genau, womit er sein Geld verdient. „Was auch besser so ist!"

Erbsünde – Band 1:

Prof. Dr. Sigurd Sprengler: wird im Central Park ermordet. Plastischer Chirurg, weltberühmter Kunstsammler.

Dr. Linda Sprengler: teilt mit ihrem Bruder nicht nur den Operationssaal in ihrer Klinik für Plastische Chirurgie.

Dr. Walter Sprengler: Gründer der Klinik und Vater von Sigurd und Linda, starb bei einem Autounfall auf Capri.

Sabine Sprengler: Ehefrau des Ermordeten und Mutter von Nils und Carlotta.

Nils Sprengler: Sigurds Sohn, trug schon als Baby ein Schild am großen Zeh, auf dem stand: Plastischer Chirurg. Wollte Konzertgeiger werden.

Carlotta Sprengler: Sigurds Tochter. Durfte Malerin werden und setzte sich nach Südfrankreich ab.

Mort Eisenman: amerikanischer Kunsthändler.

Wolfgang Schilling: Judiths Vater.

Renate Schilling: Judiths Mutter.

Egon Romanowski: Ex-Kollege von Judiths Vater.

Peter Holtheimer: Professor.

Timo Gazlig: Doktorand.

Judith kommt zum Kudamm

„Kaldenberg, Schriftsteller", stand auf dem Zettel, den ihr das Jobcenter hatte zukommen lassen, um sie nun endlich aus ihren Statistiken entfernen zu können. Judith war hochbegeistert. Denn wenn sie diesen blöden Job nicht annehmen würde, dann wäre es vorbei mit Hartz IV. Die monatliche Überweisung war zwar nicht ganz so prall wie sie selbst, aber immerhin. Sie hatte also nur eine Chance: Kaldenberg musste sie ablehnen.

„Als gelernte Journalistin werden Sie ja wohl recherchieren können", hatte die Vermittlerin gesagt.

Was sie denn recherchieren sollte, hatte sie gefragt.

„Ach, alles Mögliche, über Gentechnologie und Biofirmen und so." Es konnte sich nur um einen Recherchejob bei einem Sachbuchautor handeln, der so spannende Machwerke wie „Die Chance im Klon" verfasste. Von einem Schriftsteller namens Kaldenberg hatte sie noch nie gehört, also konnte er nicht sehr bedeutend sein.

In zwei schlaflosen Nächten hatte sie einen von Anfang an aussichtslosen Kampf mit ihrem Ego geführt. Judith Schilling, 28 Jahre alt, potentielle Anwärterin auf den Pulitzer-Preis, sollte einen drittklassigen Job bei einem drittklassigen Autor annehmen. Einen Minijob, natürlich. Klar haderte sie mit ihrem Schicksal. Sie haderte mit der Politik, der Globalisierung, den Managern und überhaupt mit der ganzen Welt. Was konnte sie dafür, dass sie trotz eines mit guten Noten abgeschlossenen Publizistikstudiums, mit Praktika in TV- und Rundfunksendern und einem abgeschlossenen Volontariat bei einer renommierten Tageszeitung Abend für Abend am Tresen in der Szenekneipe am Hackeschen Markt stehen musste? Um sich die Knete schwarz zu verdienen, die es ihr ermöglichte, neben einer Einraumwohnung auch noch genug Geld zum Essen zu haben. Sie wohnte schon, aber leben wollte sie schließlich auch.

Jeden Abend, wenn sie die lärmende Meute schrecklich angesagt aussehender Menschen mit Bier, Wein und Cocktails bediente, fragte sie sich, was sie von ihnen unterschied. Was hatten die auf der anderen Seite des Tresens, das sie nicht hatte? Klar wusste sie, dass sie zur falschen Zeit den richtigen Beruf hatte. Frisch ausgebildete Journalisten waren derzeit so begehrt wie Sand in der Sahara. Die Leute kauften keine Zeitungen mehr, weil sie das alles umsonst im Internet lesen konnten.

Kaldenberg war also das Ende ihrer Träume. Sie hasste diesen Ausbeuter, noch bevor sie ihn gesehen hatte. Die Adresse machte es nicht besser. Obwohl sie noch ein Kind gewesen war als die Mauer fiel, fühlte sie sich im West-Teil der Stadt immer wie ein Fremdkörper.

Die Teilung Berlins hatte bereits in den letzten Jahren des 19. Jahrhunderts begonnen, als die Stadt anfing, sich wie Lava in Richtung Westen auszugießen. Bauern hatten ihre Felder für Millionensummen verkauft und sich angeberische, stucküberladene Miethäuser im neuen Westen dafür bauen lassen. Und der Höhepunkt der Prunksucht war für Judith der Kurfürstendamm.

Nun stand sie also auf dem Kurfürstendamm vor so einem protzigen West-Berliner Haus und freute sich, dass sie sich entschlossen hatte, nur ja nicht so auszusehen, als ob sie diesen Job wirklich wollte. Ihre Jeans wiesen unübersehbare Flecken auf, die selbst der Gutwilligste nicht für Design halten konnte, und sie hatte das ausgeblichenste T-Shirt übergestreift, das sie finden konnte. Auch ihre Frisur drückte nichts als intellektuelle Verachtung aus. Die unordentlich hinter die Ohren gestrichenen braunen Strähnen signalisierten auch dem letzten Idioten, dass man für den angebotenen Minijob nicht auch noch sinnliche Reize erwarten konnte.

Zwanzig Minuten zu spät erklomm sie die mit rotem Teppich ausgelegte Treppe, die von hohen

Spiegeln und Marmorwänden flankiert wurde, tapfer das schmiedeeiserne Ungetüm von Fahrstuhl ignorierend. Kapitalismus pur! Im zweiten Stock war sie richtig. „Von Kaldenberg“ stand auf einem blank polierten Messingschild unter dem altmodischen Klopfer, der sich als moderne Klingel erwies. Hallo? Auch noch ein Junker? Sie entschied sich blitzartig, das zu ignorieren. Drinnen hörte sie Staubsaugergeräusche, die in dem Moment verstummten, in dem sie an dem Klopfer zog. Eine junge Blondine, Typ Fotomodell, öffnete die Tür. Ihrem Akzent bei dem „ja bitte“ entnahm sie, dass der Junker offensichtlich auf Ostimporte stand.

„Schilling“, sagte sie, „ich habe einen Termin mit Herrn Kaldenberg.“

Die Blondine schaute sie mit dieser Hochnäsigkeit an, die allen osteuropäischen Tussis eigen ist, denen es gelungen ist, sich einen reichen West-Mann zu angeln. Sie trat beiseite und ließ Judith eintreten in das … Vestibül? Diele? Empfangssalon? Auf jeden Fall war dieses Etwas größer als ihre Einraumwohnung, inklusive Klo und Küche.

„Bitte nehmen Sie Platz“, sagte die Mieze, und es hörte sich an, als ob sie ihrem Hund sagte: „Platz, Bello, bei Fuß.“ Dabei wies sie auf zwei Ledersessel, die bedenklich an Filme aus der Nazizeit erinnerten. Zwischen den beiden Sesseln stand ein kleiner Messingtisch, frühes Marokko, auf dem sich die neuesten Ausgaben von *Spiegel* und *Stern* befanden.

Der Ostimport schloss die Tür und verschwand mit dem Staubsauger, der auf einem riesigen, dunkelroten Perserteppich lag, in einem Gang zu ihrer Linken. Ihre Stöckelschuhe hinterließen ein lautes KlackKlack auf dem glänzenden Parkett. Schlau, dachte Judith, der Junker lässt seine Mieze auch noch in High Heels putzen.

Judith ließ sich in einen der Nazisessel plumpsen und schaute sich um. An der Stirnseite war zwischen zwei Türen ein Kamin eingelassen, mit einem schmiedeeisernen Gitter davor. Darüber hing irgendeine scheußlich dreinblickende Urahnin in einem Blattgoldrahmen.

Wenn Kaldenberg genauso guckt, renne ich gleich weg, dachte sie.

Hinter den Türen rechts und links vom Kamin hörte sie Telefonklingeln und gedämpfte Stimmen. Gegenüber der Sitzgruppe war eine geschlossene, breite Schiebetür mit ziselierten Scheiben. Hier schlug der Kitsch wirklich Purzelbaum. Die linke Tür wurde geöffnet und eine ältere Frau in einem flaschengrünen Hosenanzug, die sich auf einen Stock stützte, ging schnell durch das Vestibül auf die Schiebetür zu. Sie bedachte Judith mit einem angedeuteten Nicken und verschwand hinter den milchigen Kitschscheiben. Judith schaute auf die Uhr. Wie lange wollte sie der Herr eigentlich schmoren lassen? Hatte der Ostimport überhaupt gemeldet, dass sie hier wartete? Die Tür rechts vom Kamin wurde geöffnet, eine Frau Mitte dreißig in Schwarz hastete heraus, dabei blähte sich ihr weiter Rock um ihre Beine wie ein Segel im Wind. Sie schaute Judith über eine halbe, schwarze, ziemlich zickige Lesebrille hinweg an.

„Auf wen warten Sie?“, fragte sie in einem Ton, als wäre Judith ein unerwünschter Eindringling.

„Auf Herrn Kaldenberg“, sagte Judith in einem Ton, der keinen Zweifel daran aufkommen ließ, dass sie nur gewillt war, mit dem Chef zu sprechen.

„Aha“, sagte die zickige Lesebrille und verschwand in dem Gang neben der Eingangstür, durch den sich auch der Ostimport abgeseilt hatte. Minutenlang passierte nichts, dann hörte sie Gelächter aus dem Gang und fragte sich, ob der Ostimport und die Zickenbrille sich gerade über sie lustig machten. Zickenbrille kam mit einem Becher zurück und schloss behutsam die Tür hinter sich. Judith schaute auf die Uhr, jetzt saß sie hier schon eine Viertelstunde und es schien kein Schwein zu interessieren. Na prima. Sie griff zum *Spiegel*. Ihre Lektüre über die Entwicklung auf dem Arbeitsmarkt wurde jäh unterbrochen durch ein schrilles Klingeln. Sie fragte sich, ob sie die Bewerber hier gleich reihenweise antanzen ließen und wartete auf den Ostimport, als sie die eiligen Schritte aus dem Gang links hinter sich hörte. Diesmal allerdings war es eine ältere Frau mit einem grauen Bob in Jeans und blauem T-Shirt, die sich geschmeidig wie eine junge Frau auf die Tür zu bewegte und sie schwungvoll aufriss.

„Bernie“, rief sie entzückt und so laut, dass man sie garantiert noch gegenüber im Kempinski hörte. „Welch’ eine Überraschung, Liebling!“

Judith blickte verstohlen vom *Spiegel* auf, als sie das schnalzende Bussi-Bussi hörte. Igitt. Die Frau mit dem grauen Bob zog „Bernie, Liebling“ in die Wohnung.

„Da wird Alice sich aber freuen! Seit wann bist du in Berlin, Schatz?“, fragte sie.

„Just arrived, meine liebe Elke“, antwortete Bernieliebling und lächelte Judith an.

Den kenne ich doch irgendwoher, dachte sie. Während die Frau die kitschige Schiebetür öffnete und rief: „Alice, stell dir vor, Bernie ist da!“, scannte Judith den Mann und verglich die Daten mit ihrer eingebauten Festplatte. Klein, kräftige Nase, volles, graues Haar und sein Anzug ließen keinen Zweifel an seinem Beruf aufkommen. Alles an ihm schrie: Künstler!

Liebe Güte, das ist doch nicht etwa …!, dachte sie.

„Ich bringe euch gleich einen Kaffee“, sagte der graue Bob und schloss hinter Bernie die Tür. Bernhard Goldsmith, Judith fasste es nicht. Nicht, dass sie sich je für klassische Musik interessiert hätte, aber den Goldsmith erkannte sogar sie. Bernhard Goldsmith, der Maestro, der weltberühmte Dirigent. Die Graue verschwand wie der Blitz im Gang neben der Sitzgruppe. Judith versuchte natürlich etwas zu verstehen, was hinter den Kitschfenstern geredet wurde. Aber außer einem gedämpften Gemurmel hörte sie nichts.

Wieder Schritte, hier ging es zu wie auf einem Verschiebebahnhof, die Frau mit dem grauen Bubikopf kam mit einem jungen Mann in das Etwas, von dem sie sich gerade entschieden hatte, es Eingangshalle zu nennen.

Der junge Mann lächelte sie an und augenblicklich hätte Judith in der Erde versinken können. Warum hatte sie sich nicht sorgfältiger zurechtgemacht, fragte sie sich und strich eine ihrer fettigen Strähnen hinter das Ohr. Weil ihr keiner gesagt hatte, dass hier leibhaftige Götter rumliefen. Und damit meinte sie nicht Bernhard Goldsmith, sondern dieses Sonderexemplar von Mann, der zwar gerade wohl irgendein Zimmer renoviert hatte, weil er ein bisschen mit Farbe besprenkelt war, aber dabei so hinreißend aussah, dass sein Blick aus dunkelbraunen Samtaugen ohne Umweg unterhalb ihres Bauchnabels ankam.

„Und vergiss die koscheren Gurken nicht", mahnte die Graue. „Und beeil dich."

„Geht klar, Elke", sagte der junge Gott, drehte sich noch einmal um und lächelte Judith an. Boden, tu dich auf und lass mich verschwinden, dachte sie. Minuten später kam Elke mit einem silbernen Tablett mit Tassen, die aussahen, als ob der Henkel abbricht, wenn man versucht daraus zu trinken, zurück und steuerte auf die Glastür zu.

„Schätzchen“, sagte sie mit einem Blick auf Judith, „seien Sie so gut und öffnen Sie die Tür.“

Judiths Neugierde siegte über ihren Stolz. Sie sprang auf und öffnete die Schiebetür. Die Frau in Flaschengrün, die vorhin mit ihrem Stock durch die Eingangshalle gespurtet war, saß hinter einem überdimensionalen Schreibtisch, davor auf einem grünen Designersessel Bernieliebling. Zwischen den riesigen Fenstern hinter dem Schreibtisch hing ein modernes Gemälde in sanften Blau- und Grüntönen. Na, wenigstens hat hier nicht alles Spinnweben, dachte Judith. Elke bedankte sich und Judith verzog sich wieder in ihren Nazisessel. Merkwürdige Familie. Und wo zum Teufel war dieser Kaldenberg?

Aber der interessierte sie jetzt eigentlich gar nicht mehr, sie wollte auf jeden Fall warten, bis dieser junge Gott mit den koscheren Gurken zurückkam. Und dahinter kommen, in was für einem merkwürdigen Haus sie hier gelandet war. Sie versuchte also so zu tun, als ob sie weiter im *Spiegel* lesen würde.

„Bernie, du bleibst doch zum Essen?“, fragte Elke.

„Sorry, Elke, ich muss gleich wieder weg, auch wenn es bricht mein Herz“, hörte Judith aus dem grünen Designteil. Elke zog sich enttäuscht zurück, jetzt hatte sie den jungen Gott ganz umsonst koschere Gurken kaufen lassen, dachte Judith und verkniff sich ein Grinsen. Schade, die Tür war wieder geschlossen. Elke lächelte sie an.

Das „Schätzchen" quittierte es mit einem eisigen Blick: „Tschuldigung, ich hatte bereits vor einer halben Stunde einen Termin mit Herrn Kaldenberg."

„Tja, da kann man nichts machen." Und damit verschwand Elke im Gang.

Eine dreiviertel Reportage über den Irak später hörte Judith, wie die Haustür aufgeschlossen wurde. Das konnten eigentlich nur die koscheren Gurken sein, sie setzte sich jedenfalls in eine erotisch günstigere Position und ärgerte sich, dass ihr T-Shirt so ausgelabbert war. Der junge Gott schleppte sich, mit vier Tüten beladen, in Richtung Gang und warf ihr dabei einen amüsierten Blick zu, der ihr sofort eine leichte Röte auf die Wangen zauberte.

„Auf wen warten Sie eigentlich?", fragte er.

„Auf Herrn Kaldenberg und das schon seit einer geschlagenen Stunde."

„Da können Sie auch lange warten", sagte er und verschwand lächelnd im Gang.

Irgendetwas stimmte hier nicht. Hinter den Glasscheiben tat sich was. Der Maestro schob sie auf. Sein Blick fiel auf Judith und er sagte: „Hoffentlich ich bin nicht schuld, dass Sie müssen warten."

„Oh nein!", versicherte sie. „Ich warte auf Herrn Kaldenberg."

„Ach!" Der Maestro drehte sich um, und jetzt sah Judith die Frau, die vorhin mit einem einzelnen

Stock durch die Eingangshalle gedüst war. Sie saß in einem Rollstuhl, den sie gerade um ihren Schreibtisch herum manövrierte.

„ALICE!"

„Psst, Bernie, schon gut."

Langsam kam Judith sich vor wie in einem schlechten Theaterstück. Auftritt Elke von Gang links, schien ein unsichtbarer Regisseur zu flüstern. Elke ging schnurstracks zu der Frau im Rollstuhl und schob ihn hinter Berniemaestroliebling zur Tür. Bussi-Bussi-Bussi.

„Bis morgen", sagte der Dirigent.

„Ja, bis morgen", sagte die Frau, die offensichtlich Alice hieß. In der Tür drehte der Maestro sich noch einmal um, und sagte:

„Viel Glück mit Herrn Kaldenberg." Er schien Judith zu meinen. Wenigstens einer, der hier Mitgefühl hatte. Die beiden alten Weiber fingen an zu prusten wie vierzehnjährige Schulmädchen. Abgang Bernieliebling. Jetzt aber Auftritt Judith, sagte sie sich und stand auf.

„Wir essen in einer halben Stunde", sagte Elke und verschwand im Gang.

Alice stand aus ihrem Rollstuhl auf wie der wundersam genesene Lazarus und sagte: „Geben Sie mir mal Ihren Arm, Schätzchen, ich bin Alice von Kaldenberg, wir haben einen Termin."

Judith guckte wie ein Frosch, der nach Luft schnappt.

„Aber das Jobcenter, ich meine, Entschuldigung …“ Verdammt, war ihr das peinlich.

„Und wer ist Herr von Kaldenberg?“

„Den gibt es hier seit mehr als dreißig Jahren nicht mehr“, sagte die Alte. „Ex-Mann Nummer eins.“

Judith reichte ihr ihren Arm und brachte sie zu ihrem Schreibtisch, hinter dem sie sich stöhnend niederließ. Sie zeigte auf den grünen Designerstuhl.

„Nehmen sie Platz, äh …“, sie schaute auf einen Terminkalender, „Frau Schilling, äh, Judith, ich darf Sie doch Judith nennen?“

Judith war immer noch so perplex, dass sie tatsächlich nickte. Die Kaldenberg musterte sie und Judith musterte zurück. Das Alter der Kaldenberg war schwer zu schätzen, irgendwas Ende fünfzig. Sie muss einmal eine Schönheit gewesen sein, dachte Judith, man ahnte hinter ihrem etwas aufgedunsenen Gesicht ihre hohen Wangenknochen, die halblangen braunen Haare waren dünn aber geschickt geschnitten. Und ihre Augen waren faszinierend, stahlgrau, mit einem Blick, der zu sezieren schien.

„Sie wollen also für uns recherchieren“, stellte sie fest.

Von wollen kann keine Rede sein, dachte Judith. Laut sagte sie: „Das Jobcenter hat …“

Die Kaldenberg ließ Judith nicht ausreden. Judith konnte Leute nicht leiden, die sie nicht ausreden ließen.

„Nun lassen wir mal das Jobcenter beiseite. Wenn Sie den Job wirklich wollten, dann wären Sie erstens pünktlich gewesen, hätten sich ordentlich angezogen und wüssten außerdem, mit wem Sie reden. Wenn Sie wirklich so gut wären, wie Ihre Bewerbungsunterlagen mich glauben machen sollen, dann hätten Sie vorher recherchiert.“

Jetzt reichte es ihr aber. Judith merkte, wie die Wut in ihr hochstieg. Was bildete diese alte Vettel sich eigentlich ein?

„Und wenn Sie wirklich so krank wären, dass Sie in einem Rollstuhl sitzen müssen, dann könnten Sie nicht wie ein Wiesel durch Ihre Halle jagen“, parierte sie.

Okay, das war's dann. Judith erhob sich. Und Alice von Kaldenberg … lachte. Sie lachte tatsächlich.

„Schätzchen“, sagte sie, „wenn Sie schon nicht gerade ein Recherchegenie sind, beobachten können Sie wenigstens. Und was schließen Sie jetzt aus dem, was Sie gesehen haben?“

„Dass Sie simulieren“, antwortete Judith.

„Naheliegend. Ich wünschte, es wäre so. Aber ich bin krank.“

„Und darüber schreiben Sie Bücher?“, fragte Judith. Die Kaldenberg lachte wieder. Sie hatte ein tiefes, trockenes Lachen.

„Wie langweilig, nein. Es reicht schon, selbst mit Rheuma geschlagen zu sein.“

„Worüber schreiben Sie dann? Auf dem Arbeitsamt sagte man mir, ich solle über Gentechnik und so recherchieren."

„Ich schreibe über die Abgründe der menschlichen Seele."

„So'n Psychokram?", entfuhr es Judith. Sie hasste Pseudopsychoratgeber. Das hatte ihr gerade noch gefehlt.

„Psychothriller, Kriminalromane. Dafür muss man ziemlich viel recherchieren."

Judith hatte noch nie etwas von Alice von Kaldenberg gehört, obwohl sie ein Krimijunkie war. Sehr erfolgreich konnte die Kaldenberg also nicht sein.

„Wie viele Bücher haben Sie denn schon geschrieben?", fragte sie hinterhältig.

„Kain und Abel, mein letztes Buch, ist mein vierzehntes Machwerk."

Ach du Scheiße. Bitte, Boden, tu' dich auf!

„Sie sind Alice Berger?"

Alice lächelte wie die Mona Lisa im Louvre. „Mein Mädchenname. Wenn Sie den Job wirklich wollen: vierhundert Euro, Arbeitszeit nach Absprache und täglich eine warme Mahlzeit."

Judith dachte: Ich bin doch kein Penner, den man mit einer warmen Mahlzeit abspeist. Alice Berger, die berühmteste deutsche Krimiautorin, übersetzt in was weiß ich wie viele Sprachen, bot ihr eine tägliche, warme Mahlzeit. „Kain und Abel" stand seit Monaten auf Platz eins der *Spiegel*-Bestseller-Liste, und wenn sie sich recht erinnerte, fand sich weiter unten ihr vorletztes Buch immer noch.

„Ich liebe Ihre Bücher“, hörte sie sich sagen. Und das stimmte tatsächlich.

„Können Sie gleich anfangen?“

„Ja, natürlich!“

„Gut, kommen Sie mit. Elke hasst es, wenn ihr Essen kalt wird.“

Alice führte sie durch den kulissengleichen Gang vorbei an den Nazisesseln.

„Jetzt können Sie gleich Ihre Kollegen kennen lernen“, sagte Alice, „wir nutzen unser gemeinsames Mittagessen zu unserem täglichen Brainstorming. Wir legen sehr viel Wert auf Teamarbeit. Ich bin sicher, dass Sie sich gut in das Team einfügen werden.“

Judith sagte nichts. Wenn sie auf Mannschaftssport stehen würde, wäre sie nicht Journalistin geworden.

Mannschaftssport

„Wow“, entfuhr es ihr, als sie die Küche betraten. Na ja, gesehen hatte sie so was ja schon mal, in irgendeinem Landhaus-Film, jedenfalls nicht in Natura.

„Das ist das Reich von Elke“, sagte Alice. „Elke, das ist Judith Schilling. Judith wird ab sofort bei uns für die Recherche zuständig sein.“

„Hast du das arme Mädchen genug leiden lassen?“, sagte die Frau mit dem grauen Bob und lächelte ein so bezauberndes Lächeln, dass Judith sie sofort ins Herz schloss. Alles in ihrem Gesicht deutete nach oben, die Fältchen rund um ihre braunen Augen, ihre Mundwinkel, sogar ihre kleine Nase schien sich beim Lächeln nach oben zu strecken.

„Willkommen, Judith, ich hoffe, Sie sind keine Vegetarierin.“

Judith starrte auf den riesigen, blank gescheuerten Holztisch und war sprachlos. Stattdessen schüttelte sie den Kopf. So wurde bei ihr zu Hause nicht mal zu Weihnachten gedeckt. Von einer Seite des Tisches starrten sie drei Menschen neugierig an:

der blonde Ostimport, der sich ihr als „Hi, ich bin Oliwia“ vorstellte, die zickige Brille, „Willkommen im Club, ich bin Maria“ und zwischen den beiden Mädels der Gurkengott: „Im Allgemeinen pflegt man mich hier Hüsy zu nennen.“

Alice wies auf den Stuhl in der Mitte und nahm neben ihr Platz. Judith registrierte, dass Elke offensichtlich hundertprozentig davon ausgegangen war, dass sie den Job annehmen würde, denn vor ihr stand ein ganzes Arrangement von Steinguttellern mit Olivenmuster und ein großes Wasserglas.

„Ägyptische Linsensuppe“, sagte Elke und stellte eine dampfende Terrine in die Mitte des Tisches. Während Maria die Teller füllte, stellte Elke nach Knoblauch riechende, frisch geröstete Weißbrotwürfel auf den Tisch. Judith hasste Knoblauch. Ihre neuen Kollegen offensichtlich nicht, denn sie schaufelten sich die Dinger in Massen auf die Suppe. Elke zeigte auf zwei Karaffen: „Die Küchenchefin rät zu ein paar Tropfen Olivenöl und einem Spritzer frischer Zitrone.“ Der Ratschlag erwies sich als goldrichtig.

„Ich kann mich nicht entsinnen, jemals eine so köstliche Suppe gegessen zu haben“, sagte Judith und meinte es genauso.

Sie schwatzten alle ein bisschen durcheinander, und während Elke grünen Spargel mit Krebsen und einer „leichten Sesam-Koriander-Vinaigrette“ auftrug, versuchte Judith sich einen Reim auf die Funktionen ihrer neuen Kollegen zu machen. Also: Elke war die Köchin, was nicht weiter schwer zu erraten war, Maria die Sekretärin, oder was sollte sie sonst unter „meine rechte und linke Hand" verstehen, Oliwias Funktion wurde nicht näher beschrieben, erschloss sich ihr aber durch die Handhabung des Staubsaugers und Hüsy schien im Haus der „Mann für alles" zu sein.

„Professor Dr. Sigurd Sprengler", sagte Alice. „Sagt euch das was?"

„Bedeutender Kunstsammler, vor allem Kunst des 19. und 20. Jahrhunderts, bevorzugt französische Impressionisten", sagte Hüsy. „Außerdem ist er Vater einer ziemlich verkorksten Tochter."

„Du kennst sie?", fragte Alice.

„Wir waren sechs Semester zusammen in derselben Meisterklasse, aber sie hat dann ihr Studium geschmissen", sagte Hüsy. Die Kaldenberg nickte. Judith verstand nur Bahnhof. Meisterklasse?

„Sprengler war deutsches Mitglied des Aufsichtsrats von WorldKidAid und im Freundeskreis der Nationalgalerie", sagte Oliwia.

„Begnadeter Arzt für plastische Chirurgie", sagte Elke.

„Und tot", sagte Maria und tunkte einen Krebs in die „leichte Vinaigrette". „Wenn ich es richtig sehe, wird er morgen in Berlin beerdigt."

„Ja", sagte Alice, „es hat Wochen gedauert, bis die New Yorker Polizei die Leiche freigegeben hat."

Judith staunte. Was die alles wussten. Sie kramte in ihrem Gedächtnis.

„Ach so, war das nicht der Berliner Arzt, der in New York einem Raubmord zum Opfer gefallen ist?“, fragte sie, froh, auch etwas beigetragen zu haben.

„Ja, das ist die offizielle Version. Er war an diesem Abend bei Bernie. Was würdet ihr denken, wenn ihr wüsstet, dass der gute Sigurd, dem ich meine wunderschöne kleine Nase verdanke, beabsichtigte, seinen gesamten Kunstbesitz „WorldKidAid“ zu vermachen und dies am Tag nach seinem blutigen Ende in der Aufsichtsratssitzung zu verkünden?“

„Ach du liebe Güte.“ Das war Elke.

„Wow.“ Hüsy.

Maria: „Erstklassiges Mordmotiv, allerdings nur, wenn er das noch nicht mit irgendeinem Notar testamentarisch festgelegt hat.“

„Vielleicht wollte er eine Stiftung in New York einrichten“, sagte Oliwia.

Für eine polnische Putze ist sie ganz schön clever, dachte Judith.

„Genau das sollten wir rauskriegen. Oliwia, könnten Sie bitte die Finanzen der Sprenglers recherchieren?“

Bin ich hier für die Recherche eingestellt oder die Putze?, fragte sich Judith. Oliwia jedenfalls nickte begeistert.

„Hüsy, könnten Sie den Marktwert der Kunstsammlung von Sprengler ermitteln?“

„Hat das nicht schon in den Zeitungen gestanden?“

„Das sind Schätzungen von Laien, ich brauche exakte Daten, insbesondere von den Neuankäufen. Ich will wissen, ob es Verkaufsversuche gegeben hat. Außerdem den gesamten Klatsch und Tratsch der Szene.“

„Okay, Boss.“

„Maria, bitte fertigen Sie ein Gesprächsprotokoll von Bernies Besuch an, die Kassette liegt noch in meinem Diktiergerät.“

„Und was soll ich machen?“, fragte Judith.

„Für Sie habe ich eine ganz besondere Aufgabe. Zunächst einmal helfen Sie Elke beim Abräumen und dann sollten Sie Ihren Computer einrichten und alle verfügbaren Informationen über Professor Dr. Sigurd Sprengler im Internet recherchieren.“

Judith biss die Zähne zusammen und nickte. Die Putze durfte Anspruchsvolles recherchieren und sie wurde in die Küche verbannt und zum Googeln abgestellt.

„Gut, alle Infos laufen wie immer bei Maria zusammen. Maria, Sie machen daraus einen täglichen Bericht. Sie wissen doch, jede Familie hat ein Geheimnis. Wir werden hinter das der Familie Sprengler kommen.“

Wie wahr, dachte Judith, sogar in meiner Familie gibt es ein Geheimnis.

„Espresso?“, fragte Elke, die inzwischen aufgestanden war und an einem funkelnden Ungetüm herumwerkelte. Alle außer Alice und Maria hatten sich inzwischen Zigaretten angesteckt.

„Man darf hier also rauchen?“, fragte Judith.

„Von Nichtrauchern lässt sich hier keiner terrorisieren“, sagte die Kaldenberg. Judith schaute in drei grinsende Gesichter.

Aber am Kudamm wurde nicht nur gequalmt, sondern auch kräftig gezockt, wie Judith dann erfuhr. Selbstverständlich hatten alle ihre Bewerbungsunterlagen gelesen. Und dann waren die Wetten gelaufen: Elke hatte mit ihrer Behauptung, dass Judith garantiert keinen Knoblauch mag, fünf Euro gewonnen. Oliwia hatte mit ihrer Vermutung, Judith würde garantiert das „von“ ignorieren, gepunktet und Alice konnte von allen kassieren, weil sie gewusst hatte, dass Judith sich nicht über ihren zukünftigen Arbeitgeber informiert hatte. Aber auch Maria konnte einsacken – Oliwia nannte das eine echte Win-win-Situation – weil sie gewettet hatte, dass das Jobcenter garantiert „Herr Kaldenberg“ als potentiellen Arbeitgeber angeben würde und Hüsy hatte seine Verluste dadurch ausgeglichen, dass er gewettet hatte, Judith würde versuchen, ungepflegt auszusehen. Judith staunte. Sie entsprach also voll und ganz ihren Erwartungen. Peinlich, wie leicht sie doch zu berechnen war. Daran musste sie arbeiten, entschied sie. Oliwia verteilte den Pot.

Mit ihren Espressotassen in der Hand verschwand das Personal aus der Küche.

Elke setzte sich zu ihr. „Trinken wir erst mal in Ruhe, Judith."

„Wie ist die Kaldenberg denn so als Chefin?", fragte Judith.

Elke lächelte. Erstaunlich, wie jung sie aussah, wenn sich dabei ihr gesamtes Gesicht nach oben bewegte.

„Grauenvoll, absolut unerträglich."

„Warum arbeiten Sie dann für sie?"

„Sie ist meine älteste Freundin."

Judith erfuhr, dass Alice in den letzten vierzehn Jahren über zwanzig Operationen hinter sich hatte.

„Sie schreibt also erst, seitdem sie krank ist?" vermutete Judith.

„Seitdem sie Bernie verlassen hat."

Interessant, Alice war also mal mit dem Maestro zusammen gewesen. Judith sah wieder die Szene mit dem Rollstuhl. Was hatte sie gesagt? „Ich schreibe über die Abgründe der menschlichen Seele." Judith bekam eine erste Ahnung davon, dass der Kaldenberg die Abgründe der menschlichen Seele durchaus nicht fremd waren.

Natürlich wollte sie auch noch mehr über ihre neuen Kollegen wissen.

„Was ist eigentlich die Funktion von Hüsy hier?", fragte sie.

„Hüseyin Aydin. Ein unglaublich begabter Junge. Seine Eltern kamen aus der Türkei, aber Hüsy ist bereits in Deutschland geboren. Seiner Familie gehören mehrere türkische Supermärkte und eine Joghurtproduktion. Die können sich bis heute nicht damit abfinden, dass ihr Kronsohn nicht BWL oder Jura studieren und Papis Unternehmen an die Börse bringen wollte. Aber das wäre auch Verschwendung eines einzigartigen Talents gewesen. Hüsy ist ein begnadeter Maler. Er hat sich sein Kunststudium bei Alice verdient, die damals ‚einen Studenten, der mir alles macht' gesucht hatte. Hüsy bekam das Atelier oben im Haus, und da arbeitet er heute noch. Alice hilft ihm, auf dem internationalen Kunstmarkt Fuß zu fassen. Und das wird auch gelingen, er ist wirklich gut."

„Er arbeitet hier also gar nicht, sondern ist ihr Protegé?"

„Oh nein, bei Alice gibt es nichts umsonst. Hüsy fährt sie, macht für sie Einkäufe, ab und zu auch eine Recherche. Und er betet sie an."

Guter, großer Gurkengott, dachte Judith.

„Und Oliwia?"

„Oliwia Pawlak, sie kommt aus der Nähe von Stettin. Wenn sie nicht gerade an ihrem MBA bastelt, verdient sie ihren Lebensunterhalt mit allem, was bei uns so anfällt. Vor allem managt sie die Finanzen von Alice, sie ist ein echter Crack. Außerdem ist sie unsere Frau für alles rund um die Technik. Oliwia wohnt auch oben, neben Hüsys Atelier. Alice hat ihr das Aufbaustudium an der European School of Management and Technology spendiert."

Ein Crack, der Staub saugt. Das wurde ja immer bizarrer.

„Ich nehme an, Maria ist Professor“, sagte Judith trocken.

Elke lächelte. „Nicht ganz, und das macht ihr wirklich zu schaffen. Dr. Maria König. Sie hat über Pornografie in der englischen Literatur promoviert. Wenn man vergleichende Literaturwissenschaften studiert hat, dann liegt eine universitäre Karriere natürlich nahe. Aber unsere gute Maria wollte lieber ihren Doktorvater heiraten als selbst zu habilitieren. Jetzt hat sie zwei kleine Kinder, der Herr Professor ist mit einer Studentin durchgebrannt, und da sie über keinerlei Berufserfahrung verfügt, hat sie sich als freie Lektorin selbstständig gemacht.“

„Und Frau Dr. Porn schuftet hier als Sekretärin?“

„Es bricht ihr das Herz, wenn Alice sie als ihre Sekretärin bezeichnet. Sie lektoriert nicht nur die Manuskripte von Alice ganz hervorragend.“

„Und Sie, Elke, was machen Sie hier?“

„Kochen. Kommen Sie, Schätzchen, lassen Sie uns den Dreck hier in die Geschirrspülmaschine schaffen.“

„Was für eine seltsame Ansammlung von Menschen“, murmelte Judith, während sie den Holztisch schrubbte.

„Alice von Kaldenberg sammelt Menschen“, erwiderte Elke.

Nachdem sie abgeräumt hatten, brachte Elke sie in ihr neues Arbeitszimmer.

Als Erstes nahm Judith ihren Schreibtisch in Besitz. Ihr Büro war das mit der Tür rechts vom Kamin, durch eine breite Schiebetür hatte sie Augenkontakt zu Maria. Die Büros waren zweckmäßig mit hellen Holzmöbeln eingerichtet. Wenn sie nach rechts schaute, hatte sie einen Blick mitten ins „Jrüne", wie die Berliner sagen. Genauer gesagt, sie schaute direkt in den Wipfel einer Platane. Ich mag Platanen, dachte sie. Wenn sie nach links blickte, dann sah sie auf die Tür zur Eingangshalle, die, wie Maria ihr sagte, eigentlich immer offen stand. Hier standen alle Türen offen, es sei denn, Besucher wurden erwartet.

Hinter ihrem Schreibtisch hing über einem halbhohen Regal ein wundervolles, sehr modernes Bild in vielen verschiedenen, gebrochenen Türkistönen. Ein echter Hüsy, wie sie von Elke erfuhr. Der Computer war vom Feinsten. Sie solle doch erst mal ihre Mailbox einrichten, empfahl Elke.

Gedanken zum Feierabend

Judiths Schreibtisch war übersät mit Ausdrucken aus dem Internet. Jetzt musste sie die Nikes scharf machen, denn um neunzehn Uhr begann ihre Schicht in der Kneipe. Und vorher musste sie sich irgendwo dringend stylen, denn so wie sie aussah, würde Ralf, ihr Boss am Hackeschen Markt, sie nicht hinter den Tresen lassen.

Auf dem Weg durch die Grolmanstraße zum S-Bahnhof Savignyplatz wurde ihr die Tragweite ihrer Entscheidung für den Minijob bei Alice von Kaldenberg erst richtig klar. Ab sofort würde sie kein Hartz IV mehr erhalten. Jeden Abend würde sie nach Mitte hetzen müssen, um sich bis morgens um vier hinter dem Tresen die Beine in den Bauch zu stehen. Viel schlimmer aber war, dass sie nicht mal so schlecht arbeiten konnte, dass die Kaldenberg sie an die Luft befördern würde. Denn wie das in ihrem Lebenslauf aussehen würde, konnte sie sich gut vorstellen. Sie hatte einen verdammt schlechten Tausch gemacht.

Quatsch, Judith, sagte sie sich, du hattest gar keine andere Wahl. Einerseits. Andererseits war viel Arbeit im Moment genau das, was sie brauchte. Um bloß nicht nachdenken zu müssen. Über ihren Freund Sven. Oder war er ihr Ex-Freund? Oder über ihre Mutter. Oder gar über ihren Vater. Bei diesen Gedanken wurde ihr übel.

Sie stieg die Stufen zum zugigen Bahnsteig hinauf. Ihr Blick fiel auf eine bröckelnde, fensterlose Hausseite, auf der noch Reste alter Reklamesprüche zu sehen waren.

Endlich kam die kackgelbe S-Bahn. Eine Monatskarte würde sie auch brauchen. 64 €, wenn man die abrechnete, blieben ihr von den 400 € weniger als sie vorher an Hartz IV hatte. Mist. Und eine Aufstockung für die Miete würde sie auch beim Amt beantragen müssen. Wie sie das alles verabscheute. Wer hatte sich nur so etwas Dämliches ausgedacht?

Während sich der Zug seinen Weg durch die Hinterhöfe der West-Berliner City suchte, vorbei am Theater des Westens mit seinem figurenüberladenen Dach, lenkte sie sich mit den Gedanken an Doktor Sprengler ab.

Es gab Menschen, die gab es gar nicht. Der Sprengler war einfach zu gut, um wahr zu sein. Sie dachte mit Schaudern an die Hunderte von Ausdrucken, die sie morgen würde sortieren müssen. Es gab kaum einen gemeinnützigen Verein, in den er nicht seine Pfoten gesteckt hatte. Hallo? Wie viel

Geld musste jemand verdient haben, um so viel Zeit und Geld für andere opfern zu können? Und dann so ein armseliges Ende!

Er war am Abend vor seinem Tod bei Bernie gewesen. Das allerdings stand in keiner Meldung, die sie im Internet gefunden hatte. Nur, dass der Vorstand von WorldKidAid eine Vermisstenmeldung aufgegeben hatte. Sie sah das Gesicht von Sprengler vor sich, wie es ihr von unzähligen News-Sites mit leicht hängenden Augenlidern entgegen geschaut hatte. Sprengler hatte mit seinen 74 Jahren kaum noch Haare, und die wenigen, die übrig geblieben waren, hatte er kurz rasiert. Auf seiner leicht gebogenen Nase trug er eine Goldrandbrille. Auf allen Fotos war er mit einem weißen Seidenschal und Rollkragenpullover ausstaffiert. Er machte ganz offensichtlich auf Künstler. Sprengler war als plastischer Chirurg berühmt gewesen, er hatte so illustre Patienten wie einen Formel 1-Fahrer und einen Minister nach Unfällen so zusammengeflickt, dass sie sich wieder in der Öffentlichkeit präsentieren konnten. Na ja, jedenfalls an Messer war er gewöhnt gewesen. Und das war auch dringend nötig. Sprengler war unter einem Busch im Central Park von New York erstochen aufgefunden worden. Der Mörder hatte ihm seine Brieftasche mit allen Papieren und Kreditkarten geklaut, Uhr, Schmuck und Geld fehlten. Warum Sprengler nach seinem Besuch bei Bernieliebling nachts im Central Park spazieren ging, war wohl ein Geheimnis, das er mit ins Grab genommen hatte.

Die S-Bahn lief auf dem Bahnhof Hackescher Markt ein. Judith schaute auf die Uhr. Dreizehn Minuten, gar nicht mal so schlecht. Und sie dachte immer, dass der Kudamm mindestens 1000 Kilometer von hier entfernt sei.

Es blieb ihr glatt eine halbe Stunde, um sich zu restaurieren und mit der Mittagsschicht einen Kaffee zu trinken.

Die Beerdigung

Die weißen Lilien in der Hand von Mort Eisenman verströmten einen narkotischen Geruch. Eine Vollnarkose wäre jetzt nicht schlecht, dachte Linda und schüttelte die Hand des berühmten Kunsthändlers, lächelte, nickte, machte Smalltalk.

Die halbe Welt schien sich vor der Kapelle auf dem Berliner Waldfriedhof eingefunden zu haben, um ihrem Bruder Sigurd Sprengler die letzte Ehre zu erweisen. Nils hatte beschützend seinen Arm um sie gelegt. Nils war der Sohn des Verstorbenen, Lindas Partner, ihr Kronprinz. Es waren Linda und ihr Neffe Nils, die die Familie des Toten repräsentierten. Sigurds Frau und seine Tochter standen etwas abseits.

Obwohl die Morgensonne die Luft bereits auf 20 Grad erwärmt hatte, fröstelte Linda leicht und zog die schwarze Seidenstola ein wenig fester um sich. Ein Hubschrauber donnerte über ihre Köpfe. Vielleicht war es dieses Geräusch, das sie zurückbrachte zu ihrer ersten Beerdigung.

September 1948. Über ihren Köpfen dröhnten die Flugzeuge der Alliierten. Später würde man die Flugzeuge „Rosinenbomber“ nennen. Sie kannten diesen Begriff damals noch nicht, ihr Bruder Siggi allerdings alle Flugzeugtypen. „Eine Douglas C-54“, sagte er mit Kennermiene, wenn wieder einmal die Luft unter den Motoren eines Flugzeuges vibrierte. Die „Rosinenbomber“ landeten im Drei-Minutentakt. „Sie bringen uns etwas zu essen und Kohle für Strom, sie helfen uns, die Blockade zu überleben“, hatte Papa ihnen erklärt. „Die Sowjets haben die Zufahrtswege in die Westzonen von Berlin blockiert, wir werden von den Amerikanern und Engländern mit einer Luftbrücke am Leben erhalten.“ Er sagte sonst nicht viel in diesem Jahr.

Siggi und Linda waren allein auf sich gestellt. Auf Zehenspitzen schlichen sie durch das abgedunkelte Haus, um bloß Mami nicht zu stören. Gerda, ihr Hausmädchen, schickte sie in den Garten. Man konnte herrlich spielen in diesem riesigen Garten zwischen der Klinik ihres Vaters und der Remise, in der sie wohnten. Noch schöner konnte man allerdings auf den zwei Nachbargrundstücken spielen, in den Trümmern der abgebrannten Häuser, in denen jetzt üppig Blutweiderich und Nachtkerzen blühten. Ihr Haus hatte wie durch ein Wunder nur ein paar Granatsplitter abbekommen.

Sie war acht Jahre alt und ihr zwei Jahre älterer Bruder war ihr Held. Siggi hatte sie immer bei der Hand genommen. „Komm, Lindi, komm, du schaffst das“, hatte er wieder und wieder gesagt, als sie auf der Flucht vor der Sowjetarmee aus dem Memelland gewesen waren. Ohne Siggi wären sie niemals zurück nach Berlin gekommen. Mami dagegen war immer nur müde.

„Komm, Lindi, wir spielen Beerdigung“, hatte Siggi an diesem Tag zu ihr gesagt, nachdem sie bei Gerda büschelweise wilde Pfefferminze abgeliefert hatten, die sie auf dem Nachbargrundstück gepflückt hatten.

„Wen sollen wir denn beerdigen?“, fragte Linda.

„Na Klara, natürlich“, sagte Siggi und zeigte auf ihre zerrupfte Puppe. Ein paar Tage zuvor hatte sie an ihrer zu Tode geknuddelten Puppe Klara ihre erste Amputation versucht. Operation gelungen, Patient tot.

Chirurgenkinder.

Sie machten sich mit Eifer ans Werk. Hinten am Goldulmenhain, der ihr Grundstück von einem Trümmergrundstück abgrenzte, hoben sie eine Grube aus, so wie sie es hundertmal während der Flucht aus dem Memelland bei den Erwachsenen gesehen hatten. Auf dem Hängeboden hatten sie eine verstaubte Schuhschachtel gefunden, in die sie Klara betteten. Siggi formte aus zwei abgebrochenen Ästen und einem Weidenzweig ein Kreuz.

„Wir brauchen Blumen“, sagte Siggi und Linda riss den Teerosen unter dem Küchenfenster die

Köpfe ab. Siggi trug die Schuhschachtel feierlich zu der Grube und sie lief im Gänsemarsch hinter ihm, andächtig die gelben Rosen in ihrem Rock wie in einem Korb tragend.

„Ade, zur guten Nacht, jetzt wird Schluss gemacht, dass ich muss scheiden“, sang er dabei. Und Linda fiel laut und falsch ein: „Im Sommer, da wächst der Klee, im Winter, da schneit's den Schnee, da komme ich wie-hi-da.“

Das Kinderlied versank gnädig in dem Lärm einer C-47. Ihr Bruder musste damals bereits gewusst haben, dass ihre Mutter sterben würde. Was Mami wohl gefühlt hatte, oben in ihrem Bett, als sie durch die offenen Fenster hörte, wie Siggi sagte: „Ruhe in Frieden“? Sie starb drei Wochen später.

„Mami kann jetzt in deinen Kopf gucken, sie weiß immer, was du denkst“, hatte Siggi damals gesagt.

Nils holte Linda zurück aus ihren Gedanken. „Da kommen Bernie und Alice“, sagte er. Nils hatte seinen Patenonkel Bernie immer angehimmelt: Bernie, besser bekannt als Bernhard Goldsmith, einer der bedeutendsten Dirigenten der Gegenwart. Obwohl er seit mehr als vierzehn Jahren von Alice geschieden war, stützte er ihre alte Freundin.

Es waren so viele Menschen gekommen, sogar ein paar Fotografen, dass Linda den Überblick verloren hatte. Ein Mann vom Beerdigungsinstitut gab ihnen das Zeichen zum Eintreten in die Kapelle. Nils und Bernie gingen zu dem schwarzen Flügel, der am Vortag aufgestellt worden war.

Linda wartete darauf, dass Siggis Ehefrau Sabine und seine Tochter Carlotta voran gingen, aber sie standen neben ihr wie angewurzelt.

„Nun kommt", sagte Linda und legte ihre Arme um Sabine und Carlotta, um sie auf den richtigen Platz in der ersten Reihe zu führen. Sie spürte die Knochen unter Carlottas schwarzem Anzug und die Speckrollen unter Bienes Kleid.

Nils spielte ein Geigen-Solo. Linda dachte: Er sieht aus wie Siggi, früher. Die gleichen leicht hängenden Augenlider. Die gleichen, immer etwas langsamen Bewegungen. Die gekrümmte, Sprenglersche Nase. Das volle, wellige, dunkelblonde Haar. Und die Chirurgenhände. Ist es die Geige, die so herzzerreißend schluchzt?

„Vorbei. Was für ein dummes Wort …", begann der Pfarrer seine Rede.

Der Pfarrer schwätzt eine Menge Blödsinn, dachte Linda. *Die Wahrheit, Siggi, die Wahrheit willst du bestimmt nicht hören. Und ich auch nicht. Niemand will die Wahrheit hören.*

„Und was ist die Wahrheit, Lindi?"

Die Wahrheit, lieber Sigurd ist, dass du tot bist. T O T. Vorbei. Daran können weder der liebe Gott noch ein Goethe-Zitat etwas ändern. Weißt du eigentlich, dass ich immer geglaubt habe, dass auch

Klara in unsere Köpfe gucken konnte? Manchmal, später, da hat Klara mich angeschaut, sie hat herunter geschaut, auf uns, Siggi, ich habe ihren vorwurfsvollen Blick im gleißenden Licht des Operationssaales gespürt. Nicht Mami hat zugeguckt. Klara hat direkt in meinen Kopf gestarrt, mit ihren kalten, blauen Knopfaugen.

„Jetzt redest du eine Menge Blödsinn, Lindi!"

„… und nehmen wir Abschied von dir, Sigurd Sprengler, begnadeter Chirurg, liebevoller Ehemann, Vater und Bruder. Du hast mit dem Messer Leben lebenswerter gemacht und so manches gerettet. Deinem Leben wurde durch die Kraft eines Messers ein irdisches Ende gesetzt …"

Carlottas fein geschnittenes Gesicht war weißer als die Wände in der Klinik. Was für ein Kontrast zu ihren Augenschatten. Biene schnäuzte in ihr Taschentuch. Hör auf zu heulen, Biene, flehte Linda sie wortlos an, weißt du nicht, dass Siggi direkt in deinen Kopf gucken kann? Sie fragte sich, was er unter der grässlichen, hennaroten Kleinmädchenfrisur wohl sehen könnte.

Keine Reden, außer vom Pfarrer, hatte Linda entschieden. Als er fertig war mit seiner frommen Rede, ließ Bernie seine Hände über die Klaviatur gleiten und entlockte ihr Gänsehauttöne. Bernie war auch am Flügel ein Genie. Er spielte Bach, begleitet von Nils.

Bernie war der letzte, der Siggi lebend gesehen hatte. Keine vierhundert Meter von seinem New

Yorker Apartment entfernt, hatte man Siggis Leiche im Central Park gefunden. Raubmord, befand die New Yorker Polizei.

Aber ich weiß es besser, dachte Linda. In unseren Kreisen lässt man arbeiten. Unsere Kreise sind heute vollzählig angetreten zu einem letzten Gebet.

„Jetzt bist du es, die heult, Lindi."

Ich habe an die Goldulmen gedacht, Siggi. An die Sommertage, an denen wir mit Alice und Bernie bei den Goldulmen gesessen haben. Nils ist damals schon Bernie nicht von der Seite gewichen. Wie er da so stand, im Garten, der Zwerg mit seiner Geige, und der Maestro ihm gezeigt hat, wie man den Bogen richtig hält. Und Biene, wie hübsch sie damals war. Mit ihrem dicken, blonden Zopf, ihrer schlanken, hochgewachsenen Figur. In ihrem weißen Spitzenkleid saß sie auf dem Rasen und kleckste mit Carlotta Wasserfarbe auf Tapetenreste. Wir haben uns zugeprostet, du und ich. Du brauchtest nicht zu sterben, Siggi, um in meinen Kopf zu krauchen. Wir hatten immer zur gleichen Zeit die gleichen Gedanken. Wir haben uns in die Augen geschaut und gedacht: Wie eine Szene von Renoir.

„Wir besitzen einen Renoir, Lindi."

Ja, einen Renoir, zwei Monets, drei Lesser Urys. Und eine ganze Menge mehr. Wenn ich nicht gewesen wäre, dann würde Nils heute bei Seniorennachmittagen Richard Strauss spielen. Schau auf seine Hände, Siggi. Das sind Chirurgenhände!

Gedächtnisprotokoll Bernhard Goldsmith

Aufgenommen von AvK am 17.7. in Berlin, betrifft: Sprenglers letzter Abend in New York

„Es war am 3. Mai dieses Jahres. Sigurd Sprengler hatte sich überraschend angekündigt für den Abend. Er sah nicht gut aus, mein alter Freund Siggi aus meinen Berliner Tagen. Milly hatte uns ein wunderbar saftiges Prime Rib zum Abendessen serviert, wir saßen an dem kleinen Esstisch, den ich so hingestellt habe, dass man dem Central Park beim Grünen zuschauen kann. Siggi war ein optischer Mensch. Aber an diesem Tag war er nicht interessiert am Grün. Er hatte etwas auf dem Herzen. Er trank nur wenig Rotwein, eigentlich nippte er nur an dem Glas, was verwunderlich war. Denn einem Château Latour konnte er eigentlich nie widerstehen. Er wartete artig, bis wir auch den letzten Krümel vom Cheese Cake verzehrt hatten.

„Ich kann es kaum erwarten bis morgen", sagte er.

„Was gibt es denn Besonderes?", fragte ich. Ich

sah, wie seine Hand zitterte, wenn er an seinem Glas nippte. Hat er etwa Angst?, fragte ich mich.

„Die Vorstandssitzung bei WorldKidAid", sagte er. Als ob ich das nicht gewusst hätte, ich bin genauso im Vorstand wie er. „Bernie", sagte er, „ich habe Parkinson."

„Seit wann weißt du das?", fragte ich ihn. „Schon lange, sehr lange", antwortete er. „Mit den Medikamenten ging es eine lange Zeit ganz gut, aber jetzt werde ich aufhören in der Klinik."

„Operierst du noch?", fragte ich ihn.

„Schon seit einigen Jahren nicht mehr. Ich habe mich auf alte chinesische Medizin spezialisiert, bin eine Kooperation mit einem chinesischen Arzt eingegangen. Aber Lindi ist immer noch dabei", antwortete er. Deshalb also nippte er nur noch am Château Latour. Die Medikamente. Das Zittern. Ich fragte mich, warum er überhaupt noch arbeitete, in seinem Alter. Und ich fragte nach Nils, und ob er fertig sei mit seiner Ausbildung.

„Ich werde mein Testament ändern."

Ich starrte Siggi an. Was hat das mit Nils zu tun?, fragte ich mich.

„Ich habe vor, meinen gesamten Kunstbesitz WorldKidAid zu hinterlassen", sagte Siggi.

Als Dirigent weiß man, wann Stille angemessen ist, damit die Dramatik nachklingen kann. Ich schaute Siggi in die Augen. Er lächelte, nickte.

„Wahnsinn", sagte ich. Ich meine, wir redeten

hier nicht von ein paar Bildchen über dem Sofa. Wir redeten von Monets und Renoir und Lesser Ury. Wir redeten von vielen, vielen Millionen, von unschätzbaren Werten. „Was sagt denn Lindi dazu?“, fragte ich.

„Sie weiß es noch nicht“, sagte er.

„Gehört ihr nicht ein Teil davon?“, fragte ich. Die Sache mit den Bildern war irgendwie komisch. Es wird Zeit, dass er mir die ganze Geschichte erzählt, dachte ich.

„Nein, es sind alles meine Bilder. Lindi kriegt die Klinik, etwas anderes hat sie nie interessiert. Die Häuser gehören uns sowieso zusammen, die haben wir geerbt. Und der Rest wird geteilt, zwischen Biene, Nils und Carlotta.“

Ich fasste nach: „Sag mal, so richtig verstanden habe ich das nicht mit den Bildern. Du hast sie gekauft?“

„Ach, du kennst doch die Geschichte von meinem Vater“, sagte er.

Kannte ich die? Ich machte eine Handbewegung, der er entnahm, dass ich die Geschichte vergessen hatte. Also erzählte Siggi die Geschichte, wie er sie von seinem Vater, Walter Sprengler, kannte.

„Mein Vater hatte zusammen mit seinem Freund Richard Braun eine Klinik für plastische Chirurgie aufgezogen.“

Zu der Zeit steckte die plastische Chirurgie noch in den Kinderschuhen und man konnte die beiden ohne Übertreibung als Pioniere auf ihrem Gebiet bezeichnen. Die Klinik lief besser als sie es je erwartet hätten, sie kauften mit dem Gewinn der ersten Jahre die Villa mit der Remise in Westend. Und dann verliebte sich Richard in Nora und heiratete. Alles schien auf ein gutes Leben hinauszulaufen. Wenn nicht die Politik gewesen wäre. Ängstlich verfolgten die beiden Kollegen die Entwicklungen.

„Du musst weg aus Deutschland, Richard", sagte Walter immer öfter. „Geh, bevor es zu spät ist." Richard wollte nicht gehen, er hatte alles, was er besessen hatte, in die Klinik investiert, sie war sein Baby.

Als sich das Netz um die jüdische Bevölkerung immer weiter zuzog, konnte Sigurd seinen Teilhaber dazu überreden, auf schnellstem Weg das Land zu verlassen. Natürlich konnte und wollte er nicht die Klinik verkaufen. Aber Walter war der Sohn eines reichen Kaufmannes, der sein Geld intelligenterweise lange vor der großen Inflation in Kunst angelegt hatte. Die Kopien seiner Bilder hingen überall in der Klinik, die Originale lagerten in einem gut gesicherten Tresor.

Und so einigten sich die beiden Freunde darauf, dass Richard zum Start in ein neues Leben einstweilen einige der Kunstwerke bekommen sollte, die Walter von seinem kürzlich verstorbenen Vater geerbt hatte. Dafür war die Klinik dann schuldenfrei und gehörte zu hundert Prozent Walter. Er selbst brachte die Kunstwerke außer Landes und deponierte für Braun die Echtheits-Zertifikate in New York.

Richard und Nora machten sich auf verschlungenen Wegen auf in die USA. Sie waren im Besitz einer offiziellen Kaufurkunde für die Bilder. Es war vereinbart, dass – wenn der Naziterror in Deutschland endlich vorbei wäre – die beiden wieder zurück nach Berlin kommen wollten und die Bilder gegen den Anteil an der Klinik zurücktauschen konnten. Sie sollten nur so viele Bilder eventuell verkaufen, wie sie zum Leben brauchten. Das war aber wohl graue Theorie.

„Mein Vater hat nie wieder etwas von Richard Braun gehört“, sagte Siggi. Wie die Recherchen von Walter Sprengler ergaben, war Richard Braun kurz nach seiner Ankunft in New York an einer Lungenentzündung gestorben. Siggis Vater Walter hatte Detektive beauftragt, aber die Suche nach Nora Braun blieb erfolglos.

„Aber die Bilder tauchten wieder auf“, sagte ich.

„Ja“, sagte Siggi, „das war irgendwann Anfang der 90er Jahre. Ich war bei einer Versteigerung bei Sotheby's hier in New York. Da lernte ich den Kunsthändler Mort Eisenman kennen. Er steckte mir seine Visitenkarte zu und sagte, wir müssten uns unbedingt mal treffen, er hätte da einen wunderbaren Monet im Angebot.“

Ich fragte: „Hattest du den Namen Eisenman schon mal gehört?“ Siggi hatte von Eisenman bereits gehört, vor allem von dessen Vater, der ein sehr respektables Kunsthaus in Los Angeles betrieb. Der war allerdings kurz vorher verstorben. Eisenman Junior hatte die New Yorker Filiale des Betriebs aufgebaut. Ein intelligenter, angenehmer Mann, den ich auch von diversen Charity-Veranstaltungen her kenne.

Und so stand Siggi ein paar Tage später vor dem alten Monet aus Familienbesitz. Man kann sich vorstellen, wie aufgeregt er war. Er wollte alles über das Bild wissen. Die Expertise war echt, es war das Original-Zertifikat, das sein Vater für Richard Braun deponiert hatte. Und es gab eine lückenlose Kette von respektablen Besitzern. Das Bild war von Nora Braun verkauft worden. Kurz nach ihrer Ankunft in New York. Natürlich hatte Siggi sofort eine Detektei mit Nachforschungen nach Nora Braun beauftragt. Aber Nora Braun hatte die Bilder 1940 verkauft und war dann spurlos verschwunden, in den USA gibt es kein zentrales Melderegister. Zu diesem Zeitpunkt war sie angeblich hochschwanger gewesen.

„Das heißt, es gab noch andere Bilder aus dem ehemaligen Besitz von Walter Sprengler?“, fragte ich Siggi.

„Nicht sofort, aber nach und nach tauchten sie alle bei Eisenman auf. Wahrscheinlich, weil er angefangen hatte, sie für mich zu suchen. Ich habe Mort Eisenman für eine Unsumme den Monet abgekauft. Es war mein erster Rückkauf und von diesem Moment an hatte mich das Jagdfieber gepackt.“

„Es muss dein ganzes Vermögen gekostet haben“, sagte ich.

Siggi lachte. „Es ist ein Vermögen, ja. Aber schon mein Großvater war schlau genug, sein Geld in Kunst zu investieren, so dass es der Familie bis heute erhalten geblieben ist. Und der Wert der Werke hat sich natürlich inzwischen vervielfacht“, bekannte er.

„Und wieso willst du nun plötzlich die Werke, die sich seit Generationen in deiner Familie befinden, WorldKidAid vermachen?“, fragte ich.

„Ich dachte, du bist begeistert von meiner Idee, ich will sie morgen auf der Vorstandssitzung verkünden“, sagte Siggi.

„Aber wieso erbt nicht deine Familie, habt ihr euch überworfen?“ Ich staunte, so hatte ich Siggi gar nicht in Erinnerung.

„Man denkt nach, wenn man todkrank ist“, antwortete er.

„Lindi hat sich nie für die Bilder interessiert, Carlotta malt selbst, und für Biene sind es Staubfänger. Nils mag die Bilder, aber weißt du, es ist doch so, niemand würde sich je trauen, die Bilder zu verkaufen, sie sind einfach da, verursachen Kosten für die Lagerung. Meine Familie fühlt sich durch die Bilder gestört. Genauso wie durch einen armen, alten Tattergreis, der nicht mehr operieren kann“, sagte er. „Ich will, dass meine Sammlung öffentlich versteigert wird, und der Erlös den Kindern zugutekommt, die es wirklich brauchen.“

Das waren seine Worte. Und in diesem Moment klingelte Siggis Handy. Er entschuldigte sich, stand auf und ging in den Flur. Ich hörte, dass er sagte, er sei jetzt im San Remo, könne aber nachher kommen. Als er zum Tisch zurückkam, sah er ein bisschen verstört aus. Was war das für ein Anruf? Wir machten noch ein bisschen Smalltalk, aber Siggi war nicht mehr bei der Sache. Bald darauf verabschiedete er sich. Sigurd Sprengler hatte danach keine zwei Stunden mehr zu leben.

Ich habe keine Ahnung, ob die Familie je von seinen Plänen erfahren hat.

Maria bitte abtippen und zu der Akte Sprengler legen.

Eine besondere Aufgabe

Judith war hundemüde, trotz der fünf Tassen Kaffee, die sie in sich hineingeschüttet hatte, als sie am nächsten Tag am Kudamm ankam. Sie hatte am frühen Morgen Ralf ihr Leid mit dem neuen Job geklagt, und ihr Chef hatte ihr ein Angebot gemacht, das sie nicht ablehnen konnte. Ab sofort durfte sie am Wochenende Doppelschicht am Hackeschen Markt machen und hatte dafür in der Woche frei.

„Ich hatte Ihnen eine besondere Aufgabe versprochen“, kündigte Alice an, die noch ganz in Schwarz gekleidet war von Sprenglers Beerdigung am Vormittag.

Eine besondere Aufgabe? Judith spürte ein aufgeregtes Kribbeln im Magen. Ja, her damit, ich will was Besonderes, dachte sie. Sie sollte als Journalistin getarnt im Hause Sprengler über Leben und Werk des großen Chirurgen recherchieren. Angeblich für ein großes Feature in einer großen Berliner Zeitung.

„Und wenn die nachfragen bei der Zeitung?“

„Können sie ruhig, ich habe eben mit meinem alten Freund, dem Chefredakteur, gesprochen, er hat Ihnen einen offiziellen Auftrag zu diesem Feature gegeben. Sie sind jetzt freie Mitarbeiterin, meinen Glückwunsch."

Wow, das nannte man Vitamin B. Diese Frau brauchte wohl offensichtlich nur einmal den Telefonhörer zu nehmen und bekam, wovon andere nur träumen konnten. Sie reichte ihr einen Zettel mit verschiedenen Telefonnummern und Namen.

„Fangen Sie mit der ersten Telefonnummer an, das ist die Schwester, Dr. Linda Sprengler", sagte Alice. „Aber erst morgen, lassen Sie der Familie heute noch ihre Ruhe."

Alice übergab Judith noch ein kleines Diktiergerät und ein Smartphone, damit sie immer erreichbar sei. Auch das noch!

„Das Handy können Sie auch als Kamera benutzen, tun Sie das so oft wie möglich", sagte die Kaldenberg.

Judith trollte sich zu ihrem Schreibtisch. Also sich selbst spielen. Nun, sie würde denen schon zeigen, was ein ordentlich recherchiertes Feature ist.

Bis zu dem späten Mittagessen hatte sie die Infos aus dem Internet sortiert und eine Liste mit den Details gemacht, die sie Maria aushändigte.

Bei in Kürbiskernöl mariniertem Tafelspitz auf verschiedenen Blattsalaten an Granatapfelessig-

Reduktion fasste Maria die bisher recherchierten Daten zusammen:

Dr. Sigurd Sprengler, geboren am 17. Oktober 1937, als Sohn des Arztes Dr. Walter Sprengler und seiner Ehefrau Thea, gestorben mittels Messerstichen am 3. Mai 2013, ca. 1.00 Uhr morgens, im Central Park in New York. Sigurd Sprengler hat von 1958 bis 1960 an der Columbia University in New York und später in Berlin und Stanford studiert. Nach dem Tod des Vaters hat er ab 1975 zusammen mit seiner Schwester Linda die Klinik für plastische Chirurgie, die seinem Vater gehörte, weitergeführt. 1978 heiratete Sprengler Sabine Müller, 1979 wurde sein Sohn Nils und 1980 seine Tochter Carlotta geboren. Seit den 80er Jahren machte er sich als Kunstsammler einen Namen. Erste Beitritte zu karitativen Vereinigungen ab 1983.

Sprengler war am Abend vor dem Mord ab 20:00 Uhr zu Gast im Apartment von Bernhard Goldsmith im Apartmenthaus „San Remo" am Central Park West gewesen. Sprengler hatte gegenüber Bernhard seine Absicht erklärt, auf der am nächsten Tag stattfindenden Aufsichtsratssitzung von WorldKidAid die Schenkung seiner gesamten Kunstsammlung an den WKA zu erklären. Darüber hinaus hatte er Goldsmith gestanden, dass er an Parkinson leide.

Gegen elf Uhr abends habe Sprengler Goldsmith verlassen. Vorher hatte er einen Anruf erhalten.

„Die wichtigste Frage, die wir uns stellen müssen",

sagte die Kaldenberg, „ist, warum er so spät abends in den Central Park gegangen ist. Siggi Sprengler war doch nicht blöd.“

„Interessant finde ich die Parkinsonsche Krankheit“, sagte Maria.

„Und wieso will er plötzlich seine wertvolle Sammlung WorldKidAid vermachen? Hat das was mit der Erkrankung zu tun?“, fragte Hüsy.

„Wer wusste außer dem Maestro, dass er seine Sammlung der WKA vermachen wollte?“, fragte Oliwia. „Wer erbt eigentlich?“

„Das ist die wichtigste Frage, Oliwia: Wer erbt?“

„Wie war sein Verhältnis zur Familie?“, fragte Elke.

Alle Augen blickten auf Judith. „Woher soll ich das wissen?“

„Das sind die Fragen, auf die Sie bei den Interviews hinarbeiten sollten. Vorsichtig natürlich, indirekt“, mahnte Alice von Kaldenberg.

Judiths erster Auftrag

Judith durfte den blauen Dienst-Smart nehmen, oder wie sie ihn am Kudamm nannten: die Aldi-Tüte. Hüsy zeigte ihr, wie die komische Halbautomatik funktionierte. Sie hatte zwar einen Führerschein, aber ihre Fahrkünste waren mangels finanzierbaren Fortbewegungsmittels ein bisschen eingerostet.

Mit Herzklopfen fädelte sie sich aus der Miniparklücke am Kudamm in den laufenden Verkehr ein und machte sich auf den Weg nach Westend, wo Frau Dr. Linda Sprengler mit ihrer Klinik residierte. Auch so ein Berliner Kiez, den Judith nicht kannte. Zu ihrem größten Erstaunen hatte sie noch für denselben Nachmittag einen Termin bekommen. Spätestens auf der Reichsstraße war ihr Herzklopfen einer unbändigen Freude gewichen, die Aldi-Tüte und Judith hatten sich gerade ineinander verliebt. Laut singend und lässig in den Autositz gelümmelt, verhedderten sie sich in dem Gewirr der kleinen Straßen, die von prächtigen Villen und alten Bäumen gesäumt wurden. Ihre Stadtplan-Lesekünste waren in etwa so groß wie ihr Wissen über maltesische Briefmarken. Aber wozu hat Frau einen Mund? Als sie endlich einen Menschen inklusive Hund in den wie ausgestorben wirkenden Straßen fand, benutzte sie ihn auch. Der gute Mann wies ihr den Weg, so sehr hatte sie sich gar nicht verheddert. Später fiel ihr ein, dass sie ja auch das Smartphone hätte befragen können. Vor einer weißen Gründerzeitvilla stellte sie die Aldi-Tüte souverän in eine Parklücke, in die auch locker ein Rolls-Royce gepasst hätte. Alles war gut.

Die Sprenglersche Prachtvilla wirkte auf sie in etwa so echt wie Walt Disneys Magic Kingdom. Oder wie das Haus aus Hitchcocks „Psycho“. An einer Seite der Villa war ein runder Turm angebaut, der ein hohes, spitzes Dach trug, das aussah wie der überdimensionale Hut eines Zauberers. Rund um das grüne Schieferdach war ein schmiedeeiserner Zaun angebracht, der dem zweistöckigen Bau etwas Wehrhaftes gab. Im ersten Stock befand sich ein Balkon, der von einer alten Glyzinie überwuchert war. Fehlte nur noch Cinderella.

Das Anwesen war von einem Zaun umgeben, dahinter blühten verschwenderisch weiße Rhododendren. Am Zaun hing ein dezentes Messingschild: Sprengler – Klinik für Plastische Chirurgie. Sie klingelte. Nichts rührte sich.

Hallo? Hier war es so still wie nachts auf dem Friedhof von Havelberg. Judith klingelte noch mal.

Lebte hier wirklich jemand? Sie schaute den Zaun entlang und sah, dass ein großes Tor offen stand, das auf einen gepflasterten Weg führte. Da hinein? Sie klingelte noch mal. Diesmal behielt sie geschlagene 30 Sekunden ihren Finger auf der Klingel. Es war kein Geräusch zu hören. Verdammt, wollte hier einer mit ihr Katz und Maus spielen?

Sie trat den Rückzug an, öffnete die Aldi-Tüte und dachte über ihre Möglichkeiten nach. Als Erstes nahm sie das Firmenhandy und wählte die Nummer von Frau Linda. Anrufbeantworter.

Jetzt könnte sie natürlich die Kaldenberg anrufen und sich beklagen. Könnte sie, wollte sie aber nicht. Schließlich war es ihr erster Rechercheauftrag, sie würde beweisen, dass Judith Schilling sich nicht so leicht abwimmeln ließ. Es war jetzt zehn nach vier, sie hatte den Termin um vier Uhr gehabt. Vielleicht war Frau Doktor Kuchen holen gegangen oder Gassi mit Fiffi, also beschloss sie zu warten.

Nach zehn Minuten reichte es ihr. Solange brauchte nicht mal eine Frau Doktor, um Kuchen zu kaufen. Und Fiffi hätte in der Zeit den gesamten Baumbestand von Westend düngen können. Wenn Frau Doktor schon indisponiert war, dann musste sie jetzt allen Mut zusammen nehmen. Das Tor war schließlich offen, also mal sehen, was sich hinter dem Haus erspähen ließ. Sie könnte wenigstens ein paar Fotos mit dem Handy machen.

Judith ging im Stakkatogang, laut pfeifend durch

das angelehnte Tor über einen gepflasterten Weg, vorbei an dem runden Turm.

Sie hatte ein mulmiges Gefühl im Magen, als sie um die Hausecke bog. Es war einfach zu still. Ihr war, als ob sie tausend Augen beobachten würden. Nicht mal ein Vogel war zu hören. Die Stille schrie ihr entgegen: Vorsicht! Sie kannte dieses Gefühl von früher, wenn sie im Wald Verstecken gespielt hatten. Man wusste ganz genau, dass der andere hinter dem nächsten Baum stand und die Luft anhielt. Jetzt hielt sie die Luft an und lauschte.

Altbekannte Spiele

Mullbinden. Die Kerle hatten sie mit Mullbinden auf einen Stuhl gefesselt. Was für eine Idee.

Auf die waren sie schon als Kinder gekommen. Siggi und Lindi. Auch Chirurgenkinder lieben Doktorspiele. Sie hatten sich alles bei Papa zusammengesucht. Mullbinden und Stethoskop, Pflaster und Tupfer, Pinzetten und Klemmen, Watte, Salben und antiseptische Tinkturen. Sie hatten Stück für Stück auf den Dachboden der Remise getragen, dort oben lagern sie noch heute, ihre kleinen und großen Geheimnisse.

„So, und nun noch mal von vorn. Wo sind sie?" Der blonde Mann war ganz nah vor sie getreten. Er hatte sich heruntergebeugt und leuchtete ihr mit seinen hellblauen Schweinsaugen direkt in die Pupillen.

„Ich weiß nicht, wovon Sie reden", sagte Linda. Osteuropäer, dachte sie, wahrscheinlich Polen.

Sie nahm seinen süßlich riechenden Atem wahr, war es der Alkohol oder hatte er Zucker?

Auf dem Dach gab es einen Tisch, den sie ihren Operationstisch genannt hatten. Sie hatten ihn jedes Mal sorgfältig sterilisiert, bevor sie operierten. Und dort hatten sie sich gegenseitig untersucht. Diagnosen gestellt. Alles eingetragen in eine Kladde. Sie liebten diesen Dachboden, auf den man nur mit einer Hühnerleiter kam, die man einziehen konnte, wenn man oben war. Hier waren sie ungestört. Ihre Haushälterin war viel zu dick, um diese Leiter hochzukommen. Und Papa hatte sich eingeigelt in seinen Schmerz, sein Leben bestand nur noch aus seinen Operationen. Er war nie über den Verlust ihrer Mutter hinweg gekommen. Es gab in diesen Jahren nur sie beide, Siggi und Lindi.

„Sie jetzt reden. Sagen, wo ist. Sonst ich brechen Finger. Nix mehr operieren. Alte Kröte!“

„Wenn ich wüsste, wovon Sie reden, würde ich Ihnen gern helfen“, sagte Linda. „Bitte, binden Sie mich los, ich habe keine Ahnung, was Sie suchen.“

„Falsche Antwort.“ Der Mann holte aus und verpasste Linda eine Ohrfeige. Ihr Kopf flog nach links.

„Lassen Sie das, Sie Schwein“, sagte Linda.

„Für jede falsche Antwort gibt Schmerz. Noch eine Chance, dann Finger gebrochen.“

„Machen Sie doch, was Sie wollen. Schauen Sie

selbst nach, ich weiß nicht, wovon Sie reden. Nehmen Sie mit, was Sie brauchen, es ist mir egal!“

Die Männer riefen sich etwas zu in einer Sprache, die Linda nicht verstand. Sie vermutete Polnisch. Sie hörte, wie die Männer im Nebenzimmer die Schubladen aus ihrem Schreibtisch zogen und Möbel auf die Erde warfen. Linda schloss die Augen.

Der Dachboden war ihr Reich gewesen. Dort roch es immer nach Staub, der in den Sonnenstrahlen flirrte, die sich durch die winzigen Dachluken verirrten. Linda sah diese Strahlen immer noch vor sich, wie sie sanft über ihren nackten Kinderkörper streichelten, während Siggi ihre offene Wunde mit Jod bestrich. Es brannte höllisch, das Jod zwischen ihren Beinen. „Wenn es nicht weh tut, dann hilft es nicht“, sagte Siggi und griff zu der dicken, weißen Heilpaste. Er nahm einen großen Klecks auf seinen Finger, und dann massierte er sie ganz sanft ein. Es klebte, alles klebte, die Sonnenstrahlen tanzten mit dem Staub …

Wer hatte da gestöhnt? Linda etwa? Diese Genugtuung gönnte sie denen nicht. Ach, die Journalistin, natürlich! Sie hatte sie klingeln gehört. Die drei Jungs, die dieser Halunke ihr geschickt hatte, würden jetzt verschwinden. Klar, dass sie wiederkommen werden. Können sie ruhig. Sie werden kriegen, was sie wollen. Sie werden sie kriegen.

Unsanfte Begegnung

Komm, sei nicht albern, sagte Judith sich und schaute auf die Szenerie hinter dem Haus. Am Ende des gepflasterten Weges stand eine sehr große Fachwerk-Remise. Zwischen der Villa und der Remise erstreckte sich ein gepflegter Rasen, der von einer Gruppe hoher Goldulmen und einer Kastanie vollkommen verschattet war. Ein paar Stufen führten zu einer überdachten Terrasse auf der Hinterseite der Villa. Das ganze Anwesen schien ausgestorben.

Sie rief nochmals laut: „Frau Dr. Sprengler?“ Bewegte sich da was zwischen den Ulmen? Sie hielt den Atem an. Nichts. Sie nahm das Handy und machte einmal um sich herum Fotos. Okay, mal schauen, ob ich einen Blick ins Innere des Hauses durch die Terrassentür erhaschen kann, dachte sie, stieg schnell die fünf Stufen hoch und ging an einem Kübel mit weißen Fleißigen Lieschen vorbei auf die Terrassentür zu. Sie stand ein Stück offen.

So was Leichtsinniges, einfach die Tür offen zu lassen, dachte Judith.

„Hallo, ist da jemand?“, rief sie so laut sie konnte.

Nichts, nur diese unheimliche Stille. Sie nahm wieder das Handy. Ein Foto von der offenen Terrassentür wäre vielleicht nicht schlecht. Falls ihr später jemand Hausfriedensbruch vorwerfen würde. Da hörte sie ein Geräusch. Sie stieß mit dem Fuß die Terrassentür ein wenig weiter auf und betrat zögernd den Raum. Das letzte, was sie sah, war ein gelber, chinesischer Teppich, der vor ihren Augen explodierte.

Das grelle Licht blendete sie, und ihr Schädel dröhnte. Wie viel habe ich eigentlich getrunken?, fragte sie sich und schloss schnell wieder die Augen.

„Hallo, Frau Schilling, können Sie mich hören?“

Schreit doch nicht so, Leute. Wo ist das Aspirin?

„Frau Schilling, hören Sie mich?“

Sie versuchte zu nicken. Oh Mann, Betonkopf. Sie versuchte es mit Sprechen.

„Ja.“ Na also, Sprechen ging noch. Sie blinzelte. Verdammt, dieses Licht ist so hell.

„Mach das Licht aus“, sagte sie.

Mit geschlossenen Augen nahm sie wahr, dass das Licht ausgeknipst wurde. Danke.

„Haben Sie Schmerzen, Frau Schilling?“ Ein Mann. Sie blinzelte in zwei graublaue Augen, die sich weit über sie gebeugt hatten. Nein, nicht nicken, Judith.

„Ja. Wo bin ich?“

„Keine Angst, Sie sind in Sicherheit“, sagte die

Stimme. Schrei doch nicht so! Wieso in Sicherheit? War ich denn jemals in Gefahr?

„Was ist passiert?“, fragte sie die graublauen Augen.

„Sie sind niedergeschlagen worden.“

Der gelbe Chinateppich. Die Klinik in Westend. Sie öffnete die Augen. Die graublauen Augen schauten sie unter leicht hängenden Lidern besorgt an.

„Wer sind Sie?“, fragte sie den Mann.

„Nils Sprengler. Können Sie sich aufsetzen?“

Sie versuchte es. Nils Sprengler half ihr.

„Oh Mann“, sagte sie, als sich das Zimmer einmal um sie drehte.

„Schauen Sie mich mal an“, sagte er.

Das versuche ich ja, du Dödel, dachte sie. Was sie sah, sah sie doppelt. Und dann wieder dieses grelle Licht. Er leuchtete ihr mit einer Lampe direkt in die Augen. „Aua!“

„Sagen Sie mir mal Ihr Geburtsdatum“, sagte er.

„Frauen fragt man nicht nach ihrem Alter“, quetschte sie hervor. Sie hörte ein leises Lachen.

„Na gut, dann Ihre Personalausweisnummer“, sagte er.

„5.12.1984.“

„Komische Ausweisnummer. Ist Ihnen schlecht?“

„Nein. Nur Kopfschmerzen.“

„Kein Wunder. Ich habe Ihre Wunde schon versorgt, es wird eine anständige Beule übrig bleiben. Ist in zwei Wochen vergessen, die Haare, die ich

Ihnen abrasieren musste, wachsen auch wieder. Ich habe die Wunde mit drei Stichen genäht."

Sie fasste auf ihren Kopf. Auf dem Hinterkopf fand sie irgendeinen Fremdkörper.

„Nicht fummeln", warnte er sie. „Und die nächsten Tage am besten auf dem Bauch schlafen."

Jetzt sah sie ihn nicht mehr doppelt. „Haare rasiert? Wie sehe ich denn jetzt bloß aus?", fragte Judith.

„Von vorne umwerfend, von hinten schutzbedürftig", sagte er und setzte sich neben sie auf die Liege.

Sie schaute sich um. Offensichtlich war dies ein Operationszimmer. Die Liege, auf der sie saß, stand in der Mitte, darüber war eine große Leuchte angebracht, rund um das kleine Zimmer gab es Regale in blankem Edelstahl.

Er legte eine Hand auf ihren Arm. Eine Pianistenhand. Ich könnte sterben für Pianistenhände, dachte Judith.

„Ich schätze, bis auf die Beule sind Sie okay. Allerdings würde ich Sie doch gern noch röntgen und über Nacht hierbehalten, falls Sie eine Gehirnerschütterung haben."

„Kommt überhaupt nicht in Frage", protestierte sie. „Freiwillig bleibe ich nicht in diesem Geisterhaus! Wo ist eigentlich Frau Dr. Sprengler?"

„In ihrer Wohnung. Sie haben ihr vielleicht das Leben gerettet", sagte er.

„Wieso, was ist überhaupt passiert?", fragte sie.

„Tante Linda ist von drei maskierten Männern überfallen worden. Sie haben sie gefesselt und das ganze Haus durchwühlt. Sie wollten gerade die Kombination für den Safe aus ihr herauspressen, als Sie offensichtlich kamen. Da haben die Sie niedergeschlagen und sind abgehauen. Es ist nichts gestohlen worden und Tante Linda ist mit dem Schreck davongekommen."

„Haben Sie die Polizei gerufen?", fragte Judith.

„Natürlich, die Polizisten sind unten und in der Remise bei meiner Tante. Natürlich will die Polizei nachher auch noch mit Ihnen reden."

„Mist, ich habe doch gar nichts gesehen. Wo ist eigentlich meine Tasche?", fragte sie.

Er runzelte die Stirn. Judith betrachtete Nils Sprengler etwas genauer. Er hatte volles, leicht welliges, braunes Haar und eine leicht gebogene Nase. Als er aufstand, sah sie, dass er mindestens einen Meter neunzig groß war. Wie die meisten großen Menschen ließ er die Schultern etwas hängen. Er kratzte sich ratlos am Kopf.

„Tut mir Leid, auf Ihre Handtasche habe ich nicht geachtet", sagte er. „Bleiben Sie liegen, ich schaue mal nach."

Judith stand schwankend auf. „Kommt gar nicht in Frage, hier bleibe ich nicht alleine, ich komme mit", sagte sie und stellte fest, dass sie stehen konnte. Nur ihr Kopf dröhnte wie ein Hubschrauber. Sie schaute zu ihm hoch. Er hatte ein Lächeln wie ein kleiner

Junge, der gerade Schokoladenpudding aus dem Kühlschrank gemopst hatte.

„Na dann", sagte er und fasst sie unter den Arm. Es war ihr nicht unangenehm. Er öffnete die Tür.

Himmel, hier sah es aus wie in einem Sarg! Dunkles Holz, soweit das Auge reichte. Er führte sie einen schmalen Gang an einem Geländer entlang, vor ihnen lag eine breite Eichenholztreppe. Die Wände oberhalb der dunklen Holztäfelung erinnerten bedenklich an den Louvre. Sie waren vollgehängt mit Gemälden.

Auf der ersten Stufe wurde ihr dann doch schwindelig. Um nicht mitsamt Nils Sprengler die Treppe herunter zu purzeln, suchte Judith Halt an der Wand. Ein Gemälde fiel polternd zu Boden und rutschte die Treppe herunter.

„Ach du Scheiße", stöhnte sie und setzte sich hin. Nils Sprengler setzte sich neben sie.

„Und jetzt? Oh weia, ist das Bild kaputt? Wieso haben die eigentlich die Gemälde nicht geklaut?", fragte sie fassungslos.

„Kein Problem, Judith. Die hatten offensichtlich Ahnung von Kunst. Das sind nur Kopien der Gemälde, die mein Vater gesammelt hat", sagte Nils Sprengler.

„Und wo sind die Originale?", fragte sie.

„Verschlossen, versiegelt, sicher und klimatisiert aufbewahrt."

„Was, die hängen nirgendwo?" Judith war fassungslos.

„Wenn die hier hängen würden, müssten wir in einem Hochsicherheitstrakt operieren“, sagte er. „Und wir hätten wahrscheinlich jede Woche einen Einbruchsversuch. Geht's wieder?“ Nils half ihr wieder auf die Beine und bückte sich, um das Bild mit dem schweren Holzrahmen aufzuheben. Er schaute es sich an: „Kein Problem, es ist nur der Rahmen ein bisschen angeschlagen“, sagte er.

Sie waren im Foyer des Hauses angekommen. Der sargmäßige Eindruck verschärfte sich. Hier war alles aus dunklem Holz, der Boden, die Wandtäfelung, die Decke, eine Anrichte, die neben der Treppe stand. Gruselig!

Aus einem Zimmer hörte sie Stimmen. „Die Polizei“, sagte Nils Sprengler. Ein Polizist trat aus dem Zimmer heraus.

„Haben Sie die Handtasche von Frau Schilling gefunden?“, fragte Nils Sprengler ihn.

Der Mann schüttelte den Kopf und rief in das Zimmer: „Hat einer von euch eine Handtasche gefunden?“

Offensichtlich hatte niemand ihre Handtasche gefunden.

„Ich bin durch die Terrassentür gekommen, ich muss sie fallen gelassen haben“, sagte Judith.

Nils Sprengler führte sie in das Zimmer, in dem sie niedergeschlagen worden war. Sie erkannte es an dem gelben Chinateppich. Von ihrer Handtasche weit und breit keine Spur.

Sie schaute sich in dem Zimmer um. Es wurde beherrscht durch einen überladenen barocken Schreibtisch, der fast unter der Last seiner Verzierungen zusammenbrach. Der Inhalt eines chinesischen Lackschränkchens mit Perlmutt-Intarsien lag verstreut auf der Erde. Tiegelchen und Flaschen mit chinesischen Schriftzeichen zierten den Chinateppich. Ein umgekippter, fragiler Stuhl sah aus, als ob er immer nur der Dekoration gedient hätte, denn dass man auf so einem Stuhl auch sitzen könnte, lag jenseits von Judiths Vorstellungswelt. Auch in diesem Zimmer waren die Wände mit Holz getäfelt, Wandlampen mit gelben Schirmen milderten ein bisschen die erdrückende Schwere des Raumes. An der Wand hing ein Gemälde, das eine ziemlich ungemütliche Szene zeigte. Frauen mit Regenschirmen spiegelten sich genauso im Asphalt wie eine Pferdedroschke. Judith bückte sich und steckte ihr Handy ein, das offensichtlich in die Ecke gerutscht war.

„Ich glaube, wir sollten warten, bis die Spurensicherung hier durch ist", sagte Nils Sprengler.

Sie legte den Finger auf die Lippen. Das Handy wollte sie lieber nicht in Gewahrsam der Bullen lassen, die Spur zur Kaldenberg war ihr ein bisschen zu heiß.

Zwei Uniformträger kamen in das Zimmer.

„Ist sie vernehmungsfähig, Dr. Sprengler?", fragte einer. Sah sie etwa so aus, als ob sie nicht für sich selbst sprechen konnte?

„Ich denke schon", sagte Nils Sprengler. „Wollen Sie in mein Arbeitszimmer kommen?"

Er führte sie am Arm in den Raum neben dem Chinateppich. Zur Abwechslung mal kein Sarg. Der Raum war weiß gestrichen und mit einem modernen Glasschreibtisch und zwei Stühlen davor ausgestattet. Nils Sprengler führte sie zu dem Chefsessel hinter dem Schreibtisch und wies den Beamten die zwei anderen Stühle zu.

Sie berichtete das Wenige, woran sie sich erinnern konnte. Ob sie Anzeige erstatten wolle, fragten sie Judith. Sie verneinte. Nils Sprengler, der am Fenster stand, drehte sich um und sagte: „Wenn ich Ihnen ungefragt einen Rat geben darf, erstatten Sie unbedingt Anzeige. Schon wegen der Versicherung und möglicher Schäden."

„Meine Handtasche ist weg", sagte sie. „Und der Bilderrahmen ist kaputt."

Was dann kam, hatte sie befürchtet. Sie wollten eine genaue Beschreibung der Handtasche und des Inhalts. Als ob irgendeine Frau auf der Welt sagen könnte, was sich genau in ihrer Handtasche befindet. Also von Geldbörse, Ausweis, Schlüssel, Makeup und Tampons mal abgesehen. Auf das Stichwort Schlüssel sprangen sie an wie ein Wachhund auf Schritte. Es wurde sofort eine Polizeistreife zu ihrer Wohnung geschickt. Ob sie einen Ersatzschlüssel hätte. Sie schüttelte unwillkürlich den Kopf. Es tat höllisch weh.

Die Herren von der Polizei machten ihr klar, dass sie jetzt einen Schlüsseldienst bestellen müssten, um die Wohnung zuerst zu öffnen und dann ein neues Schloss einzubauen. Mist. Was das wieder kosten würde.

„Wir lassen Sie nach Hause fahren“, sagte der Polizist.

„Nein, danke, ich fahre selbst“, sagte Judith schnell.

„Ich fahre Sie“, sagte Nils Sprengler. „Das ist das Mindeste, was ich tun kann, solange ich nicht sicher weiß, ob Sie eine Gehirnerschütterung haben.“

Sie wollte schon protestieren, als ihr einfiel, dass die Autoschlüssel vom Smart ebenfalls in ihrer Handtasche waren. Sie konnte ja schlecht sagen, dass das Auto Alice von Kaldenberg gehörte.

Aber der Smart musste so schnell wie möglich hier weg. Und sie musste die Kaldenberg informieren. Vielleicht konnte einer von ihren Leuten die Aldi-Tüte abholen.

Endlich war sie fertig mit ihrer Aussage. Nils Sprengler erhielt die Erlaubnis, sie nach Hause zu bringen.

„Ich sage nur schnell in der Remise Bescheid“, sagte er. Sie ging nach draußen. Kaum war sie außer Hörweite benutzte sie „unter Taste 2 können Sie uns rund um die Uhr erreichen“. Maria war am Apparat. Schnell erklärte sie ihr die Situation.

„Okay, wir holen umgehend das Auto, melde dich,

sobald du alleine bist“, sagte sie. In dem Moment kam Nils Sprengler. „Ich habe einen Schlüsseldienst anrufen lassen“, sagte Sprengler, „dann brauchen Sie nicht so lange vor der Tür zu warten.“

Fürsorglich, der Mann. Er öffnete ihr die Autotür des schwarzen BMW-Cabriolets, das vor dem Smart am Straßenrand geparkt war. Sie ließ sich stöhnend in den Sitz fallen.

„Und womit soll ich den Schlüsseldienst bezahlen?“, fragte sie, als er sich neben sie in das Auto zwängte und die Adresse in sein Navi eingab. „Knete futsch, Scheckkarte futsch.“

„Ich hoffe, Sie haben die Geheimnummer nicht daneben in der Tasche stecken.“

Natürlich hatte sie. Aber genauso natürlich protestierte sie: „Sie halten mich wohl für blöd.“

„Sobald Sie zu Hause sind, lassen wir Ihre Scheckkarte sperren. Den Schlüsseldienst überlassen Sie ruhig mir, wenn das alles ist, was ich für Sie tun kann“, sagte er. Den Kerl würde sie heute nicht so schnell loswerden. Wie sah eigentlich ihre Wohnung aus, fragte sie sich, während er den Anweisungen der Blechelse folgte. Also aufgeräumt hatte sie nicht, soviel stand fest. Egal. Sie schaute aus dem Fenster und überlegte. Ihr Kopf dröhnte, aber wenn sie schon mit Sprengler nach Friedrichshain fahren musste, dann konnte sie die Zeit nutzen und ihn interviewen.

„Wie geht es eigentlich Frau Dr. Sprengler?“, fragte sie.

„Sie ist noch ein bisschen zitterig, meine Mutter ist jetzt bei ihr, Tante Linda ist ein zähes Stück“, sagte er.

„Wie kam es eigentlich, dass Sie plötzlich da waren?“, fragte Judith.

„Donnerstagnachmittag ist die Klinik geschlossen. Tante Linda hatte mir am Mittag gesagt, dass eine Journalistin kommen würde, und hat mich gebeten, mal reinzuschauen.“

„Sie wollte, dass Sie bei dem Interview dabei sind?“

„Offensichtlich. Glück für Sie.“

„Sie arbeiten also auch in der Klinik?“, fragte Judith.

„Wohl oder übel“, sagte er schief grinsend. „Mein Vater hat mir seinen Anteil an der Klinik vermacht.“

„Das klingt, als ob Sie dort nicht gern arbeiten würden?“, sagte sie.

„Ich hatte schon als Baby ein Schildchen um den großen Zeh, auf dem stand: Plastischer Chirurg.“

„Und wenn Sie dieses Schildchen nicht um den großen Zeh gehabt hätten, was wären Sie dann geworden?“

„Konzertgeiger.“

Ach du Schreck.

„So eine Chirurgenfamilie ist also eine richtig schwere Bürde“, sagte Judith und hoffte, dass es nicht ganz so sarkastisch klang, wie sie es meinte.

„Erbschaften können auch lästig sein“, erwiderte er.

„Und was machen Sie jetzt mit den ganzen Bildern?“, fragte Judith.

„Was sollen wir schon damit machen? Nichts.“

„Wie, nichts? Werden Sie sie nicht verkaufen?“

„So was kann man nicht verkaufen. Viele der Bilder waren seit Generationen im Besitz der Familie. Mein Vater hat sie nur zurückgekauft.“

„Und was haben Sie dann davon?“

„Kosten. Für sichere Lagerung.“

„Und Ihre Tante? Was wollte Ihre Tante werden?“

„Die wollte immer nur eins sein: Plastische Chirurgin. Ich glaube, sie ist die einzige in der Familie, die ihre Bestimmung in der Klinik gefunden hat.“

„Ihr Vater war auch nicht begeistert von seinem Job?“

„Mein Vater lebte für seine Kunst. Und Sie? Ist Journalistin Ihr Traumjob?“

„Ich wollte nie etwas anderes werden“, sagte Judith und musste nicht mal lügen. „Ich stelle es mir furchtbar vor, wenn man einen Job machen muss, zu dem man keine Lust hat.“ Sie sprach aus Erfahrung.

Judith bekommt Besuch

Wie sie vorhergesehen hatte, dauerte es seine Zeit, bis sie Nils Sprengler endlich losgeworden war. Nicht, dass ihr seine Gegenwart unangenehm gewesen wäre. Im Gegenteil, wenn sie ehrlich war, fühlte sie sich sogar ein bisschen von ihm beschützt. Der Polizeiwagen hatte vor ihrer Tür gewartet, sie hatten ihre Wohnung gesichert und waren so lange geblieben, bis der Schlüsseldienst ein neues Schloss eingebaut hatte. Nils Sprengler hatte nicht nur den Schlüsseldienst bezahlt, sondern ihr auch noch 100 Euro in bar gegeben, damit sie über die nächsten Tage hinwegkommen würde. Er hatte sich, ohne die Miene zu verziehen in ihre Miniküche gezwängt und ihr einen Tee gekocht. Auch das ungemachte Bett hatte er geflissentlich übersehen.

Sie war ein bisschen hin und hergerissen gewesen. Einerseits gefiel ihr dieser viel zu große Mann mit seiner altmodischen Fürsorglichkeit, andererseits wollte sie so schnell wie möglich mit Alice von Kaldenberg reden. Sie wurde ihn erst los, als sie ihm versprach, am kommenden Dienstag mit ihm in ein Konzert zu gehen. Bernhard Goldsmith dirigierte Mahler.

Kaum hatte er sich verabschiedet, rief Judith am Kudamm an. Diesmal war Elke am Apparat.

„Judith, wo sind Sie?“ Sie hörte echte Besorgnis aus Elkes Stimme.

„Zu Hause, ist Lady Kaa zu sprechen?“

Elke lachte aus vollem Halse. „Lady Kaa ist gut. Mit einem oder mit zwei a?“, fragte sie.

Im Hintergrund hörte Judith Alice von Kaldenberg lachen. „Gib mir mal den Hörer“, sagte sie zu Elke.

„Lady Kaa gefällt mir. Aber ich bestehe auf zwei a, so wie die Schlange im Dschungelbuch, die mit dem hypnotischen Blick“, sagte Alice von Kaldenberg in den Hörer. „Wie geht es Ihnen, Schätzchen?“

„Bis auf eine Platzwunde am Kopf und einem Brummschädel ganz gut. Ich fürchte, die haben mit meiner Handtasche zusammen nicht nur das Diktiergerät, sondern auch Ihre Autoschlüssel geklaut“, sagte Judith.

„Machen Sie sich keine Sorgen, Hüsy und Maria haben das Auto schon geholt, wir werden ein neues Schloss einbauen lassen. Gott sei Dank waren die Autopapiere im Wagen. Was genau ist eigentlich passiert?“

Judith erzählte es ihr.

„Sie haben sehr umsichtig reagiert. Danke, dass Sie nichts von unserem Auto vor der Tür und den

Autoschlüsseln gesagt haben. Und das Handy scheinen Sie ja noch zu haben. Haben Sie Fotos gemacht?“

„Natürlich“, sagte sie. Lady Kaa meinte, sie solle jetzt mal schnell ins Bett gehen und wünschte ihr eine gute Nacht. Von wegen. Alice hatte sie gerade auf eine Idee gebracht. Judith lud das Fotoprogramm auf dem Handy. Die Walt-Disney-Villa erschien vor ihren Augen. Als sie zu dem letzten Foto kam, sah sie die geöffnete Terrassentür. Dahinter war was. Irgendein winziger, schwarzer Schatten, leider reflektierte der Blitz im Fenster. Sie schickte sich das Foto auf ihre eigene Mailbox und an die Firmenadresse. Befriedigt ging sie in ihre vergrößerte Mikrowelle und guckte, ob irgendwas Essbares zu finden war. Zumindest fand sie keine verhungerte Maus im Eisschrank, aber auch ansonsten war da nichts außer einer halb leeren Schachtel Diätmargarine, einer Flasche abgestandenem Mineralwasser und einem angegammelten Stück Du-darfst-Teewurst. Im Hängeschrank fand sie eine tröstliche Tafel Trauben-Nuss-Schokolade.

Du darfst, sagte sie sich und biss ohne schlechtes Gewissen herzhaft in ihren Seelentröster, als es klingelte. Sie guckte auf die Uhr. Wer kam um neun Uhr abends, fragte sie sich. Das konnte nur Sven sein, hoffte sie. Eine Gegensprechanlage gab es in dieser Bruchbude nicht. Falls es nicht Sven war, musste sie den Hausschlüssel nach unten werfen, normalerweise wurde das Haus um acht Uhr abends abgeschlossen. Sie ging auf ihren winzigen Balkon und schaute nach unten.

„Hallo, wer ist da?“, rief sie. Da war niemand. Also doch Sven, der hatte einen Schlüssel. Sie öffnete die Wohnungstür und ging ins Treppenhaus, um einen Blick über die Brüstung zu werfen. Das hätte sie nicht tun sollen.

Ihr war kotzübel. Kaum hatte sie das gedacht, war es schon zu spät. Trauben-Nuss auf dem edelweißen Eichen-Laminat. Kam gut. „Hinlegen Judith, ich mache es weg“, sagte Hüsy. Hüsy? Sie lag auf ihrem Bettsofa und schaute angeekelt mitten rein in die Bescherung.

„Was ist los?“, fragte sie und versuchte sich aufzusetzen. Wieder drehte sich alles um sie, ihr Magen rotierte. „Chloroform oder so“, sagte Hüsy, als er mit Handtuch und Waschlappen bewaffnet aus ihrer Küche trat.

Sie verstand überhaupt nichts mehr. Ihre Zunge fühlte sich an wie ein dickes fettes Pelztier, das es sich in ihrem Mund bequem gemacht hatte.

„Scheiße, ich hab Durst“, sagte sie. Sie hörte laufendes Wasser aus der Küche. Hüsy kam mit einem Glas Wasser zurück und setzte sich neben sie auf das Sofa.

„Komm, trink“, sagte er und half ihr, sich ein wenig aufzurichten. Sie kippte das Glas Wasser in einem gierigen Schluck hinunter. Hüsy nahm ihr das Glas ab und ließ sie wieder in ihre Kissen sinken.

„Danke, wie kommst du hierher?“, fragte sie. Er schaute sie besorgt an. „Alice hat gesagt wir sollen auf dich aufpassen“, sagte er. „Hat nicht so ganz geklappt.“

„Was heißt wir?“, fragte sie.

„Oliwia und ich. Wir haben Maria zum Smart gefahren und sind dann hierher, um dein Haus zu bewachen.“

„Wo ist Oliwia?“, fragte sie. Liebe Güte, wie peinlich.

„Als du vom Balkon Hallo gerufen hast, war klar, dass jemand bei dir geklingelt haben musste. Kurz vorher waren zwei Männer ins Haus gegangen. Ich bin also ausgestiegen und habe gewartet bis jemand rauskam. Kurz darauf kamen die zwei Männer wieder heraus, und ich bin dann durch die Haustür geschlüpft, so, als ob ich hier wohne. Deine Wohnungstür war angelehnt und du lagst auf der Erde im Eingang. Oliwia hat die Verfolgung von den beiden aufgenommen. Was ist hier passiert?“

„Ich weiß nicht, ich erinnere mich nur, dass ich über das Treppengeländer geguckt habe.“

„Die haben auf dich im Hausflur gewartet. Geht es dir sehr schlecht?“

„Danke, für heute reicht’s mir. Moment mal.“

Sie setzte sich abrupt auf. Fast hätte sie das Wasser wieder herausgebracht. Na ja, gab wenigstens keine Flecken.

„Was wollten die hier? Wieso hat Lady Kaa euch geschickt?“

„Lady Kaa?“ Hüsy lachte. „Ach, Alice! Sie hat befürchtet, dass du irgendwas gesehen hast und die Männer dir einen Besuch abstatten würden. Aber du hast Recht, was wollten die hier?“

Sie schaute sich um. Bei ihr gab es nichts zu klauen. Und die Wohnung war offensichtlich nicht durchwühlt worden. „Das Smartphone!“

„Du meinst das Firmenhandy? Hast du Fotos gemacht?“

„Ja, und zwar kurz bevor ich niedergeschlagen wurde. Es müsste eigentlich auf dem Couchtisch liegen.“

„Da liegt kein Handy.“

„Mist. Mein eigenes Handy war auch in der Handtasche, die sie mir geklaut haben.“

„Wieso haben sie dir dann das Handy nicht in Westend abgenommen?“

„Wahrscheinlich habe ich es fallen lassen und bin dann selbst darauf gefallen“, sagte sie.

„Hattest du dir die Fotos schon angeguckt?“, fragte er.

„Na klar. Warte mal, ich habe die Fotos an meine Mailadresse geschickt. Das letzte Foto hatte ich gemacht, kurz bevor ich niedergeschlagen worden bin. Da war was hinter der Scheibe zu sehen, aber auf dem Handy war es viel zu klein, um erkennbar zu sein.“ Sie stand mühsam auf.

„Bleib liegen. Wo ist dein Computer?“, fragte Hüsy.

Sie zeigte auf einen alten Schrank in der Ecke, den ihr Vater restauriert und als Computerschreibtisch eingerichtet hatte. „Da drin“, sagte sie.

Hüsy öffnete die Schranktür und schaltete ihren Computer an.

„Ich hab’s auf Yahoo! geschickt, weil ich die Fotos in der Firma zeigen wollte“, sagte sie. Hüsy fragte nach ihrem Passwort. Passwörter konnte man ändern, sie nannte es ihm. Vom Sofa aus sah sie, wie sich das Disney-Schloss auf dem Bildschirm aufbaute. Nicht gestochen scharf, aber zu erkennen.

„Das letzte Foto ist das interessanteste“, sagte sie, erhob sich schwankend von ihrem Lager und stellte sich hinter ihn.

„Und du meinst wirklich, dass die deshalb das Handy haben wollten?“, fragte er. Das Bild sah aus wie aus einem Horrorfilm. Viel dunkelblau, schwarz, ein milchiger Fleck von dem Blitz. Hüsy zog das Foto in ihr Fotoprogramm. „Mal sehen, ob wir das nicht schärfer hinkriegen“, sagte er und klickte sich durch.

„He, he, interessant“, sagte er und zeigte auf einen dunklen Fleck über der Milchstraße. Er ging auf Zoom, aber die Pixel verschwammen. Hüsy gab Kontrast dazu, aber es half wenig. „Sieht aus wie ein Kopf von einem Mann. Auf jeden Fall hellblond, siehst du hier, die Haare.“

Sie wankte zurück zum Sofa. Irgendetwas saß

mitten in ihrem angematschten Hirn und pochte an die Erkenntnistür. Hüsy druckte das Foto aus.

„Hör mal, ich glaube, du solltest mitkommen zum Kudamm“, sagte er.

„Kommt nicht in Frage, ich bleibe hier. Und überhaupt, was soll das bringen, die haben doch, was sie wollen. Die werden sich hier nicht mehr blicken lassen. Wieso rufen wir eigentlich nicht die Polizei?“

Hüsy stand mit dem Ausdruck am Fenster. Als Antwort auf ihre Frage zog er nur eine Augenbraue hoch. „Eindeutig ein blonder Mann. Mehr kann man nicht erkennen, aber Oliwia wird da schon noch was rausholen. Ich hoffe, Oliwia hat die Männer nicht verloren“, sagte er.

„Darf ich dich mal was fragen?“

Hüsy lächelte sie an und nickte. Er setzte sich in ihren alten, schon etwas ausfransenden Korbsessel.

„Wieso schnüffeln wir jetzt im Mordfall Sprengler rum?“

„Wahrscheinlich hat Bernie Alice damit beauftragt. Kaldenberg – diskrete Ermittlungen, wenn Alice nicht Schriftstellerin wäre, würde das wahrscheinlich an ihrer Eingangstür stehen.“

Judith war baff. „Heißt das, dass es nicht das erste Mal ist, dass Lady Kaa in einem Mordfall rumschnüffelt?“

Hüsy grinste. „Natürlich nicht. Wenn du mich fragst, dann braucht sie den Nervenkitzel, um schreiben zu können. Sie hat eine Nase wie ein Trüffelschwein für Kriminelles. Vielleicht muss man latent kriminell sein, um Krimis zu schreiben."

„Und alle machen da mit?", fragte sie.

„Mit Begeisterung, hast du das nicht gemerkt?"

„Aber das kann doch ziemlich gefährlich werden", sagte sie und fasste an ihren verbundenen Hinterkopf.

„Du hast Pech gehabt heute, konnte ja keiner wissen, dass du ausgerechnet bei deinem ersten Auftrag mitten reintrittst in den Hundehaufen."

Hundehaufen. Das Pochen in ihrem Kopf wurde lauter. „Verdammt, die haben gelogen!"

„Wer hat gelogen?"

„Nils Sprengler. Oder Linda Sprengler. Wahrscheinlich Frau Doktor. Nils Sprengler hat mir gesagt, dass seine Tante von drei Maskierten überfallen worden ist. Sieht das auf dem Foto aus wie ein Maskierter?"

Hüsy setzte sich kerzengerade auf. „Nein. Außerdem, wozu sollten sie sich die Mühe machen und das Risiko eingehen, dich niederzustrecken und dein Handy zu klauen, wenn darauf nur ein Maskierter zu sehen gewesen wäre. Alice hat mal wieder Recht gehabt, das stinkt zum Himmel."

Hüsys Handy klingelte.

„Oliwia! Hast du sie?", fragte er.

Judith beobachtete Hüseyin. Er sah einfach gut aus. Viel zu gut, er verunsicherte sie.

„Okay", sagte er, „sei vorsichtig."

„Was ist?“, fragte sie, als er aufgelegt hatte.

„Oliwia hat Fotos von den Männern. Sie meint, dass sie Richtung Polen unterwegs seien. Sie ist an ihnen dran.“

„Und jetzt?“, fragte Judith.

„Jetzt rufe ich Elke an. Sie soll uns hier abholen, ich halte es nicht für eine gute Idee, dich hier heute Nacht alleine zu lassen.“

„Hüsy, das hatten wir schon. Ich bleibe hier und schlafe. Ich werde auch ganz gewiss nicht die Tür aufmachen“, sagte sie.

Hüsy betrachtete sie wie ein besorgter Dackel mit leicht zur Seite geneigtem Kopf.

„Du musst was essen“, sagte er. „Soll ich eine Pizza bestellen?“

Ihr Magen rebellierte allein bei dem Gedanken an Essen. „Lass mal, ein Tag Diät schadet mir bestimmt nicht“, sagte sie und zog verschämt ihre Jacke ein wenig enger um sich. Nicht, dass sie dick war. Nicht wirklich. „Gut beieinander“ hatte Sven es genannt. Sie gehörte einfach zu den Frauen, die die Figur eines gesunden Trakehnerpferdes haben. Stämmige Beine, gebärfreudiges Becken und einen Busen, der im Gegensatz zu Oliwias Oberweite diesen Namen verdiente. Aus mir wird nie eine Elfe, dachte sie. Und da auch Salat und Selters daran nichts ändern würden, tröstete sie sich ab und an mit Trauben-Nuss-Schokolade darüber hinweg.

Sie sah, dass Hüseyin zögerte. Eigentlich süß,

wie fürsorglich er ist, dachte sie und sagte: „Komm, ich schmeiße dich jetzt raus, du musst auch mal irgendwann nach Hause."

Frühstück mit Überraschungen

Als Judith am nächsten Morgen am Kudamm ankam, hatte sie das Gefühl, als ob in ihrem Kopf ein Schmied eingezogen wäre. Die Schläge kamen in gleichmäßigem Rhythmus. Und obwohl dies erst ihr vierter Arbeitstag war, hatte sie fast das Gefühl, nach Hause zu kommen. Elke zog sie in die Küche und versorgte sie mit Aspirin und schwarzem Kaffee.

„Heute gibt es Brunch“, verkündete sie und so kam Judith zu einem Frühstück, mit dem jedes Fünf-Sterne-Hotel Ehre eingelegt hätte. Judith nahm an, dass Hüsy einen Live-Bericht über den Zustand ihres Kühlschrankes gegeben hatte. Bis auf Oliwia war die ganze Crew um den Küchentisch versammelt.

Lady Kaa machte ihr Vorwürfe: „Warum sind Sie so ein Risiko eingegangen? Das nächste Mal kommen Sie sofort zu uns. Wir haben hier ein Gästeapartment, in dem Sie immer bleiben können.“

Judith berichtete, was am vergangenen Nachmittag passiert war. Maria protokollierte alles, während sie an dem knusprig gebratenen Speck herumknabberte. Sie hatten die Fotos, die Judith gemacht hatte, bereits zu einem „Spezialisten“ geschickt. Auch Oliwia hatte Fotos geschickt, die bereits ausgewertet waren. Einer der Männer war strohblond. Das schien der Mann von Judiths Foto zu sein. „Wo ist Oliwia eigentlich?“, fragte sie.

„Wir wissen es nicht“, sagte Lady Kaa bedrückt. „Das letzte Lebenszeichen haben wir gestern Abend von ihr aus Polen bekommen. Seitdem kriegen wir keinen Telefonkontakt mehr zu ihr. Sie hat die drei Männer in dem Wagen mit Berliner Kennzeichen verfolgt. Die Männer haben einen Mann in Strausberg abgesetzt und das Auto gewechselt. Oliwia hat die Adresse durchgegeben und ist den zwei anderen Männern gefolgt, die mit einem Auto mit polnischem Kennzeichen Richtung Pomellen fuhren. Kurz hinter der Grenze sind die beiden in ein Gasthaus gegangen und Oliwia hat durchgegeben, dass sie ebenfalls in das Gasthaus gehen würde. Das war das Letzte, was wir von ihr gehört haben.“

Als Judith erzählte, dass sie Nils Sprengler nur losgeworden war, weil sie zugesagt hatte, mit ihm am nächsten Dienstag in ein Bernie-Goldsmith-Konzert zu gehen, lachten alle.

„Das nenne ich vollständig angetreten“, sagte Maria. Die gesamte Mannschaft hatte vor, am Dienstag dem Maestro zu huldigen.

„Das ist doch großartig“, sagte Lady Kaa. „Sprengler wird Sie bestimmt hinterher zum Essen einladen.

Versuchen Sie so viel wie möglich über die Familie herauszukriegen." In diesem Moment klingelte das Telefon. Maria hatte die Telefonzentrale auf das Handgerät umgeschaltet, das neben ihrem Teller lag.

„Guten Tag, Sie sprechen mit dem Büro von Kaldenberg, mein Name ist König, was darf ich für Sie tun?"

Das hört sich an wie in einem Callcenter nach einer Freundlichkeitsoffensive, dachte Judith fassungslos.

„Oliwia!" rief Maria begeistert und reckte den Daumen in die Höhe. Sie hörte eine Weile schweigend zu und sagte dann: „Warte mal, ich sag das mal laut, wir sitzen alle zusammen." Und zu allen: „Oliwia ist den Männern gestern Abend bis zu einem Haus gefolgt, ihr Handy war kurz davor den Geist aufzugeben, aber sie hat ihren Bruder noch angerufen, der sie abgelöst hat bei der Beobachtung des Hauses. Sie ist dann zu einem Freund gefahren und hat das Handy vergessen aufzuladen. Sie fragt, ob sie nach Berlin zurückkommen oder die Männer weiter beschatten soll. Ihr Bruder sagt, die hätten das Haus bisher nicht mehr verlassen."

Lady Kaa machte Maria ein Zeichen, dass sie das Telefon haben wollte.

„Schätzchen", sagte sie, „machen Sie das bloß nie wieder mit uns, ich war drauf und dran, Ihre Eltern zu alarmieren. Sie haben uns eine schlaflose Nacht bereitet. Das mit Ihrem Bruder war eine gute

Idee. Wir scheinen wohl den Wohnort zu haben. Die Namen müssten sich ermitteln lassen. Haben Sie etwas von der Unterhaltung mitgekriegt, die die Männer in der Gaststätte hatten?“ Lady Kaa hörte schweigend zu und gab Maria ein Zeichen, dass sie Papier und Kugelschreiber haben wollte. „Können Sie das buchstabieren? Ja. Okay, habe ich. Prima, Oliwia, große Klasse. Lassen Sie sich von Ihrem Freund noch ein bisschen verwöhnen und dann kommen Sie her.“

Als sie aufgelegt hatte, starrten Lady Kaa vier Augenpaare gespannt an.

„Was guckt ihr so? Ihr Lover hat sie dumm und dusselig gevögelt, wir haben uns ganz umsonst Sorgen gemacht.“ Elke lachte, Maria und Judith schauten sich betreten an.

„Wir haben Namen. Die haben sich in der Kneipe laut genug unterhalten, dass Oliwia mithören konnte. Es ging um …“ Lady Kaa setzte eine Schildpatt-Lesebrille auf, „… einen Jurek. Sie sagten, dass sie Ärger mit Zmuda kriegen würden. Jureks Auftrag sei nicht erfüllt worden. Jurek Zmuda. Und die Namen von den Männern, die sie verfolgt hat, kriegen wir über das Autonummernschild und über die Adresse.“

Judith fragte sich, wo Lady Kaa die Namen herbekommen wollte. „Die schienen sich ziemlich sicher gefühlt zu haben, dass die Sprengler später nicht die Polizei informieren würde“, sagte sie.

„Ja“, sagte Alice, „der eine hat gesagt, dass ein Teil des Auftrages erfüllt sei. Sie hätten ihr genug Angst gemacht, dass sie nicht auf dumme Gedanken kommen würde.“

„Das war also eine Auftragsarbeit. Und wenn der Auftrag nicht erfüllt ist, werden die wiederkommen. Richtig?“, fragte Judith noch mal.

„Vollkommen richtig. Sie werden wiederkommen. Die Frage ist, was sie suchen. Und diese Frage kann uns nur Linda Sprengler beantworten. Sie hat gelogen, was die Männer betrifft. Also hat sie etwas zu verbergen. Judith, Sie müssen so schnell wie möglich das Interview mit Linda führen.“

Das Telefon klingelte erneut. Maria sagte ihr Verslein auf. Betont sagte sie: „Frau Sprengler, ich verbinde Sie mit Frau von Kaldenberg“, und übergab Lady Kaa breit grinsend den Hörer. Alle hielten den Atem an. Maria schrieb quer über ein Blatt Papier: SABINE.

Lady Kaa machte ihnen allerdings einen Strich durch die Rechnung. Sie zog sich von ihrem Stuhl hoch und humpelte mit dem Telefon aus der Küche.

„Das ist ja ein Hammer“, sagte Maria.

„Die Ehefrau von Sprengler“, stellte Hüsy fest.

„Die Witwe, Schätzchen“, verbesserte Elke, setzte sich und zündete eine Zigarette an.

„Kennst du sie?“, fragte Maria.

„Nein, die Freundschaft zwischen Alice und den Sprenglers stammt aus einer Zeit, in der zwischen Alice und mir Funkstille war.“

„Sie waren befreundet?“, fragte Judith verblüfft.

„Siggi und Bernie waren befreundet und da Bernie damals in Berlin lebte, verkehrten auch die Damen miteinander.“

„Wie will Lady Kaa die Namen der Männer rauskriegen?“, fragte Judith, den Augenblick nutzend.

Hüsy, Maria und Elke lachten gleichzeitig. Judith musste ausgesehen haben wie eine Katze, die unter einen Rasensprenger geraten war, als Lady Kaa in die Küche zurückgehumpelt kam.

„Maria, tragen Sie bitte ein: Mittwochvormittag, zehn Uhr, Termin mit Sabine Sprengler in meinem Büro. Und Sie, Judith, haben natürlich am Mittwoch frei. Helfen Sie Elke noch beim Abräumen und dann ab mit Ihnen nach Hause. Ruhen Sie Ihren Kopf aus!“

Judith nickte mit ihrem Bumsschädel. Klar, sie musste unerkannt bleiben. Gern hätte sie gefragt, warum die Mannschaft sie ausgelacht hatte. Aber diese Frage musste sie sich wohl noch eine Weile verkneifen.

„Also ran an die Arbeit“, sagte Lady Kaa. „Maria, versuchen Sie Kaldenberg aufzutreiben, ich bin in meinem Büro.“

Judith stand auf und räumte die leeren Teller zusammen. Als alle die Küche verlassen hatte, fragte sie Elke: „Kaldenberg? Ich dachte, den gibt es hier nicht mehr seit über dreißig Jahren.“

„Stimmt“, sagte Elke und fegte ungerührt die

Brötchenkrümel auf dem Tisch zusammen. Sehr gesprächig war Elke heute nicht.

„Warum haben alle vorhin so gelacht? War doch eine ganz berechtigte Frage, oder?“

Elke nahm eine Schachtel Marlboro. „Schätzchen“, sagte sie, „Alice hat gute Verbindungen. Sie kriegt alles raus, glauben Sie mir.“

Judith räumte die Spülmaschine ein. Mist, sie hätte so gern mehr gewusst. Über Lady Kaa und ihre eigenartige Beziehung zu Elke. Und was war mit Fantomas Kaldenberg?

Exer Nr. 1 – Konstantin von Kalendenberg

„Ich brauche dich, Nucki“, sagte Alice.

„Mir geht es auch gut, Alice, danke der Nachfrage“, sagte Konstantin Ludwig Alexander von Kaldenberg. „Du brauchst also wieder mal eine Auskunft von mir“, stellte er fest. Alice war nicht zum Plaudern aufgelegt.

„Kannst du vorbeikommen, Konny?“, fragte sie, „morgen Abend?“

„Warum nicht gleich, jetzt sofort, Platz, Konny, sitz?“ Alice lachte. „Häschen, ich habe mir schon lange abgewöhnt, die Menschen zu fragen, wie es ihnen geht. Man kriegt entweder eine Lüge als Antwort oder darf sich stundenlang die Anamnese des Befragten anhören. Beides interessiert mich einfach nicht. Aber wenn du darauf bestehst, bitte, wie geht es dir?“

„Ich habe dich bereits eingangs belogen, also komm zur Sache. Worum geht's?“, fragte Konstantin.

„Ich brauche eine Info über zwei Personen, von denen ich Fotos habe. Wann kommst du?“

Konstantin lachte leise. „Du bist die widerlichste, unwiderstehlichste Person, die mir je begegnet ist", sagte er.

„Genau deshalb hast du mich mal geheiratet, schon vergessen?"

„Wie könnte man dich vergessen. Obwohl das fast vierzig Jahre her ist. Also heute Abend nach acht könnte ich es einrichten. Aber nur, wenn Elke mir ein Abendessen mit Stern zubereitet."

„Du kriegst ein Drei-Sterne-Essen, versprochen."

Alice lächelte in sich hinein, als sie auflegte. Sie erhob sich und humpelte in die Küche, wo Elke dabei war, Gläser in die Maschine zu räumen.

„Der Konstantin kommt zum Abendessen", sagte sie. „Ich habe ihm ein Drei-Sterne-Essen versprochen."

Elke steckte sich eine Zigarette an. „Also Kohlrouladen, wenn ich richtig verstanden habe", sagte sie und legte ihr Gesicht wie ein Shar-Pei-Hund in tiefe Falten.

„Genau. Kohlrouladen", sagte Alice lächelnd. Deshalb liebte sie ihre Freundin Elke über alles: Elke musste man nichts mehr erklären. Alice hatte ganz bewusst Konstantin am Abend zu sich gebeten. Sie achtete peinlich darauf, dass ihre Mitarbeiter ihn nie persönlich trafen. Außer Elke natürlich, aber die gehörte zur Familie.

Als sie am Abend an ihrem Küchentisch saßen, war Konstantin begeistert. „Kohlrouladen, ich liebe dich, Elke!“, rief er, als sie den Teller mit dem dampfenden Krautwickel vor ihn stellte.

„In Schmalz angebraten, mit einer Sauce aus püriertem Speck, Zwiebeln, Steinpilzen, Kümmel, Möhren, Tomaten und Kohl. Und dazu den fluffigsten Kartoffelbrei, den du je gegessen hast! Mit knusprigen Speckwürfelchen.“

In der nächsten Viertelstunde war mit Konstantin nicht zu reden. Alice, die sich nur eine Miniportion von der Kohlroulade gönnte, tauschte mit Elke amüsierte Blicke.

Konstantin ließ sich noch zwei Kohlrouladen nachlegen, man sah, dass er am liebsten den Teller abgeleckt hätte.

„Köstlich“, stöhnte er, während Elke ihm eine Flasche Korn auf den Tisch stellte. „Den brauchst du wohl zur Verdauung. Und nachher kriegst du noch einen Grießflammerie aus dem Kühlschrank, ich habe eine Sauce aus frischen Beeren dazu gemacht“, sagte Elke, gab ihm einen Kuss auf seine spiegelblanke Glatze und verschwand.

„Ich hätte dich heiraten sollen“, rief er hinter ihr her. Konstantin bevorzugte einfache, deftige Hausmannskost, man konnte ihn eher als Gourmand denn als Gourmet bezeichnen. Was dazu beitrug, dass er so aussah, wie er aussah: mehr wie ein Buddha als wie ein menschliches Wesen. Er goss sich einen doppelten Korn ein.

„So, nun sprich, Weib“, forderte er sie auf, während er sich in seinem Spezialstuhl zurücklehnte, den Elke vorher an den Tisch gestellt hatte. Die normalen Essstühle waren zwar robust, für Konnys Statur allerdings nicht stabil genug.

„Siehst übrigens besser aus als das letzte Mal", lobte er und prostete Alice zu.

„Das letzte Mal lag ich im Krankenhaus und hatte gerade ein neues Kniegelenk bekommen. Ist also kein Wunder", sagte sie. Alice hatte neben sich einen Hängeregisterordner auf der Bank liegen.

„Guck mal, ich habe hier ein paar Fotos."

„Erzähl mir was davon", sagte Konstantin und kippte den doppelten Korn in seinen Hals, der ein wenig an eine Kröte erinnerte.

„Ich weiß nichts über die Kerle, außer, dass sie in Polen wohnen, die Adressen stehen hinten drauf. Die drei Jungs haben eine Freundin von mir überfallen und eine Mitarbeiterin niedergeschlagen. Ich will wissen, für wen die arbeiten. Sie sprachen von einem Zmuda. Jurek Zmuda."

„Worum geht es denn deiner Meinung nach?"

„Keine Ahnung. Kunstdiebstahl? Die haben etwas gesucht in der Klinik." Alice wartete, ob Konstantin genau zugehört hatte.

Er hatte. „Klinik?"

„Ja, sie sind in eine Klinik für Plastische Chirurgie eingebrochen."

„Interessant", meinte Konstantin. „Höchst interessant."

Alice sah, wie es in ihm arbeitete. „Plastische Chirurgie, sagst du? Aber die haben keine Drogen mitgehen lassen, oder?"

„Drogen? Ach, du meinst Betäubungsmittel, Morphium oder so einen Quatsch."

„Genau so einen Quatsch", sagte Konstantin grinsend.

„Nicht, dass ich wüsste. Die haben überhaupt nichts mitgehen lassen. Moment, ich kann dir doch noch etwas dazu sagen: Die Chefchirurgin hat gelogen. Sie hat behauptet, die Männer wären maskiert gewesen. Waren sie aber nicht, meine Mitarbeiterin hat ein Foto von einem gemacht."

„Verdammt, Alice, sei vorsichtig! Du kannst doch da nicht deine unbedarften Mitarbeiter reinziehen. Du gehst echt immer wieder über Leichen!"

„Bis jetzt leben unsere Leichen alle noch", sagte Alice. „Außerdem sind meine Mitarbeiter nicht unbedarft!"

„Ich verspreche, dass ich mich dezent umhöre. Aber Alice, du versprichst mir, dass du deine Mitarbeiter von denen fernhältst. Sonst kann ich nichts für dich tun."

„Ich verspreche es dir, Konstantin." Im Lügen war Alice schon immer Klassenbeste gewesen.

Klassische Musik

„Bis nachher“, hatte Judith sich am Kudamm verabschiedet. Klar, dass sie die versammelte Mannschaft im Konzert zu übersehen hatte. Sie hatte sich viel Mühe gegeben, die Wunde von letzter Woche mit aufgestecktem Haar zu verbergen, als Nils Sprengler um kurz vor sieben Uhr bei ihr klingelte. Er hatte eine Flasche Champagner mitgebracht „zur Einstimmung“ und den lädierten Bilderrahmen, in dem immer noch das Bild feststeckte, damit sie es ihrem Vater bringen konnte, so wie sie es letzte Woche besprochen hatten.

Judith hatte ihre Bude aufgeräumt, so dass er auf ihrem zusammengeklappten Bettsofa sitzen konnte.

„Sieht toll aus, Ihre Frisur“, sagte er und lächelte wieder dieses kleine Jungenlächeln, während er den vorgekühlten Champagner entkorkte. „Kopfschmerzen, Übelkeit?“, fragte er.

„Drei Aspirin“, antwortete sie und reichte ihm ihr Glas. Die Episode mit den Polen verschwieg sie, natürlich.

„Lieben Sie Mahler?“, fragte er.

Was sollte sie sagen? Sie stand auf James Blunt. Mahler war ihr in etwa so fremd wie die Keplerschen Gesetze. „Ich weiß nicht so genau“, sagte sie. Nils Sprengler versprach, ihr nach dem Konzert etwas über Mahler zu erzählen.

„Wenn Sie mir die Ehre erweisen, Sie zum Essen einladen zu dürfen.“

Wie altmodisch er doch ist, dachte Judith.

Auf dem Weg zur Philharmonie fragte sie ihn, was er von Bernhard Goldsmith halte. „Er ist ein Gott“, schwärmte Nils Sprengler. „Und er ist mein Patenonkel. Mein Vater war mit ihm befreundet.“

„Woher kannten sie sich?“, fragte Judith.

„Sie haben sich über einen Bekannten kennengelernt als mein Vater in New York studiert hat“, sagte Nils.

„Waren sie nicht gemeinsam in dieser Organisation, WorldKidAid?“

„Bernie hat meinen Vater dahin gebracht. Goldsmith hat ja lange in Deutschland gelebt“, sagte Nils.

Wer war dieser gemeinsame Bekannte? Im Zweifelsfall würde Lady Kaa das wissen.

In der Philharmonie herrschte, obwohl das Konzert außerhalb der Saison stattfand, dichtes Gedränge. Nils hatte ihr erklärt, dass Goldsmith im Sommer immer Benefizkonzerte für WorldKidAid gab. Sie schaute sich um. Viele Leute sahen aus, als ob sie zu einer Beerdigung geladen waren.

Trauerflor, soweit das Auge blickte. Nils Sprengler begrüßte den einen oder anderen. Wie er sie sachte am Arm hielt, gab ihr ein seltsames Gefühl der Zusammengehörigkeit, das sie fast zu Tränen rührte. Das genau war es, was sie in den letzten Wochen vermisst hatte. Genauer gesagt, seitdem Sven ihr per Telefon mitgeteilt hatte, dass er „ein bisschen Luft zum Atmen" brauchte. Was auch immer er sich darunter vorstellte.

Sie schaute sich in dem Konzertsaal um. Seltsame Architektur, frühe 60er Jahre. Nicht ihr Fall, also. Nils Sprengler führte sie in die zweite Reihe von Block A. Immer nah dran am Maestro, wohin auch sonst. Sie blickte sich um und hätte fast gewinkt. Oliwia hatte sich umgedreht und sie erspäht. Ihre Kollegen saßen rechts von ihr im Gang in der ersten Reihe.

Sie lehnte sich zurück und ließ das Ambiente auf sich wirken. Die Leute hüstelten, als ob man sich vor dem Konzert noch mal schnell vom Schleim befreien müsste, scharrten mit den Füßen, unterhielten sich leise. Das Licht wurde runtergedimmt, das Orchester nahm seine Plätze ein. Irgendwie feierlich. Dann kam der Maestro. Das Publikum klatschte.

Was dann kam, war für sie absolut unerwartet. Sie bekam eine Gänsehaut. Es war überwältigend. Der feine Klang der Instrumente, die schwere, volltönende Musik nahmen sie völlig gefangen. So also konnte Musik sich auch anhören. Wenn man genau hinhörte, konnte man jedes einzelne Instrument unterscheiden. Der Rücken von Bernieliebling verschwamm vor ihren Augen. Es fühlte sich an, als ob man nach einem Hotdog in eine handgemachte Praline beißt, die auf der Zunge zerschmilzt. Sie war völlig hingerissen von der Fülle der Töne, die ihr Ohr streichelten und ihre Gedanken davontrugen. So weit davon, dass sie kaum merkte, wie Nils Sprengler ihre Hand ganz leicht drückte. Sie schaute ihn an, er lächelte. Judith schloss die Augen, genoss seine Wärme, seinen Duft, der sie an einen Spaziergang im Wald erinnerte, genoss die Musik. In diesem Moment wünschte sie sich, dass dieses Konzert nie enden würde.

In der Pause gingen sie nach draußen. Judith merkte, dass einige Leute sie anstarrten, die Nils von Weitem zunickten. In der zweiten Hälfte des Konzerts wurde ihre Ahnung zur Gewissheit: Sie hatte sich verliebt. In Bernieliebling und Mahler.

Nach dem Konzert schlenderten sie über den Potsdamer Platz, durch die Straßenschlucht zwischen den Steinhäusern des DaimlerChrysler-Quartiers und dem Sony-Glaszirkus.

„Mögen Sie den Potsdamer Platz?“, fragte Judith.

Nils blieb stehen und betrachtete das schmale Band des Himmels zwischen den Hochhäusern. „Eigentlich fühle ich mich hier immer wie ein Tourist“, sagte er. Judith nickte. So ungefähr ging es ihr auch.

„Hat nicht viel mit meinem Berlin zu tun“, sagte sie.

„Ist Ihnen mal aufgefallen, dass der Potsdamer Platz vor der Maueröffnung Niemandsland war?“, fragte er.

„Wieso, der war doch immer West-Berlin“, sagte Judith.

Nils lachte. „Für mich lag der immer in Ost-Berlin.“ Er führte sie in ein Lokal in dem roten Backsteinhaus, das aussah, als ob Philip Marlowe gleich aus dem Fahrstuhl steigen würde. Offiziell hieß das Haus Kollhoff-Tower. Das Lokal hatte den gleichen unterkühlten Charme wie der gesamte Potsdamer Platz. Wenn man überhaupt von Charme reden konnte. Judith stand mehr auf Vintage.

„Erzählen Sie mir von Ihrem Berlin“, forderte Nils sie auf, nachdem sie hinter einer Glasscheibe Platz genommen hatten. Sie fühlte sich wie in einem Aquarium. Im Laufe des Abends würde sie entscheiden, wer die Fische waren. Die da draußen oder sie hier drinnen.

Wenn man etwas von jemandem wissen will, dann muss man von sich selbst erzählen. Das hatte sie gelernt. Also fing sie an, von ihrer Kindheit in Berlin zu erzählen. Von der Plattenbauwohnung in Hohenschönhausen, von ihrem Vater, der neben seinem Job am Maxim-Gorki-Theater, wo er als Kulissenbauer tätig war, immer schon auf ihrer Datscha in Blankenfelde Möbel restauriert hatte, die bei seinen Künstlerkollegen reißenden Absatz fanden.

„Hat Ihr Vater sich gleich nach der Wende selbstständig gemacht?", fragte Nils, nachdem die Kellnerin mit der Bestellung verschwunden war.

Judith nickte und fragte: „Und Ihr Vater, wie war er?"

„Ich weiß so wenig über meinen Vater", sagte er.

Judith war baff. „Aber Sie sind doch bei ihm aufgewachsen. Wie war das mit dem Schild am großen Zeh?"

„Manchmal", sagte er, „habe ich den Eindruck, dass mein Vater meine ganze Kindheit und Jugend nicht existent war. Er war immer in der Klinik, und wenn er nicht in der Klinik war, dann war er unterwegs, auf der Jagd nach dem nächsten Bild."

„Und Sie durften nicht Konzertgeiger werden?"

„Das war ihm egal, glaube ich. Die Familie war ihm egal."

Judith schluckte. Bis jetzt hatte sie den Eindruck gehabt, dass die Sprenglers eine heile Familie waren. Vielleicht war es ihre eigene Sehnsucht nach einer heilen Familie, die sie da auf diese Menschen projiziert hatte. Sie konnte sich einfach nicht vorstellen, dass reiche Menschen nicht glücklich sein könnten. „Aber warum sind Sie dann nicht Konzertgeiger geworden, wenn es ihm egal war?"

„Dafür hätte ich von Kindheitsbeinen an täglich Geige üben müssen."

„Und warum haben Sie das nicht getan?"

„Meine Eltern hatten mir zum vierten Geburtstag eine Geige geschenkt. Es war das schönste Geburtstagsgeschenk meines Lebens. Ich bin nachts aufgestanden und habe sie immer wieder in die Hand genommen, sie fühlte sich so gut an. Meine Mutter hat mir einen Geigenlehrer spendiert." Nils Sprengler schwieg und schaute ins Leere.

„Was ist dazwischen gekommen?", fragte Judith.

„Die Klinik? Tante Linda? Meine Schwester?" Nils schüttelte den Kopf. „Meine Schwester durfte malen. So viel und so lange sie wollte. Sie wurde gefördert. Sie ist so begabt, so kreativ, sie ist wundervoll."

„Und Sie durften nicht Geige spielen?"

„Doch, doch. Schon. Ein bisschen. Aber es gab so viel anderes. Tante Linda hat sich immer wieder etwas Neues einfallen lassen, um mich zu faszinieren, mich für die Klinik, für den Beruf zu interessieren. Da blieb einfach keine Zeit mehr."

„Soll das heißen, dass Ihre Tante verhindert hat, dass Sie Geige lernten?"

„Gelernt habe ich ja, aber sie hat mir kaum Zeit gelassen zu üben. Alles andere war wichtiger."

„Was hat Ihre Mutter denn dazu gesagt?", fragte Judith.

„Meine Mutter hat sich vor allem um Carlotta gekümmert. Carlotta sollte Malerin werden."

„Das hört sich an, als ob ausschließlich Tante Linda für Ihre Erziehung zuständig gewesen ist", sagte Judith.

„Sie war mir mehr eine Mutter als meine eigene. Ja, wenn Sie es so ausdrücken wollen, Tante Linda hat sich um mich gekümmert wie um ihren eigenen Sohn. Sie hatte ja keine Kinder."

„Warum hat sie nie geheiratet?"

„Sie ist mit der Klinik verheiratet", sagte Nils.

„Und Ihre Schwester? Was hat Ihr Vater dazu gesagt, dass sie Malerin werden sollte?"

„Es war ihm egal. Mein Vater lebte in seiner eigenen Welt. Und das war eine künstlerische, vielleicht eine künstliche Welt. Er hat sich nicht viel für die Familie interessiert. Außer für Tante Linda. Weil sie seine Partnerin war in der Klinik und dafür gesorgt hat, dass er genügend Geld hatte für sein teures Hobby."

„Hat Ihre Mutter Ihre Tante dafür nicht gehasst?"

„Wie kommen Sie denn darauf!" Nils Sprengler schien ehrlich erstaunt. Er schüttelte den Kopf.

„Nein, nein, meine Mutter und Tante Linda waren immer ein Herz und eine Seele. Wir lebten alle unter einem Dach."

„Und Ihre Mutter hat sich nicht dagegen aufgelehnt, dass Ihre Tante Ihre Erziehung in die Hand genommen hat?"

„Ich kann mich nicht erinnern", sagte Nils Sprengler während die Kellnerin die Vorspeise brachte.

Judith lehnte sich zurück. Mütter gab es, die gab's gar nicht. Es würde interessant sein, Mutter und Tante getrennt zu interviewen. Nils Sprengler fing an ihr leid zu tun.

„Sie sagten, dass Ihre Eltern mit Ihrer Tante in

einem Haus gelebt haben. Sie lebten also alle in dieser Villa in Westend?", fragte Judith.

„Die Villa ist die Klinik. Wir lebten früher alle gemeinsam in der Remise. Jetzt wohnen da nur noch meine Tante und meine Mutter."

„Und Ihre Schwester, was macht sie?"

„Carlotta lebt in Juan-les-Pins in Frankreich."

„Ist sie Malerin geworden?"

„Ja, natürlich. Erzählen Sie mir von sich, Judith", sagte Nils Sprengler.

Was sollte sie ihm erzählen. Was konnte sie ihm überhaupt erzählen? Dass sie verletzt war, alleine, verlassen von Sven, dem Mann, mit dem sie geglaubt hatte, eine Zukunft zu haben? Dass sie ihre Brötchen in einer Bar verdienen musste anstatt dem Pulitzer-Preis nachjagen zu dürfen? Dass sie im Auftrag von Alice von Kaldenberg für 400 € hinter ihm her schnüffelte?

„Es gibt nicht viel von mir zu erzählen", meinte sie.

„Das glaube ich nicht. Sie haben so einen faszinierenden Beruf!"

Judith vertiefte sich in die winzige Vorspeise. „Wie kam Ihr Vater eigentlich dazu, Kunst zu sammeln?", fragte sie, während sie mit der Gabel in den abgezählten Salatblättern stocherte.

Nils lachte. „Das liegt wohl in der Familie. Schon meine Urgroßeltern haben Kunst gesammelt."

„Daher die Ölschinken", sagte Judith, während die Kellnerin die Vorspeise abräumte.

Nils blickte der Kellnerin versonnen hinterher. Judith wusste, dass sie sich gerade endgültig als Kunstbanausin geoutet hatte.

„Mein Vater lebte für diese Ölschinken, wie Sie es nennen“, sagte Nils und goss ihr einen Schluck Weißwein nach. „Er war davon besessen. Jedes einzelne Stück wollte er wiederhaben.“

„Wiederhaben?“

„Vielleicht war er einfach auf der Suche nach seiner Vergangenheit, nach seinen Wurzeln. Ich weiß nicht, was mein Vater gemacht und gedacht und getan hat. Wir haben uns nicht sehr häufig gesehen.“

„Heißt das, dass Sie erst in der Klinik arbeiten, seitdem Ihr Vater ermordet wurde?“, fragte Judith.

Nils nickte. „Natürlich. Tante Linda braucht mich jetzt, außerdem habe ich gerade erst meine Facharztausbildung abgeschlossen. Aber Sie werden ja sicher noch mit meiner Tante für Ihr Feature sprechen, sie wird Ihnen alles über ihre geliebte Klinik erzählen.“

„Wie geht es Ihrer Tante jetzt?“, fragte sie.

„Sie ist ziemlich verschreckt“, sagte er.

„Kein Wunder. Da kommen ein paar maskierte Männer, fesseln sie und versuchen sie auszurauben. Das kann ganz schön traumatisch sein“, sagte Judith. „Hat die Polizei schon etwas herausgefunden, was auf die Spur der Täter führen könnte?“

„Das sagen sie uns natürlich nicht. Aber Tante Linda und meine Mutter haben Angst, dass so etwas noch mal passiert, aber diesmal in der Remise. In der Klinik gibt es nicht viel zu klauen."

„Komisch eigentlich. Haben die gehofft, Bargeld zu finden?"

„Sie haben versucht, Tante Linda dazu zu bewegen, den Safe zu öffnen. Also, was sollen sie sonst gesucht haben?"

Gute Frage, Nils Sprengler, dachte Judith.

Bei der Hauptspeise wich er auf Mahler aus. Sie musste zugeben, dass er wirklich interessant über Mahler erzählen konnte, er erklärte ihr die Musik so, dass Judith sie fühlen konnte. Seine sonst etwas schläfrigen Augen bekamen plötzlich einen Glanz, der nicht nur vom Wein kam, seine hängenden Schultern strafften sich. Der Wein hatte auch Judith ein bisschen benebelt, und als Nils sich kurz entschuldigte, nahm sie sich fest vor, sich nicht in diesen Mann zu verlieben. Konzentriere dich, sagte sie sich. Sie brauchte etwas Handfestes, sie brauchte etwas, womit sie zeigen konnte, dass sie ihr Handwerk gelernt hatte.

Als Sprengler von der Toilette zurückkam, lächelte er wieder dieses kleine Jungenlächeln, von dem Judith instinktiv wusste, dass sie sich davor hüten musste. Er setzte sich ihr gegenüber und Judith entschied angesichts der vorbeiziehenden und neugierig gaffenden Touristen, dass Nils und sie die Fische im Aquarium waren. Sie schwammen umeinander herum. Er stützte die Arme auf die

Tischplatte, verschränkte die Hände unter dem Kinn und schaute ihr tief in die Augen. Sie hielt seinem Blick stand und überlegte fieberhaft, wie sie das Gespräch wieder auf seinen Vater bringen konnte.

„Was wollte er wiederhaben, Ihr Vater?“ Sie versuchte es ganz direkt. Nils seufzte. Es war unverkennbar, dass er lieber über etwas anderes gesprochen hätte.

„Die Bilder, die im Laufe von Generationen von unserer Familie gesammelt wurden“, sagte er. Judith schwieg und fummelte an der dürren Blume herum, die dieses Aquarium dekorieren sollte. Nils berührte wie zufällig ihre Hand. Die kleinen Härchen auf ihrem unteren Rücken erwachten zum Leben und stellten sich auf.

Wieso wiederhaben?, wollte sie fragen, aber sie konnte nicht. Sie wusste, dass ihre Stimme sich rau anhören würde.

„Sie haben Augen wie Moor“, sagte er.

Was zum Teufel meinte er damit? Sie zog eine Augenbraue fragend hoch. „Warm, feucht, und man muss aufpassen, nicht verschlungen zu werden“, sagte er.

„Haben Sie Angst, von mir verschlungen zu werden?“, fragte Judith, der plötzlich egal war, wie ihre Stimme klang.

„Nichts wünsche ich mir mehr, Moorauge“, sagte er.

Eindeutig Fische, dachte sie. Und sie dachte in diesen Sekunden noch sehr viel mehr, zum Beispiel daran, dass sie ihren besten, schwarzen Spitzenslip anhatte, und dass gleich jemand kommen würde und ihnen Futter in das Aquarium werfen würde, und dass ihre Härchen sich aufgestellt hatten, und dass sie morgen frei hatte, und dass Sven ein Arschloch war, und dass sie aufpassen musste, sich nicht in Nils Sprengler zu verlieben.

„Ich kann kein Instrument spielen“, sagte sie, ohne zu denken.

„Oh doch, ich bin sicher, dass du das kannst“, sagte er und nahm ihre Hand. Sie saßen schweigend in dem Aquarium, versanken ineinander und führten einen stummen Dialog. Als die Kellnerin vorbeiging, sagte er leise: „Die Rechnung bitte“, ohne wegzuschauen.

Während er bezahlte, versuchte sie ihre fünf Sinne wieder zusammenzukriegen. Das hielt genauso lange an, bis sie, ein wenig atemlos, vor die Tür des Restaurants traten. Er legte einen Arm um Judith und sie gingen unter den alten Bäumen der Alten Potsdamer Straße entlang. Schweigend.

Vor den Bistros saßen die Kinogänger und Touristen, ihre Unterhaltungen hörten sich an wie Vogelgezwitscher. Am Eingang zu den Potsdamer Platz Arkaden spielte ein alter Mann Klarinette. Am Hotel Hyatt nahm Nils ihre Hand, und sie liefen über den Fußgängerübergang, kurz bevor die Ampel auf Rot sprang. Zwischen den beiden Fußgängerübergängen, auf dem Mittelstreifen der Potsdamer

Straße, zog er sie in seine Arme. Oder sie sank in seine Arme, oder sie wurde ohnmächtig, oder sie war betrunken.

Später wusste sie nicht mehr, wie oft sie die Rotphase nutzten, um sich zu kosten, um wortlos die Frage zu klären, die spätestens auf dem Parkplatz der Philharmonie gekommen wäre. Sie wusste nur noch, dass sie schweigend zu ihm nach Hause fuhren, sie schweigend den Fahrstuhl betraten und ihn nicht mehr verlassen wollten, dass sie von ihm schweigend in sein Schlafzimmer geführt wurde, und dann war es vorbei. Mit dem Schweigen.

„Ich brauche dich, komm." Sie stammelte endlosen Blödsinn, während er sie aus dem schwarzen Kleid auspackte, wie ein lang erwartetes Geschenk, viel zu langsam, während seine Pianistenhände ihren Körper erkundeten und sie ihm entgegen kam, immer weiter, „ja, ja, bitte", und sie stöhnte und stammelte und bettelte, als seine Finger sie erkundeten, in sie eintauchten, während er ihr immer noch in die Augen schaute, „Herr Doktor, bitte nicht, nein, ja", und sie wusste, dass sie ihm hilflos ausgeliefert war, „bitte nicht", schrie sie, als eine heiße Woge sie überschwemmte, und er sagte „schau mich an, Moorauge", und sie unter ihm zappelte wie ein Fisch ohne Wasser, nach Luft schnappend. Oh Gott, was tat er mit ihr? Sie konnte nicht aufhören zu betteln, als er in sie hineinglitt, sie versuchte ihn aufzusaugen, ihn zu verschlingen, aber er ließ sie nicht, er entzog sich ihr wieder und wieder. Er spielte mit ihr und sie konnte nicht mitspielen, sie wollte ihn, sie wollte mehr, wollte, dass er nicht aufhörte und flehte ihn an, aufzuhören.

„Sag, dass du mich willst", flüsterte er. „Nein, ja, ich will dich nicht, ich will dich nicht, ich will dich nicht", schrie sie immer lauter, bis sie erschöpft und Schweiß gebadet auf dem zerwühlten Satinlaken zusammensackten.

Als er ihr sanft über den verletzten Kopf strich, wusste sie, dass er sie besiegt hatte. Das war kein Sex gewesen, das war ein Machtspiel. Und sie hatte verloren. Sich verloren. Tränen rannen ihr runter. Sie begann wütend zu werden. Auf ihn. Oder auf sich. Sie hatte ihn aushorchen wollen und hatte nichts erfahren, womit sie ihre neuen Kollegen beeindrucken konnte. Stattdessen hatte sie sich poppen lassen. Herr Doktor hatte sie zu einem winselnden, bettelnden Häufchen gemacht. Wütend starrte sie an seine zartgelb gestrichene Decke.

„Champagner?", fragte er, während er ihr eine feuchte Strähne aus dem Gesicht wischte. Sie drehte ihren Kopf weg. Sie hasste Champagner, und in diesem Moment hasste sie Nils Sprengler.

„Wo ist dein Bad?", fragte sie und es klang genauso brüsk, wie es klingen sollte. Sie wollte eine kalte Dusche und dann wollte sie weg, so schnell wie möglich. Was bildete dieser Kerl sich eigentlich ein. Er stand auf und lachte leise. Wahrscheinlich hätte sie eine kalte Dusche genommen und wäre verschwunden, wenn da nicht dieses Lachen gewesen wäre. Dieses kleine, triumphierende Lachen. Wer zuletzt lacht, lacht am besten, hatte ihre Scheißmutter immer gesagt. Er hatte keine Chance mehr. Weder zum Champagnertrinken noch zum Luftholen oder Lachen. Sie ließ ihn stattdessen vor Lust betteln, stöhnen und schreien.

Als der Morgen graute, machte er das, was sie ein typisches Wessi-Kinderfrühstück nannte: Cornflakes mit Joghurt und Banane. Zumindest der Cappuccino war etwas für Erwachsene.

Nils fuhr Judith zu ihrer Wohnung. „Ich wusste doch, dass du ein Instrument spielen kannst", sagte er, als er sie mit einem sanften Kuss vor ihrer Haustür verabschiedete um zu seiner Klinik zu fahren. Sie hoffte, dass er nicht würde operieren müssen, denn sie war sich sicher, dass seine Hände genauso zitterten wie ihre Knie, als sie die Treppen zu ihrer Behausung hochstieg.

Sie warf sich auf ihr zusammengeklapptes Ektorp-Sofa und lauschte dem Summen in ihrem Kopf. Es hörte sich an wie ein ganzer Bienenstock. Obwohl sie todmüde war, wusste sie, dass sie nicht schlafen konnte. So was wie Nils Sprengler war ihr noch nie passiert. Nicht, dass sie je eine Nonne gewesen wäre, das nun wirklich nicht. Aber dieser Mann hatte bei ihr irgendeinen Schalter umgelegt.

Entschlossen stand sie auf und öffnete ihren Computerschrank. Sie musste dringend Ordnung in ihren Bienenstock bringen. Während sie den Computer hochfuhr, entschied sie, dass sie sehr gut diesen freien Tag dazu nutzen könnte, um ihrem Vater den kaputten Bilderrahmen zu bringen, der in braunes Packpapier eingepackt an der Wand lehnte. Aber erst mal legte sie einige Dateien an. Eine für Nils Sprengler, eine für seinen Vater, eine für Linda Sprengler und eine für die Mutter.

Was hatte sie über Nils Vater erfahren? Sie tippte alles, was ihr einfiel:

Kümmerte sich nicht viel um die Familie, überließ Kindererziehung seiner Frau und seiner Schwester, versuchte Gemälde wiederzubekommen – was sie sofort fett, kursiv und unterstrichen markierte – ***lebte für seine Kunst, suchte nach seinen Wurzeln***. Nach seinen Wurzeln? Was hatte Nils damit gemeint? Wieder fett, kursiv und unterstrichen.

War mit Bernie Goldsmith befreundet.

Nun ja, das war nun absolut nicht neu. Sie öffnete die Datei von Linda Sprengler.

Sie lügt, wenn sie sagt, dass Maskierte sie überfallen haben. Sie hat Nils davon abgehalten, Konzertgeiger zu werden. Sie hat dafür gesorgt, dass er in ein Leben als Plastischer Chirurg hineinwächst. Sie versteht sich gut mit ihrer Schwägerin. Sie lebt für die Klinik.

Und was wusste sie über ihre Schwägerin?

Sabine Sprengler kümmerte sich kaum um

Nils, überließ die Erziehung des Jungen der Schwägerin. Kümmerte sich dafür umso mehr um ihre Tochter Carlotta. Lebt seit über 35 Jahren zusammen mit ihrer Schwägerin und ihrem Ehemann in einem Haus.

Auch nicht erhebend viel. Um Nils Sprengler hatte sie sich bis zum Schluss gedrückt. Seufzend öffnete sie seine Datei und vermerkte:

Nils Sprengler: geboren mit Zettel am Zeh: Plastischer Chirurg. Berufswunsch: Konzertgeiger. Fan von Bernie Goldsmith. Hauptsächlich erzogen von Linda Sprengler. Dachwohnung in Charlottenburg, riesiges Wohnzimmer mit Kamin, grauer Sitzlandschaft, dunkellila Ledersessel, Bilder von Schwester Carlotta an den Wänden. Bilder strahlen Einsamkeit aus. Große Dachterrasse mit vielen Koniferen in Steintrögen. Graues Marmorbad mit dunkellila Handtüchern, Schlafzimmer mit gelben Wänden und schräger Decke und einem Bett.

Toll, Judith, sagte sie sich, er hat ein Bett. Wahnsinnserkenntnis.

Bett aus Kirschbaum. Blaue Lackküche. Isst zum Frühstück Müsli und trinkt Cappuccino. Fährt BMW-Cabrio. Viel zu langer Oberkörper, Hängeschultern, Schlafzimmerblick.

Genialer Liebhaber.

Das Letzte strich sie ersatzlos, speicherte alles ab und schloss den Computer. Sie hatte nichts und fühlte sich wie eine Versagerin. Nein, schlimmer, wie eine Verräterin. So unprofessionell konnte man doch gar nicht sein. Der erste Recherchetermin und schon war sie mit dem Kerl ins Bett gegangen. Etwa aus Recherchegründen?

Sie war so sauer auf sich selbst, dass sie am liebsten die fast vergessene Rasierklinge ganz hinten im Medizinschränkchen rausgeholt hätte. Aber das mit dem Ritzen hatte sie ja unter Kontrolle, ehrlich. Sie schmiss die Tür des alten Schrankes zu und stiefelte in ihr winziges Duschbad. Um sich unter der Dusche seinen Geruch abzuseifen, ihn zu entfernen von ihrem Körper, restlos. Sie schrubbte, bis ihre Haut wund war. Und dann wickelte sie sich in ein dickes Handtuch, setzte sich auf den geschlossenen Klodeckel und zerfloss in Selbstmitleid. Vorsichtig betastete sie den Verband hinten an ihrem Kopf. Er war nass geworden und begann sich zu lösen.

Judith in Blankenfelde

Zwei Stunden später war Judith in Blankenfelde. In ihrer alten Datscha direkt am Bahndamm hatte ihr Vater sich seine Werkstatt eingerichtet. Sie liebte diese Datscha. Erinnerungen an unbeschwerte Kindertage. Schwimmen im Rangsdorfer See. Der Geruch von Brause. Rittersporn und Ringelblumen, Mutter, die Johannisbeergelee kochte und Vater, der jede freie Minute mit seinen geliebten alten Möbeln verbrachte. Biedermeier, Jugendstil, „schau mal, Judith, das ist Gründerzeit. Damals hatten sie alle solche Vertikos, so wie wir heute alle die Schrankwand haben."

Der Geruch von Terpentin und Bienenwachs, das Geräusch der Schleifmaschine, überdeckt vom Rattern des in greifbarer Nähe vorbeifahrenden Zuges, der den Boden in der Werkstatt vibrieren lässt. Judith fühlte sich in die Vergangenheit versetzt, sah Mutter, wie sie mit Freunden unter dem Apfelbaum saß, „Judith, bring deinem Vater mal ein Bier."

Judith öffnete das quietschende, grün gestrichene

Gartentor und pfiff ihren Pfiff. So was wie Hui-ich-bin-da. Das Lachen unbeschwerter Sommertage war längst verklungen. Der Rittersporn blühte noch nicht und würde vielleicht auch nicht blühen, oder man würde ihn nicht sehen. Der Garten, ein einziges zugewuchertes Chaos. Oh Papa!

„Papa!“ Wo war er? „Papa, huhu, Juditha ist da!“

Sie schleppte den schweren Ölschinken zur Werkstatt. Papa war doch nie weg. Warum hast du nicht vorher angerufen?, fragte sie sich. Sie drückte die verrostete Klinke, die Tür war nicht verschlossen. „Papa?“

Und da lag er. Zusammengesackt auf einem halb gepolsterten Sofa. In dem ungefähr 20 Quadratmeter großen Raum roch es wie im Raubtierkäfig im Tierpark. Sie lehnte den Ölschinken an die Wand, bahnte sich ihren Weg über Möbel- und Polsterteile und riss das Fenster zum Bahndamm auf. Neben dem Sofa lag eine leere Flasche Korn.

Ach Papa!

Sie schloss die Tür und ging den kurzen, bemoosten Weg zur Datscha. Hier sah es aus, wie nach einem Selbstmordattentat. Das Bett in der kleinen Nische war ungemacht und die rosa geblümte Bettwäsche bettelte seit Wochen um eine Wäsche. Das gesamte Geschirr stand mit angetrockneten Resten in der Spüle der kleinen Küchenzeile. Auf der Couch lagen Jeans, T-Shirts und schmutzige Unterwäsche auf einem Haufen, auf dem Tisch standen eine geöffnete Konservendose mit einem Löffel darin und ein überquellender Aschenbecher.

Okay. Sie atmete durch.

Fenster auf. Bett abziehen, schmutzige Wäsche in die Waschmaschine, Müll einsammeln. Wasser in die Spüle laufen lassen, alles einweichen. Und dann kochte sie Kaffee. Einen extra starken, so wie Papa ihn liebte. Am liebsten hätte sie ihre Scheißmutter angerufen und ihr befohlen, herzukommen und sich die Bescherung einmal anzuschauen. Ihre Wut gluckerte genauso laut wie die verkalkte Kaffeemaschine.

Sie wusch zwei Becher ab, packte drei Löffel Zucker in einen und goss den Kaffee ein. Mit dem Kaffee bewaffnet, machte sie sich auf den Rückweg in die Werkstatt.

„Papa, wach auf, Juditha ist da!“, sagte sie und rüttelte ihn sanft an der Schulter. Er kam murrend zu sich.

„Trink, Papa, ich habe dir Kaffee gemacht“, sagte sie und hielt ihm den duftenden Becher unter die Nase.

„Juditha, Kleines!“ Er setzte sich auf. „Wie spät ist es? Ich muss wohl eingeschlafen sein“, sagte er.

„Es ist Mittag, Papa.“

Sie übersah geflissentlich die Flasche, stand auf und trat zum Fenster, um ihm die Gelegenheit zu geben, sich ein wenig zu richten.

„Was machst du denn hier, Kleines?“, fragte er und schlürfte dankbar den heißen Kaffee.

„Ich habe dir Arbeit mitgebracht, Paps", antwortet sie.

„Ich habe mehr Arbeit als genug", sagte er. „Schau mal, Juditha, ist das nicht ein tolles Biedermeiersofa?" Er stand auf und zeigte auf die halb ausgebauten Polster. „Muss ich Ende der Woche fertig haben."

„Womit beziehst du es?" Judith wollte ihr Interesse zeigen.

Er ging zu seinem großen Arbeitstisch, auf dem seine Werkzeuge ordentlich aufgereiht lagen, die Pinsel, Pinzetten und Schrauber in alten Blechdosen standen. An seinem Pinboard darüber hing ein Fetzen gelbblau gestreifter Brokatstoff mit gelben Bourbonlilien. Er holte ihn von der Wand und gab ihn ihr.

„Klassisch", sagte er.

„Hast du etwa einen Kunden mit Geschmack?", fragte sie. Das war ein alter Scherz zwischen ihnen. Viel zu oft hatten sich bei ihrem Vater die Nackenhaare hochgestellt angesichts der verschrobenen Wünsche seiner Kunden. Er würde nie reich werden mit seiner Arbeit, weil er viel zu viele Kunden nach Hause schickte. „Wenn Sie diesen Weichholzschrank blau haben wollen, dann müssen Sie ihn schon selbst streichen."

Papa hatte eine Berufsehre und vor alten Möbeln mehr Respekt als vor den Menschen. „Möbel, Juditha, lügen nicht", hatte er mal gesagt.

Während sie ihrem Vater von ihrem neuen unmöglichen Job erzählte, packte sie den Ölschinken aus und präsentierte ihn wie eine Schauspielerin die Pointe an der richtigen Stelle.

„Wahnsinn! Guck dir diese Arbeit an, Juditha!" Er hatte ihr das Bild aus den Händen gerissen und war damit zum Fenster getreten. „Waschechter Klassizismus, schau mal hier, diese feinen Intarsien. Kind, das ist eine wundervolle Arbeit." Judith war zu ihm getreten und betrachtete den Rahmen genauer. Das, was wie ein dünner schwarzer Strich auf dem Kirschholzrahmen ausgesehen hatte, waren hunderte feiner Quadrate aus Ebenholz und Perlmutt.

„Kannst du das richten, Paps?"

„Ob ich das kann? Na und ob ich das kann. Da hat man doch wieder eine Tischlerehre." Ihr Vater schwebte auf Wolken. Er hatte das Bild auf seine Werkbank gestellt und schaltete eine Arbeitslampe an, die er auf das Bild richtete. Mit ihrem Vater konnte man nicht mehr reden. Er war vollkommen fasziniert von diesem Rahmen, es war, als ob er sie vergessen hätte. Sie schlich sich an ihn heran und gab ihm einen Kuss auf die Wange. „Ich hau ab, Papa."

„Mach's gut, Juditha, nimm' dir ein paar Blumen mit", sagte ihr Vater, ohne den Blick von dem Bilderrahmen zu wenden. Ihr war nicht nach Blumen.

Auftrag von Sabine

Als es klingelte, warf Alice den kleinen blauen Gummiball, mit dem sie die Beweglichkeit ihrer Hände trainierte, in die Schublade. Der Regen rann an den Fenstern herunter, als ob die Nachbarin im dritten Stock einen Eimer Wasser ausgeschüttet hätte. Trotz der starken Cortisontabletten spürte Alice die Feuchtigkeit wie eine nagende Ratte in den Gliedern.

„Alice, Schätzchen, danke, dass du Zeit für mich hast“, sagte die Besucherin, als Elke ihr die Tür zu Alices Büro öffnete. Alice deutete mit der Hand auf den grünen Designerstuhl: „Es ist lange her, Sabi.“ Mit einem kühlen Lächeln maß sie die Frau, die sich jetzt vor ihrem Schreibtisch niederließ. Himmel, ein altes Mädchen, dachte Alice angesichts der hennarot gefärbten Haarpracht, die Sabine zu einem lockeren Knoten mit Unmengen von bunten Haarklammern zurecht gewurschtelt hatte.

„Tee oder Kaffee?“, fragte Elke, die neben dem grünen Designerstuhl stehen geblieben war.

„Haben Sie Roibusch?“ Elke nickte und verließ mit gesenktem Blick das Büro. Die Besucherin spielte mit den Perlen einer dreireihigen, rot-blauen Holzkette, die über einer weiten, blaugrün changierenden und mit Spitzen verzierten Pannesamtjacke prangte.

„Du sagtest am Telefon, du brauchst Hilfe“, sagte Alice und betrachtete fasziniert die faltigen Hände mit den vielen Weißgold-Ringen an den brombeerfarben lackierten Fingern. Unmöglich, dachte sie, angesichts des fetten Rubins auf Sabines Mittelfinger.

Eigentlich hatte sie Sabine nie leiden können. Oder nein, das stimmte so nicht. Eigentlich hatte sie Sabine nie ernst genommen. Sabine Sprengler, wenn sie sich richtig entsann, waren sie beide im gleichen Alter, war die Ehefrau von Professor Dr. Siegfried Sprengler. Die Witwe, verbesserte sich Alice in Gedanken selbst. Wie eine trauernde Witwe sah sie nicht aus. Aber eindeutig besorgt. Und nervös, stellte Alice fest. Sie hatte Sabine verdrängt aus ihren Gedanken, so, wie sie alles versuchte zu verdrängen, was zu ihrem gemeinsamen Leben mit Bernie gehört hatte.

„Den Blödsinn glaubst du doch selbst nicht“, hatte Elke gestern Abend zu ihr gesagt. Natürlich hatte sie Elke widersprochen. So, wie sie Elke seit über 50 Jahren widersprach. Und natürlich hatte Elke Recht. Sie hatte Sabine vergessen. Weil sie so unbedeutend war. Weil sie in ihrem Leben nie eine Rolle gespielt hatte. Weil sie strunzdämlich ist, entschied Alice und lächelte ihrer Besucherin aufmunternd zu.

„Ja“, sagte Sabine und kaute dabei an einem unsichtbaren Nietnagel, „es ist lange her. Weißt du noch, wie wir diese herrlichen Gartenfeste gefeiert haben?“

Nein, dachte Alice und nickte. Für einen Moment sah sie Bernie, wie er sich unter einer weiß blühenden Kastanie lächelnd über sie beugte und ihr ein Glas Gin Tonic reichte. Sie hörte ein Kinderlachen und sah Linda Sprengler, wie sie den kleinen Nils auf der Schaukel immer höher und höher in die Luft beförderte. Sie sah Linda. Nicht Sabine. Wo war Sabine gewesen? Da waren Sigurd und Bernie, da waren Linda und Nils. Und irgendwo in der Ecke hockte ein kleines Mädchen, das sich mit Farbe bekleckste. Wo war Sabine? In der Küche?

Alice entsann sich, dass Sabine eine bildschöne Frau gewesen war. Die unsichtbare Schönheit, dachte sie und stellte befriedigt fest, dass davon nichts übrig geblieben war. Schönheit vergeht, die Ausstrahlung bleibt. Sabine hatte nie gestrahlt. Im Gegensatz zu ihrer Schwägerin.

„Wie geht es euch nach dieser schrecklichen Sache mit Sigurd?“, fragte Alice.

„Deswegen, nun ja, deshalb bin ich hier. Ich brauche deine Hilfe, Alice, bitte, ich weiß nicht so genau, wie ich anfangen soll.“

„Wie wär's mit dem Anfang, Häschen."

„Wenn ich wüsste, wo er ist, dieser Anfang. Wenn ich wüsste, ob überhaupt etwas ist, ich bin total durcheinander." Die Kleinmädchenstimme von Sabine ging Alice auf die Nerven.

„Du bist ja inzwischen berühmt", sagte Sabine und knabberte wieder an dem unsichtbaren Nietnagel an ihrem Brombeer-Fingernagel.

„Du bist nicht hier, weil ich berühmt bin", sagte Alice.

„Ehrlich gesagt, nein. Oder doch. Weil, man hat mir gesagt, dass du ab und zu auch als Detektivin arbeitest." Alice musste sich ein lautes Lachen verkneifen.

„Ich arbeite als Schriftstellerin, Sabi", sagte sie.

„Aber Lindi hat mir erzählt, dass du schon mehrere Verbrechen aufgeklärt hast."

Lindi, so, so.

Elke kam mit stoischer Miene und dem Roibuschtee ins Zimmer. Für Alice hatte sie eine Tasse Kaffee mitgebracht. Während sich Elke mit der Grazie einer japanischen Geisha aus dem Büro zurückzog, wechselte sie mit Alice einen belustigten Blick.

„Zufall, Schätzchen. Ich helfe alten Freunden immer gern. Geht es um den Mord an Sigurd?" Alice hatte die Nase voll von Sabines Geziere.

Sabine schüttelte den Kopf und starrte in die KPM-Tasse mit dem Roibuschtee, als ob sie im Kaffeesatz lesen würde.

„Nein, ich meine, nein."

Himmel, was für eine Husche. Am liebsten hätte Alice den Ball aus der Schublade genommen und ihre Nervosität abtrainiert. Sabine ging ihr auf die schmerzenden Gelenke. Aber dann rang Sabine sich schließlich doch durch und erzählte von dem Überfall auf „Lindi". Alice hatte sich immer gefragt, wie man mit der eigenen Schwägerin in einem Haus leben konnte.

„Es macht mir Angst, Alice", sagte Sabine leise.

„Was sagt denn Linda dazu? Hat sie dich hergeschickt?"

„Nein. Sie weiß nicht, dass ich hier bin."

„Warum gehst du nicht zur Polizei? Die scheinen sich doch darum zu kümmern."

Sabine atmete tief durch, setzte die Teetasse mit einem satten Klacken auf die Untertasse und schaute Alice mit ihren himmelblauen Augen direkt an.

„Ich bin mir nicht sicher, ob wir etwas zu verbergen haben."

„Du meinst, ob Linda etwas zu verbergen hat?"

„Ich sehe, dass sie Angst hat. Auch, wenn sie mich auslacht. Bitte, Alice …"

„Erzähl mir von Linda. Wie geht es ihr, wie geht es euch nach Sigurds Tod? Kommt ihr miteinander aus?"

Alice sah, wie Sabine lächelte. Und da war noch etwas. Aber damit würde sie sich später beschäftigen.

„Ja, ja, klar, natürlich. Wie immer."

Und deshalb kommst du auch zu mir, ohne Linda etwas zu sagen, dachte Alice.

„Du glaubst also, dass der Einbruch etwas mit Sigurd zu tun hatte?"

„Ich weiß einfach nicht, was ich denken soll", sagte Sabine. „Die haben irgendetwas gesucht und sind gestört worden. Und sie werden wiederkommen. Weil sie nicht gefunden haben, was immer sie auch gesucht haben."

„Dann braucht ihr einen Bewacher?"

„Lindi weigert sich, jemanden ins Haus zu holen. Ich habe ihr das schon vorgeschlagen. Sie sagt, wozu brauchen wir einen Bewacher? Aber sie kann nicht mehr schlafen, seitdem …"

„Seitdem Sigurd tot ist? Oder seit dem Überfall?"

„Seitdem allem. Ich meine, ach, ich weiß nicht."

„Gibt es eine Möglichkeit, jemanden bei euch sozusagen einzuschmuggeln? Jemanden, der auf euch aufpasst?"

Sabine schüttelte den Kopf, wobei sich eine lange, rote Strähne aus ihrem unordentlichen Knoten löste.

„Habt ihr eine Haushälterin, eine Köchin oder so was?"

„Die Köchin hat gekündigt."

„Na fabelhaft. Dann brauchst du doch nur eine neue Köchin einzustellen!"

„Eine Köchin? Wofür? Lindi lässt das Essen für die Patienten jetzt anliefern."

„Eine Köchin, die euch beschützt. Und die Zugang zu allem hat, was in eurem Haus eventuell verborgen sein könnte", sagte Alice. Das war die Idee!

„Linda sagt, was wir brauchen ist keine Köchin, sondern eine Putzfrau. Ich bin nicht so an Hausarbeit interessiert, wie du ja weißt."

„Dann überzeuge sie, dass ihr eine Haushälterin braucht. Die auch noch für die Patienten kocht."

„Ich weiß nicht, ob ich das kann."

„Sag mal, Sabi, wer hat von euch eigentlich was von Sigurd geerbt?"

„Ach, das ist furchtbar kompliziert, so richtig blicke ich da noch nicht durch. Es ist alles hin und her verschoben, wegen der Steuer, verstehst du?"

Alice konnte sich ein Grinsen nicht verkneifen. Mit Steuern verschieben kannte sie sich aus. „Das heißt, jeder bekommt von jedem irgendwie einen mehr oder weniger großen Teil, je nach Verwandtschaftsgrad und nach Beteiligung in irgendwelchen Gesellschaften?"

„So ungefähr. Die Klinik ist eine GmbH, das Haus hat eine Betreiber-GmbH, unser Wohnhaus hat eine Verwaltungsgesellschaft."

„Was davon gehört jetzt dir, Sabi?"

„Das weiß ich noch nicht so genau", gab sie zu und zuckte dabei entschuldigend mit den Achseln.

„Und die Bilder?"

„Die Bilder?"

Strunzdämlich, dachte Alice noch mal.

„Du meinst, die Bilder, die Siggi gesammelt hat?" Alice nickte ergeben.

„Die gehören der Familie, denke ich."

Alice hielt sich an ihrem Rollstuhl fest.

„Dir und den Kindern, oder einer Betreibergesellschaft, oder kriegt Linda davon einen Teil?"

„Du glaubst, dass der Überfall was mit den Bildern zu tun hat? Die sind eingelagert, in einem klimatisierten Keller in Schöneberg. Hochsicherheitstrakt."

„Wem gehören sie, Sabi?" Alice musste sich bemühen, nicht zu schreien.

„Unterschiedlich. Ich weiß nicht so genau. Einige sind im Anlagevermögen der Klinik. Einige gehören in die Betreibergesellschaft und … Ach, Alice, es ist wirklich kompliziert. Und auch völlig egal, niemand streitet sich um die Bilder."

„Bist du sicher?"

„Natürlich." Sabine senkte den Kopf. Als sie fortfuhr, um weiterzusprechen, musste Alice sich vorbeugen, um sie zu verstehen: „Wir werden uns nie um die Erbschaft streiten. Hauptsache, es bleibt alles in der Familie."

War die Frau wirklich so naiv? „Wer ist die Familie, Sabi?"

Zwei eisblaue Augen schauten sie erstaunt an. „Lindi, Carlotta, Nils und ich."

Interessant. Die Reihenfolge.

„Und wenn Linda stirbt? Wer erbt dann?"

„Wir. Wir alle."

Aha.

„Und wenn du stirbst?"

„Na, auch alle."

Himmel, die Frau war wirklich zum Verrückt werden.

„Also, Sabi, kannst du Linda dazu bringen, dass ihr eine Haushälterin einstellt? Ich hätte da jemanden, der euch erstens im Auge behalten könnte, und zweitens wie eine Fee kocht und drittens meine beste Freundin und Mitarbeiterin ist."

„Wen?"

Alice drückte eine Taste auf ihrem Schreibtisch. „Elke, könntest du mal kurz kommen, bitte?"

Sie stellte Elke und Sabine vor und erläuterte in dürren Worten ihren Plan. Wenn Blicke hätten töten können, wäre Alice unter Elkes Blick blutend zusammengesackt. Aber daran war sie schließlich gewöhnt, seit über 50 Jahren.

Judith in Pankow

Während Judith in Blankenfelde auf dem zugigen Bahnsteig auf die S-Bahn wartete, merkte sie, dass sich in ihrem Magen ein mittlerer Vulkanausbruch ankündigte. In ihrem Mund sammelte sich galliger Schleim, sie hätte auf der Stelle kotzen können.

Wie kam diese Frau, die sich ihre Mutter nannte, eigentlich dazu, ihrem wunderbaren Vater so weh zu tun, dass er sich selbst nicht mehr lieb haben konnte. Das war einfach nicht fair. Als die S-Bahn endlich kam, hatte sie einen Entschluss gefasst. Sie musste diese Galle irgendwie loswerden, am besten jetzt und gleich, sonst würde sie definitiv ein Magengeschwür bekommen. Also fuhr sie zu ihrer Mutter nach Pankow.

Sie hasste dieses feine Bürgerhaus in der Florastraße, in dem ihre Mutter sich mit ihrer Geliebten Gabi ein „neues Leben“ aufgebaut hatte. Weshalb man mit Ende 40 ein neues Leben brauchte, hatte sie ihr bis heute nicht erklären können. Es war Gabi, die ihr öffnete.

„Ach du, komm‘ rein“, sagte sie mit dieser heiseren Stimme, die Judith aus allertiefstem Herzen verabscheute.

„Rena“, rief Gabi nach hinten, „wir haben hohen Besuch.“

„Wir nicht“, korrigierte Judith, „ich will meine Mutter sprechen.“

Gabi trat einen Schritt zurück, so dass Judith sich an ihr vorbeizwängen musste, wenn sie eintreten wollte. Jede Berührung mit dieser Frau war ihr zuwider. Ihre Mutter schaute durch die Wohnzimmertür, hinter der ein Fernseher lief.

„Ach du, komm‘ rein.“ War sie jetzt hier bei Papageis oder was? Judith stürmte brüsk an Gabi vorbei, schob ihre Mutter ins Wohnzimmer und schloss demonstrativ die Tür hinter ihr zu.

„Was soll das?“, fragte ihre Mutter, die ihrer Miene wohl ansah, dass Judith kurz vor einem Mord stand. Gabi steckte den Kopf durch die Tür.

„Soll ich euch einen Kaffee machen?“, fragte sie.

„Hau ab!“, zischte Judith.

„Setz‘ dich doch einfach zu uns“, sagte ihre Mutter.

„Verschwinde einfach“, sagte Judith mit einer Eisstimme, von der sie nicht einmal ahnte, dass sie sie hatte…

„Entschuldige, ich wohne auch hier“, stellte Gabi klar. Sie ließ die Tür offen und verzog sich in die Küche.

„Was hast du?“, fragte Judiths Mutter und versuchte einen Arm um ihre Tochter zu legen. Judith schüttelte ihn ab.

„Ich komme von Papa. So geht das nicht weiter, Mama. Er ist kurz davor, total zu verwahrlosen."

„Das tut mir leid für ihn", sagte Judiths Mutter und ließ sich in einen cremefarbenen Ledersessel fallen. Typisch Mama. Lippenbekenntnisse.

„Dir tut es leid?", schrie Judith. „Dir hat noch nie jemand in deinem ganzen Leben leidgetan. Der einzige Mensch, mit dem du je Mitleid hattest, warst du selbst, verdammt noch mal!"

Statt einer Antwort sog ihre Mutter nur hörbar die Luft ein.

„Du bist ja nicht verantwortlich dafür, dass er sich zu Tode säuft. Du bist ja auch nicht dafür verantwortlich, dass er unglücklich ist. Dass er sich vorkommt, wie der letzte Dreck. Dass er glaubt, als Mensch und als Mann versagt zu haben. Wie sagst du immer so schön: Versagt, auf der ganzen Linie. Cool, Mama, wie du dich aus der Verantwortung für alles stiehlst."

„Und was denkst du, sollte deine Mutter jetzt machen?" Das war Gabi, die mit einer Flasche Prosecco und drei Gläsern ins Zimmer getreten war. Am liebsten hätte Judith geschrien: Dich verlassen, du dumme Zicke, und endlich wieder zu uns nach Hause kommen.

Zu uns? Ein „zu uns" gab es doch gar nicht mehr. Ging es ihr vielleicht gar nicht um ihren Vater? War sie es, die sich verraten fühlte? In ihr schrie alles: Ich will meine Mutter wieder haben, gib mir meine Mutter wieder.

Darum also ging es. Um Judith. Sie war genauso selbstbezogen wie ihre Mutter. Die Erkenntnis traf sie wie ein Stromschlag. Sie ließ sich auf das cremefarbene Sofa fallen.

„Juditha, dein Vater ist erwachsen. Sollte er in seinem Alter zumindest sein. Er ist für sich selbst verantwortlich." Judith griff nach dem gefüllten Sektglas. „Er kommt nicht damit klar, er braucht Hilfe", sagte sie und stürzte den kalten Prosecco in einem Zug runter.

„Ja, das braucht er, aber nicht von mir. Ich habe ihn dreißig Jahre lang unterstützt, ich habe 30 Jahre lang alle seine Fehler vertuscht. Es hat ihm auch nicht geholfen, er hat trotzdem gesoffen. Ich habe es einfach nicht geschafft, ihn glücklich zu machen. Aber er hat es geschafft, mich damit unglücklich zu machen."

Judith schaute ihre Mutter an. Sie sah jetzt viel jünger, viel strahlender aus. Warum hatte sie ihr nie gesagt, dass ihr Vater sie unglücklich gemacht hatte.

Judith saß auf diesem dämlichen Sofa und versuchte die Tränen runterzuschlucken. Und wie weiter, Juditha?

„Ich muss gehen", sagte sie mit einem Blick auf die Uhr.

„Arbeitest du heute nicht in der Kneipe?", fragte

ihre Mutter. Sie kannte also tatsächlich ihre Arbeitszeiten.

„Nein, ich arbeite jetzt nur jeden Freitagabend, Samstag und Sonntag Doppelschicht." Widerstrebend erzählte sie von ihrem neuen Job bei Alice von Kaldenberg.

„Und was recherchierst du da so?", fragte ihre Mutter. „Was ist überhaupt mit deinem Kopf los?"

Typisch Mama, dachte Judith, sie übergeht ihre eigene Frage mit einer nächsten Frage. Weil sie die Antwort gar nicht interessiert.

„Ich hatte ein Interview zu machen und bin zufällig dazu gekommen, wie Linda Sprengler überfallen worden ist. Da habe ich einen Schlag abbekommen", erklärte Judith.

„Linda Sprengler?", fragte ihre Mutter.

„Etwa die Linda Sprengler, die Frau Professor?", mischte sich Gabi ein. Judith warf ihr einen missbilligenden Blick zu, sie hatte keine Lust auf eine wie auch immer geartete Unterhaltung mit dieser Frau.

„Du kennst sie?", fragte Judith dennoch.

Gabi und ihre Mutter telefonierten gerade über den Couchtisch hinweg mit den Augen. Judith hätte am liebsten zugeschlagen. Wie sie diese Intimitäten zwischen den beiden hasste. Sie schlossen sie aus. Bewusst und demonstrativ.

„Linda Sprengler, die Schnipplerin, die obenrum aussieht wie vierzig und weiter unten wie eine vertrocknete Tomate? Mit ihrem flotten Bienchen, meinst du diese beiden Oberlesben?"

Judith hatte Mühe, die Mundlade zu schließen. Hatte sie richtig gehört? „Ich meine Frau Professor Dr. Sprengler, die mit der Klinik für Plastische Chirurgie, die Schwester von dem Kunstsammler, der in New York ermordet wurde."

„Und was hast du mit denen zu tun?", fragte ihre Mutter.

„Ich recherchiere im Auftrag meiner neuen Arbeitgeberin. Alice Berger".

„Die Krimiautorin?", fragte Gabi.

Konnte die Braut nicht einfach ihre Klappe halten? „Ja, die Krimiautorin. Bei der arbeite ich jetzt."

„Cool", meinte Gabi. Wie lächerlich ist das denn, wenn man mit Ende vierzig die Dinge cool findet.

„Du kennst die Sprenglers?", fragte Judith spitz.

„Jeder kennt die Sprenglers in unseren Kreisen." Was sie mit ihren Kreisen meinte, war klar.

„Aber Sabine Sprengler ist die Ehefrau … äh … war die Ehefrau von Sigurd Sprengler und ist Mutter von zwei Kindern, die kann doch nicht lesbisch sein!"

Mist, in dem Moment, in dem sie das ausgesprochen hatte, merkte sie, was sie für einen Blödsinn redete.

„Wenn man als ‚Container für unser Kind' geheiratet wird, könnte es sein, dass man sich umorientiert", sagte Gabi und zu Judiths Mutter gewandt:

„Ich hatte mal ein kurzes Verhältnis mit ihr, lange vor deiner Zeit. Sabinchen war ein Frauenzimmer, nur weder hold noch tugendhaft." Judith griff zur Proseccoflasche und schenkte sich nach.

„Also noch mal von vorn", sagte sie. „Habe ich das richtig verstanden: Sabine Sprengler ist lesbisch geworden, nachdem ihr Ehemann sie missachtet hat. Richtig?"

„Fast", sagte Gabi. „Willst du zum Abendessen bleiben?" Judith hatte nicht mal im Ansatz Lust, bei Gabi zum Abendessen zu bleiben. Nicht einen Bissen würde sie hier runter bringen. Sie schüttelte also den Kopf.

„Was heißt fast?", fragte sie.

„Fast heißt fast."

Ich knalle ihr gleich eine, dachte Judith. Also schwieg sie, laut und durchdringend.

„Was heißt es dann, Gabi?", wollte jetzt ihre Mutter wissen. Kunstpausen wirken immer. Gabi lachte leise in sich hinein. Judith sah etwas Triumphierendes in Gabis Augen aufblitzen. Gabi wusste, dass sie die Tochter ihrer Geliebten an der Angel hatte und genoss es. Aber Judith stand auf.

„Danke für den Prosecco", sagte sie und wandte sich zur Tür.

„Sabine ist nicht dumm, auch wenn sie immer so verhuscht tut. Sie hat ihrem Mann das Liebste genommen, was er hatte. Eiskalt und berechnend."

Und was sollte das jetzt für eine Bemerkung sein?

„Lebt wohl“, sagte Judith und knallte die Haustür hinter sich zu. Das hätte Gabi wohl gern gehabt, dass ich jetzt bettelnd und geifernd vor ihr stehe, um rauszukriegen, was sie gemeint hat, dachte sie.

Neues vom Exer

Alice saß an ihrem Schreibtisch und grübelte. Sie hatte noch nicht einmal eine Idee für einen neuen Krimi. So langsam beschlich sie das Gefühl, dass sie alle guten Plots bereits verwurstet hatte. Aber es musste bald eine Idee her, sie musste ihre Verträge erfüllen. Natürlich war die Sache mit den Sprenglers auch spannend. Alice war sehr wohl bewusst, dass sie sich häufig um echte Kriminalfälle kümmerte, weil es eine gute Ausrede war, um nicht schreiben zu müssen. Prokrastination nannte man das, was für ein schreckliches Wort!

Es war nicht so, dass sie nicht gerne schrieb, sie liebte es sogar, Personen, Orte und Zusammenhänge zum Leben zu erwecken. Aber zunächst musste ein guter Plot her und das Problem mit den guten Plots war, dass jeder Plot, den sie sich ausdachte, nicht nur mit den Plots aller anderen Krimiautoren konkurrieren musste, sie musste sogar gegen sich selbst anschreiben. Ihre Fans erwarteten von ihr, dass der jeweils nächste Kriminalroman noch besser, noch spannender, noch hinterhältiger sein würde als der letzte. Und wenn sie sich dann einen Plot ausgedacht hatte und sich dem Inhalt diktierend näherte, dann gab es zwei Möglichkeiten: Entweder, es flutschte – oder sie hatte Schwierigkeiten mit dem Handlungsablauf oder den Perspektiven oder den Protagonisten.

Auch wenn es flutschte, saß sie garantiert bei Seite 150 fest und war jedes Mal kurz davor, alles in die Tonne zu treten, weil sie dann den Plot bescheuert, die Protagonisten langweilig und die Story zähflüssig fand. Wenn sie sich schon langweilte, wie sollte sie dann ihre Leser fesseln? Das war die zweite Krise, Krise Nummer drei kam kurz vor Schluss. Sobald sie zum Ende eines Buches kam, mochte sie sich nicht trennen von ihren Figuren, die sie alle immer irgendwie lieb hatte, sogar die Bösewichte, vielleicht sogar vor allem die Bösewichte.

Alice fand die Gauner immer interessanter als die Guten, sie würde sich selbst ja auch nicht gerade als Gutmensch bezeichnen. Es waren die Ecken und Kanten in den Charakteren von Menschen, die Abgründe, die sie faszinierten. Deshalb gab es in ihren Krimis auch nie Gut und Böse säuberlich getrennt. Alice war überzeugt, dass jeder böse Mensch auch gute Seiten hatte und jeder noch so gute Mensch tiefe Abgründe. Für sie war es das Wichtigste, dass ihre Leser nachvollziehen konnten, warum jemand einen Mord verübt, sie mussten den Mörder nicht hassen. Hassobjekte wie Serienkiller überließ sie gern den schreibenden Pathologinnen aus Amerika.

Alice knetete ihren Fingerübungsball, als ob er was dafür könnte, dass sie alle Plots, die sie bisher angedacht hatte, verworfen hatte. Das Telefonklingeln verhinderte, dass sie den kleinen Gummiball vor Verzweiflung an die Wand warf.

„Ja?“, bellte sie ins Telefon.

„Konstantin von Kaldenberg“, meldete Maria und verband sie mit Exer eins, wie sie Konstantin vor ihren Mitarbeitern zu nennen pflegte.

„Hast du was für mich, Nucki?“, fragte Alice, ohne die üblichen Höflichkeitsfloskeln zu bemühen. Der Kerl kannte sie seit 40 Jahren, der sollte sich bloß nicht so anstellen.

„Ja. Ist aber nicht schön. Ich kann dir nur raten, dich da raus zu halten. Das kann ganz schön gefährlich werden. Und ich meine lebensgefährlich, Baby.“

Alice packte den Ball auf den Schreibtisch. „Erzähle!“

„Sagt dir der Fall Marek Machowina etwas?“

Alice dachte nach. „Machowina? Äh, im Moment klingelt es nicht so richtig. Sollte es?“

„Es sollte. Kannst du googeln. Und dann zwei und zwei zusammen zählen. Die Jungs kommen definitiv aus seinem Umfeld. Alice, lass die Finger davon! Das ist eine Liga, in der du nicht spielst. Hörst du!“

„Ja, ja, Häschen, kannst du mir nicht noch ein bisschen mehr sagen?“

„Nein, nicht am Telefon. Geh' googeln, und wenn du dann das Ding nicht fallen lässt wie eine heiße Kartoffel, dann ist dir auch nicht mehr zu helfen."

„Okay, ich melde mich im Zweifelsfall wieder", sagte Alice.

„Du könntest dich auch im Nicht-Zweifelsfall mal melden", schlug Konstantin vor. „Vielleicht könnten wir ja mal zusammen essen, auch wenn du gerade keine Auskunft von mir willst."

„Machen wir!", sagte Alice. Als sie auflegte, hörte sie noch Konstantins „Gern geschehen."

„Maria!" Sie hatte den Namen auf einen Zettel gekritzelt, den sie ihrer Assistentin jetzt überreichte. „Ich will alles über den Kerl wissen", verlangte sie, während sie wieder ihren Ball nahm und ihre Finger trainierte.

Deutsche Wertarbeit

Wolfgang trat einen Schritt zurück und betrachtete das Biedermeiersofa, das er soeben fertig gestellt hatte. Der Rahmen aus Buchenholz glänzte honiggelb, die Polster waren dick und gleichmäßig, der Stoff schimmerte seidig und war straff gespannt.

„Prost, Wolfgang“, sagte er. Die Kundin würde am Montag kommen und das Prachtstück abholen lassen. „Eigentlich kann diese dumme Ziege meine Arbeit überhaupt nicht schätzen.“ Darauf trank er einen weiteren Schluck.

Das war das Problem mit schönen, alten Dingen: Die, die sie zu schätzen wussten, hatten in den seltensten Fällen das Geld, um sie sich auch leisten zu können. Und die, die das Geld hatten, hatten oft keinen Geschmack, sondern kauften alles, was teuer aussah oder auf dem ein Label klebte.

Und da soll man nicht verbittern, dachte Wolfgang bei seinem nächsten Schluck. Aber von irgendwas musste er ja leben.

Mit der Flasche in der Hand ging er an seinen

Arbeitstisch und knipste die Lampe an. Er zog das Bild mit dem wundervollen Rahmen, das Judith ihm gebracht hatte, darunter hervor. Er strich über das glatte Holz mit den winzigen Intarsien aus Perlmutt und Ebenholz, es war fast ein erotisches Gefühl, diese Arbeit in den Händen zu halten. Der Rahmen würde aussehen wie neu, wenn er mit ihm fertig war, bis dahin konnte er sich daran erfreuen und auch ein bisschen etwas lernen. Wolfgang griff nach seiner Lupe. Er trank einen Schluck auf seinen großartigen Kollegen, der sicher bereits vor zig Jahren das Zeitliche gesegnet hatte.

„Deutsche Wertarbeit", murmelte er und schaute, wie viel er noch in der Flasche hatte. Verdammt, Wolfgang, dachte er, du trinkst zu viel.

Er hatte sich schon gewundert, warum das Bild nicht beim Herunterfallen aus dem Rahmen gesprungen war, jetzt sah er auch, warum. Es klebte am Rahmen fest. Wolfgang stellte das Bild auf die Erde vor den Schubladenschrank. Aus seinem Kühlschrank holte er Milch, die er mit Olivenöl und Salzsäure zu einem Lösungsmittel vermischte.

Sein Telefon klingelte. Später konnte er nicht mehr genau sagen, wie es passiert war. Er hatte den Drehstuhl zur Seite geschoben, sich offensichtlich daran festgehalten, der Stuhl war weggerutscht, gegen das Bild, das Bild war umgefallen und er hatte die Balance verloren. So ungefähr. Tatsache war, dass er mit dem Hacken im Bild hängen geblieben war und irgendwie gefallen war. Fluchend hatte er sich aufgesetzt, das Telefon klingelte immer noch, er ließ es klingeln. Verdammt.

Er betrachtete die Bescherung. Es gab keinen Zweifel, das Bild hatte unten am Rand einen Riss.

Hatte Judith nicht gesagt, das wäre eine billige Kopie? Aber seine Tochter sollte doch Ehre einlegen mit ihrem Vater.

Er hörte schon ihre Stimme: „Aber Papa, wie konntest du nur." Oh ja, er hatte gesehen, wie sie die Flaschen stumm zusammengeräumt hatte, er wusste, was sie dachte: Der verwahrloste Alte säuft. Und dann macht er im Suff auch noch etwas kaputt, was ich ihm zu treuen Händen überlassen habe. Auf den ist kein Verlass mehr.

Wolfgang rappelte sich auf. Das würde er nicht auf sich sitzen lassen. Er war der beste Möbel-Restaurator, den es gab, aber für Gemälde gab es einen anderen: Egon Romanowski, sein alter Kumpel aus dem Maxim-Gorki-Theater. Egon hatte sich auf das Restaurieren von alten Gemälden spezialisiert.

„Romanowski", bellte es aus dem Handy. Wolfgang berichtete von seinem Unglück. „Komm' rüber, dit kriegen wa wieda hin", sagte Egon.

Auf die alten Kumpels konnte man sich noch verlassen. Wolfgang betupfte von hinten den Rand des Bildes mit seinem Wundermittel. Das Bild löste sich sanft aus dem derangierten Rahmen. Er wickelte es in eine Decke. Egons Datscha war nur ein paar

Straßen weiter, so dass Wolfgang zu Fuß hinlaufen konnte. Im Hinausgehen nahm er eine neue Flasche Korn aus dem Eisfach seines Kühlschranks und steckte sie in seine Kitteltasche. Er dachte nicht daran, seinen Kittel auszuziehen, er gehörte seit Jahrzehnten genauso zu ihm, wie der dunkle Anzug zu einem Banker.

Maria googelt

„Ich habe hier ein kleines Dossier für Sie zusammengestellt", sagte Maria und legte Alice einen dicken Schnellhefter auf den Tisch. Alice guckte nicht von ihrem Bildschirm auf.

„Erzählen Sie mir, was drinsteht", sagte sie.

„Ich habe es tabellarisch zusammengefasst", sagte Maria.

„Setzen Sie sich, Schätzchen, ich will es hören, jetzt, nicht lesen."

Alice drehte sich in ihrem Stuhl um und fixierte sie. Maria machte ein Gesicht, als ob ihr jemand auf den großen Zeh getreten wäre. Himmel, warum war die Braut eigentlich so empfindlich. Alice lehnte sich zurück.

„Also ... Marek Machowina. Wer ist das?"

Maria setzte sich und nahm ihre Brille ab. Alice fand, dass sie ohne Brille wesentlich reizvoller aussah. Sie fragte sich, warum diese intellektuellen Mädchen sich immer so hässlich machen mussten. An Marias Stelle würde sie Kontaktlinsen tragen.

Aber nun gut, wenn Frau Dr. Porn diese Brille als Seelenschützer brauchte, ihr war es egal.

„Marek Machowina ist ein Schwerverbrecher", begann Maria ihren Bericht. „Er ist vor neun Jahren in Hamburg zu lebenslanger Haft verurteilt worden."

„Weswegen?", fragte Alice

„Wegen Mordes, Anstiftung zum Mord, Bandenbildung, schweren Raubs, Erpressung, Zuhälterei – eigentlich hat er nichts ausgelassen."

„Interessant", meinte Alice.

„Er ist gebürtiger Pole mit deutschem Pass. Auch in Polen wird er wegen ähnlich schwerer Verbrechen gesucht."

„Wieso gesucht, ich denke er ist vor neun Jahren verurteilt worden. Hat man ihn begnadigt?"

„Nein, dazu gab es keine Chance, bei dem Sündenregister und den Vorstrafen. Er ist vor acht Jahren aus der Strafanstalt Fuhlsbüttel ausgebrochen."

„Halleluja!", rief Alice und lehnte sich in ihrem Sessel zurück. Sie griff nach ihrem Gummiball und fing an, diesen zu bearbeiten.

„Und seitdem ist er verschwunden. Wie vom Erdboden verschluckt."

„Schlau", sagte Alice, in deren Kopf es arbeitete wie in einem hochfahrenden Computer.

„Er war der Kopf einer deutsch-polnischen Bande, die sich für Auftragsarbeiten aller Art empfahlen. Von Mord über Erpressung bis hin zu Entführung,

Menschenhandel, seit einigen Jahren kommt noch Rauschgifthandel dazu."

„Seit einigen Jahren? Heißt das, dass es die Bande noch gibt?"

„Ja, die Bande gibt es wohl offensichtlich noch, es werden immer mal wieder Mitglieder verhaftet."

„Seit wann handelt die Bande mit Rauschgift, ist das zeitlich zu beziffern?", wollte Alice wissen.

„Ja, seitdem Marek Machowina in Santa Fu eingesessen hat. Offensichtlich hat er damit in der Strafanstalt den großen Zampano spielen können."

„Hat denn irgendjemand eine Ahnung, wo der Mann sich aufhält, wurde er gesehen, verfolgt und konnte entkommen?"

„Das ist ja das Merkwürdige, der Machowina ist wie vom Erdboden verschluckt", sagte Maria.

Diese Redewendung würdest du mir sofort aus einem Manuskript rausstreichen, mit der Anmerkung *„abgedroschen"*, dachte Alice.

„Haben Sie noch etwas über die Bande herausgekriegt, wie sie heißt, zum Beispiel?"

„Nein, damit ist Google offensichtlich überfordert, fragen Sie doch mal die NSA."

„Danke, Maria", sagte Alice lächelnd. Gute Arbeit. Damit war Maria entlassen.

Alice griff zum Hörer.

„Wie heißt die Bande und wo kriege ich zu denen Kontakt?"

„Du bist wohl nicht recht bei Trost! Alice, manchmal möchte ich dich einfach über's Knie legen und dir den Hintern versohlen. Grüß dich, übrigens, Sie sprechen mit WikiKonny."

„Konny, sagst du es mir jetzt oder muss ich dich erst mit einem 3 Kilogramm-Schweinebraten schlagen?"

„Mit oder ohne Schwarte?", fragte Konstantin.

„Mit ganz viel knuspriger Schwarte, Kümmeljus und gedünstetem, gemischten Gemüse mit Butter und Petersilie, Kartoffelbrei und Gurkensalat."

„Mit Dill, der Gurkensalat? So wie bei Mama?"

„Acht Uhr?"

„Eher neun, ich habe noch einen Termin", sagte Konstantin und legte auf.

Das Interview

Judith hatte von Linda einen neuen Interviewtermin bekommen. „Ich kam hin und klingelte“, pflegte ihr Vater zu sagen, wenn sie ihn als Kind gefragt hatte: „Und Papa, wie war's?“

Daran musste sie denken, als sie das zweite Mal vor der Sprenglerschen Villa stand und darauf wartete, dass ihr jemand öffnete. Wie beim ersten Mal: Fehlanzeige. Sie stand quasi auf dem Klingelknopf, aber nichts rührte sich. Judith schaute auf die Uhr. Also fünf Minuten waren eindeutig zu viel.

Verscheißern kann ich mich selbst, dachte sie und zog das neue Firmenhandy aus der Tasche, das Alice ihr sofort nach dem Verlust des ersten gegeben hatte. Der Vorrat an iPhones schien in diesem Haushalt unbegrenzt.

In diesem Moment bog eine Frau in einem weiten Wallewalle-Gewand in allen Farben des Regenbogens um die Hausecke. Ihr hennarotes Haar war schlampig auf dem Kopf zusammengesteckt, ihr Busen wippte unter dem Zeltkleid.

„Hallo“, rief Judith, „sind Sie Frau Dr. Sprengler?“

Die Frau kam lächelnd auf sie zu.

„Nein“, sagte sie, „kann ich Ihnen weiter helfen?“

„Judith Schilling, ich hatte einen Termin mit Frau Dr. Linda Sprengler.“

Die Frau betrachtete Judith aus runden, blauen Augen, die so unschuldig in die Welt blickten, wie die eines Neugeborenen. Irgendwie erinnerte dieser Blick Judith an ihre Mutter.

„Ach Gott“, sagte sie, „Sie sind die Journalistin für das Interview.“

Judith nickte. Wenigstens wurde sie erwartet. Die Frau öffnete die Pforte.

„Die Klingel scheint wieder mal kaputt zu sein, entschuldigen Sie bitte, meine Schwägerin hat wohl nicht gehört, dass Sie geklingelt haben. Ich bin übrigens Sabine Sprengler“, sagte sie.

„Wie schön, dass ich Sie kennen lerne, natürlich hätte ich auch gern ein Interview mit Ihnen“, sagte Judith.

„Ich weiß nicht recht“, wehrte Sabine Sprengler ab und zog ihren Kopf ein bisschen tiefer in das Wallewalle-Gewand. „Folgen Sie mir doch bitte.“ Sie brachte Judith zu einer Tür, die zu einer Veranda führte.

„Würden Sie bitte ihre Schuhe ausziehen“, bat Sabine und wies auf eine Ansammlung Museumspantoffeln, die an einer mit billigen Holzpaneelen ausgekleideten Wand aufgereiht standen.

Waren sie hier Sanssouci oder was! Da kriegte man ja schon vom Hinschauen Fußpilz. Angewidert zog Judith die Schuhe aus und schlüpfte in die Filzpuschen. Auf den Paneelen waren Aluminiumhaken angeschraubt. Dass der Architekt sich das so nicht gedacht hatte, wurde klar, als Sabine die Tür zur Eingangshalle öffnete. Dunkelbraunes Holz, Judith tippte auf Mahagoni, so weit das Auge blickte, wie in einem riesigen Sarg. Am Ende der Halle war die breite Treppe, auf der ihr das letzte Mal schwindelig geworden war und wo sie sich an einem der Bilder festgehalten hatte. Dort prangte jetzt ein heller Fleck. Die Veranda war wohl nachträglich von einem Heimwerker in den 60er Jahren ausgebaut worden.

Das Regenbogenzelt bewegte sich zielstrebig vor ihr her zu einer Holztür rechts neben der Kombüse. Sabine trug natürlich keine Filzpuschen, sondern goldene Sandaletten. Sie klopfte. „Lindi?"

Sabine Sprengler öffnete die Tür. Hinter einem überladenen Barock-Schreibtisch stand eine Frau auf, die Judith auf den ersten Blick auf Anfang vierzig schätzte.

„Was ist denn, Bienchen?", fragte sie und kam um den Schreibtisch herum. Judiths Blick fiel auf ihren schwarzen Minirock in der Länge eines Gästehandtuchs, der den Blick auf ein Paar sensationelle Beine zog. Marlene Dietrich wäre blass geworden vor Neid.

„Die Klingel ist mal wieder kaputt“, informierte Sabine. „Die Journalistin ist da.“

„Frau Schilling“, entschuldigte sich Linda, „das tut mir leid, treten Sie doch bitte ein.“

Judith schaute in ein Gesicht, das sie ein wenig an Winnetous Schwester erinnerte. Hohe Wangenknochen, große, leicht schräg stehende, dunkle Augen, ein schmaler Mund über einem Kinn, das wie gemeißelt aussah. Diese Skulptur wurde umrahmt von vollem, leicht welligem, halblangem, blondgesträhntem Haar.

„Ich bin Linda Sprengler“, sagte sie und streckte ihr eine Hand hin, die ihre Beine, den Minirock und ihr straffes Gesicht Lügen strafte. Es war eine lange, schmale Hand, die wie geräuchert aussah. Judith versuchte, einen Blick auf ihren Hals zu ergattern. Die Halsfalten hatte Frau Doktor geschickt mit einem bunten Seidenschal kaschiert, der zu der Tunika gehörte, die locker über dem Minirock hing.

Sie zeigte auf einen Stuhl, bei dem Judith befürchten musste, dass er ihr Gewicht nicht tragen würde.

„Bringst du uns einen Tee, Bienchen?“, fragte sie, als Judith vorsichtig auf dem fragilen Teil Platz nahm. Sie hatte nicht mal gefragt, ob Judith Tee mochte. Bienchen verschwand ohne ein Wort.

„Wir haben immer wieder einen Kurzschluss in der Klingel, bitte verzeihen Sie, dass Sie warten mussten,“ sagte Linda Sprengler, als sie sich graziös hinter dem Zuckerbäckerschreibtisch niederließ.

„Dafür haben Sie ein wunderschönes Haus“, sagte Judith und griff in ihre Tasche, um ihr Handwerkszeug herauszuholen. „Darf ich?“, fragte sie und hielt das Diktiergerät hoch.

„Selbstverständlich“, sagte Linda und verzog ihren schmalen Mund zu einem Lächeln, das nicht in ihren Augen ankam. Judith schaltete das Diktiergerät ein und nahm einen Zettel und einen Kugelschreiber. Das Diktiergerät war für die Kaldenberg, Judith pflegte anders zu arbeiten.

„Ja“, sagte Linda Sprengler, „es ist wirklich ein schönes Haus, leider sehr groß und sehr pflegeintensiv.“

„Das kann ich mir vorstellen“, sagte Judith, was natürlich glatt gelogen war, denn über eine 3-Raum-Wohnung war sie nie in ihrem Leben hinausgekommen. „Ich habe mich gefragt, welcher berühmte Architekt es gebaut hat.“

„Kein berühmter“, antwortete Linda Sprengler. „Als die Gegend hier erschlossen wurde, war es gerade in Mode, in den unterschiedlichsten Stilarten zu bauen. Es ist wie heute: Jeder kopierte jeden.“

„Interessant“, meinte Judith, der der Baustil von protzigen Villen herzlich egal war. „Und wo wohnte das Personal?“ Sie kritzelte auf ihren Zettel.

„Entweder im Dach, oder, wenn man viel Personal hatte, in der Remise. Es gibt hier auch eine Remise, dort wohnen wir.“

„Das heißt, dass Sie dieses Haus ausschließlich

als Klinik benutzen?“ Judith wunderte sich, warum es hier dann so still war.

Frau Doktor nickte. „Wir führen hier Schulungen durch, ambulante und stationäre Operationen und natürlich unsere Anti-Aging-Therapie. Ich werde Ihnen gern nachher das Haus zeigen. Wir haben uns neben der klassischen plastischen Chirurgie auf chinesische Heilkunst spezialisiert.“

Sie stand auf und öffnete einen Schrank, der aussah, als ob sie ihn im Sonderangebot in einem asiatischen Importgeschäft gekauft hätte. Schwarzer Lack mit Figuren in Perlmutt. Sie stellte verschiedene Döschen und Fläschchen mit chinesischen Schriftzeichen vor Judiths Nase. Der ging das einfach zu schnell.

„Wissen Sie, wie der Architekt dieser Villa hieß?“, fragte Judith. Ihr war gerade klar geworden, warum Frau Dr. Linda Sprengler so schnell und ohne Rückfrage das Interview genehmigt hatte. Sie sah in ihr ein kostenloses und willkommenes PR-Instrument für ihre Klinik.

Nun ja, umsonst gehofft, Frau Doktor.

„Völlig unbekannt“, sagte sie. „Aber das Baujahr kann ich Ihnen sagen: 1887. Pudding-Barock mit Zuckerguss. So sieht es jedenfalls aus.“

„Wie kommt man an so ein wunderbares Haus?“

„Indem man es erbt“, sagte Linda Sprengler trocken und nahm eines der Fläschchen mit der chinesischen Schrift in die Hand. „Wir haben seit einigen

Jahren eine Kooperation mit chinesischen Ärzten", begann sie. Judith unterbrach sie, so schnell konnte man sie nicht ablenken.

„Ihre Familie hat das Haus also bauen lassen?", fragte sie, als Frau Sabine mit einer Kanne und zwei Teetässchen auf einem silbernen Tablett das Zimmer betrat.

„Mein Vater hat es zusammen mit einem Kollegen als Klinik gekauft", sagte Linda.

„Unser chinesisches Geheimrezept", sagte Frau Sabine und goss eine Flüssigkeit, die aussah wie frischer Morgenurin, in die zierlichen Tassen.

„Danke Bienchen", sagte Linda und aus ihrem Ton entnahm nicht nur Judith, dass Sabine entlassen war. Sie verzog sich stumm und schloss leise die Tür.

„Dieser Tee bewirkt kleine Wunder", sagte Linda und ergriff mit ihren geräucherten Fingern eine Tasse. Judith tat es ihr wohl oder übel nach. Das Zeug schmeckte genauso, wie es aussah.

„Es entwässert, es senkt den Cholesterinspiegel, es regt ein bisschen an und niemals auf, es ist ein Jungbrunnen. Wir trinken jeden Tag mindestens eineinhalb Liter davon", sagte sie. „Seitdem sind wir nicht mehr krank."

Judith war sich sicher, dass sie nicht mehr als einen Schluck von dem Gebräu hinunter bekommen würde. Jetzt hatte die Sprengler sie schon wieder auf ihre verfluchte Klinik gelenkt.

Ich führe hier das Interview, Lindi!, dachte sie.

„Erzählen Sie mir noch ein bisschen über dieses Haus. Sind Sie und Ihr Bruder hier aufgewachsen?“

„Ja“, antwortete Linda lächelnd, und zum ersten Mal kam dieses Lächeln in den Augen an. „Ja, Siggi und ich sind hier geboren worden. Aber das Haus war nie ein Privathaus, es war immer eine Klinik. Schon unser Vater hat hier eine Privatklinik geführt. Wir haben immer in der Remise gelebt.“

„Ihr Vater hat auch plastische Chirurgie betrieben?“

„Ja, allerdings steckte die plastische Chirurgie damals noch in den Kinderschuhen. Aber es gab natürlich die Wiederherstellungschirurgie, auch damals hatten Menschen Unfälle, die sie entstellten. Und nicht zu vergessen, die ganzen Kriegsversehrten.“

„Das heißt, Sie sind mit der Klinik aufgewachsen.“

„So könnte man es nennen. Andere Kinder spielen wahrscheinlich mit der Pfeife oder dem Feuerzeug ihres Vaters, wir haben uns Skalpelle gemopst und damit Figuren geschnitzt.“ Wieder trat ein Leuchten in ihre Augen, das Leben in ihr starres Gesicht brachte.

„Sie haben also bereits als Kinder angefangen, neue Gesichter zu formen?“, fragte Judith.

„Alle Kinder spielen Arzt.“

Judith nickte. Wie wahr.

„Wollte Ihr Vater, dass Sie die Klinik übernehmen?“

„Er wollte, dass mein Bruder die Klinik übernimmt. Meinen Ambitionen stand er eher hilflos gegenüber. Ein gutes deutsches Mädchen heiratet und wird Mutter.“ Das Lächeln war aus Lindas Augen verschwunden.

„So war die Zeit wohl damals. Ihr Bruder wusste also schon als Kind, dass er in Vaters Fußstapfen treten würde“, bemerkte Judith.

„Er wurde reingetreten. Unser Vater hatte ziemlich genaue Vorstellungen, wie unsere Zukunft auszusehen hatte. Da gab es keinen Widerspruch.“

„Aber Sie haben doch widersprochen“, stellte Judith fest. Denn Linda war ihrer Recherche nach bis heute unverheiratet und kinderlos geblieben.

„Als ich hier anfing zu arbeiten, war mein Vater bereits gestorben. Gegen ein Medizinstudium an sich hatte er nichts einzuwenden. Vielleicht kennen Sie das Motto: Wenn du bis zum achtzehnten Semester keinen Doktor hast, musst du selbst einen machen. Er sah die Uni als gesellschaftlich akzeptable Veranstaltung für junge Mädchen an.“

„Was Ihren Ehrgeiz sicher angestachelt hat.“ Diesmal lächelte Judith.

„Natürlich. Ich war ehrgeiziger als mein Bruder. Der musste ja Arzt werden, ich durfte Ärztin spielen.“

„Hätte Ihr Bruder lieber einen anderen Beruf ergriffen?“, fragte Judith.

„Es zog ihn immer zur Kunst.“

„Deshalb ist er also Kunstsammler geworden?“ Linda nickte. „Sie hätten ihn sehen sollen, wenn er ein Bild aufgetrieben hatte, das er schon immer hatte haben wollen. Da war er wie ein Kind, selbst zum Schluss noch.“

Sie blickte auf einen Goldrahmen, der auf dem Schreibtisch stand. Aus ihrem rechten Augenwinkel löste sich eine Träne. Sie zog ein Taschentuch aus ihrer Tunika und tupfte sich die Augen. „Verzeihen Sie, er fehlt mir so“, sagte sie.

„Wo sind eigentlich all diese wunderbaren Gemälde, die ihr Bruder gesammelt hat?“, fragte Judith.

„Verpackt, klimatisiert und gut gesichert untergebracht“, antwortete die Chirurgin.

„Was? Diese Kunstwerke hängen nirgendwo?“, fragte Judith.

„Nur Kopien. Im ganzen Haus hängen nur Kopien. Es wäre viel zu gefährlich, die Originale hier aufzuhängen“, sagte sie.

„Aber warum sammelt dann jemand Bilder, nur um sie dann wegzuschließen?“, fragte Judith.

„Bei Kunst geht es nicht darum, die Wände zu schmücken. Meinem Bruder ging es immer um den Besitz eines einzigartigen Bildes.“

„Und wer hat die Bilder jetzt geerbt?“

Linda schaute Judith mit halb geschlossenen Lidern an.

„Wir alle. Die Familie.“

„Und was wird die Familie mit den Bildern tun?“

„Was soll man schon mit Bildern machen?“, meinte sie. „Sie werden wohl in der Familie bleiben. Viele der Bilder, die mein Bruder gekauft hat, haben früher mal unserer Familie gehört. Bilder, mit denen wir aufgewachsen sind, weil hier überall davon die Kopien herumhängen. Und er hat sie dann zurückgekauft.“

„Sie sagten, die Familie hat die Bilder geerbt. Haben alle zusammen die Bilder geerbt oder hat jeder bestimmte Bilder geerbt?“, fragte Judith.

Lindas Augen verengten sich noch weiter. „Ich dachte, Sie wollten ein Interview über die Klinik machen.“

„Ich schreibe ein Feature über Ihren Bruder, da gehört nicht nur die Klinik dazu, sondern auch seine Familie und seine Sammelleidenschaft.“ Judith musste sich unbedingt zurücknehmen. Lindi bockte.

„Er war ein wundervoller Mensch“, sagte Linda. „Sanft, behutsam, ein Künstler.“

„War er auch ein Künstler als Chirurg?“

„Oh ja, er ist einmal ein begnadeter Chirurg gewesen.“ Vollendete Vergangenheit, stellte Judith fest.

„Hat er immer noch operiert?“

„Ich sagte Ihnen ja bereits, dass wir uns in den letzten Jahren auf chinesische Heilkunde spezialisiert haben. Wir haben eine Lizenz von Dr. Chen Ouzang erworben und bieten eine ganzheitliche Therapie an, die vor allem von Managern gut aufgenommen wird. Mein Bruder hat sich in den letzten

Jahren neben seiner Lehrtätigkeit an der Freien Universität hauptsächlich auf diese Sparte unserer Klinik spezialisiert, während ich den chirurgischen Teil leite."

Judith schaute auf Lindas geräucherte Hände und fragte sich, ob sie diesen alten Händen vertrauen würde, wenn sie sich eine neue Visage verpassen lassen müsste.

„War Ihr Bruder krank?", fragte sie.

„Nein." Das Nein hörte sich an wie ein Pistolenschuss, und ihren Augen nach zu urteilen, hatte sie Judith gerade erschossen.

„Führen Sie die Klinik jetzt alleine weiter?", fragte Judith, in Gedanken immer noch bei den Händen der Chirurgin.

„Oh nein, der Familientradition folgend, hat die nächste Generation die Klinik übernommen. Nils, unser Sohn, arbeitet jetzt mit in der Klinik."

Hatte sie wirklich „unser Sohn" gesagt? Judith ließ es darauf ankommen.

„Unser Sohn?", fragte sie nach.

„Siggis Sohn war für mich immer wie mein eigenes Kind", antwortete Linda. Ach, so war das. Mal sehen, was Sabine dazu sagen würde. Linda schaute Judith mit unergründlichem Blick an.

„Er hat die Klinik geerbt?", fragte Judith. Ihr war wohl bewusst, dass Linda sie gleich rausschmeißen würde.

„Ich wüsste nicht, was die Öffentlichkeit daran

interessieren sollte, wer was in unserer Familie geerbt hat“, sagte Frau Doktor.

In diesem Moment wurde die Tür aufgerissen.

„Tante Lindi, ich …“

Als Judith sich erschreckt umdrehte, verstummte der Mann, der im Türrahmen stand.

„Oh, Entschuldigung, ich, äh, ich wusste nicht, dass du Besuch hast.“

„Komm ruhig rein, Nils, du kennst Frau Schilling ja bereits“, sagte Linda.

Sprengler Junior schloss die Tür. Judith hatte sich nach dem ersten Blick auf ihn abrupt ihrem Zettel zugewandt und blickte erst auf, als er neben ihrem Stuhl stehen geblieben war. Seine Schritte waren nicht zu hören gewesen auf dem gelben Chinateppich.

Eiskalte Sommertage

Es goss. Linda stand am Fenster ihres Büros in der Klinik und beobachtete, wie der Wind eine Wasserwand gegen die Goldulmen peitschte. Die Journalistin war eben gegangen. Hatte sie zu viel erzählt? Über Siggi, über ihre Kindheit? Ihr war innerlich kalt, so, als ob sie nie wieder ins Warme kommen würde, ihre Gelenke fühlten sich tiefgekühlt an, wie eingefroren. Genauso wie in jenem Sommer 1954. Es war ihr Sommer gewesen – der Sommer von Siggi und Lindi.

Obwohl man von Sommer wahrlich nicht reden konnte, Berlin holte sich in diesem Jahr den zweifelhaften Titel als kälteste Stadt Europas. Dafür holte sich die Fußballnationalmannschaft der Bundesrepublik Deutschland den Weltmeisterschaftstitel. Ihr Vater hatte gerade ihren ersten Fernseher angeschafft, und Siggi und Linda durften all ihre Freunde zu der Liveübertragung des Endspiels einladen. Was für eine Sensation!

Lys Assia sang „Oh, mein Papa.“

Linda summte die Melodie des alten Liedes vor sich hin. In der Fensterscheibe sah sie ihr Spiegelbild. Auch sie sah aus wie ein Clown, wie ein trauriger Clown, ihre Wimperntusche hatte sich aufgelöst. Sie hinterließ kleine, schwarze Rinnsale auf ihren Wangen.

Linda drehte sich um und schaute auf die Kopie eines Lesser Ury-Gemäldes. Sie liebte dieses Bild von dem Leben auf der Leipziger Straße, der Maler schaffte es, sogar mit der Kopie, Regen so zu malen, dass sich ein Betrachter klatschnass fühlte, selbst wenn es draußen nicht regnete.

Ihr Papa war in diesem Sommer nach Amerika geflogen, um erneut die Witwe seines alten Kompagnons Braun zu suchen.

Ihrem Vater war es nie um die Bilder gegangen. Er hatte sie von seinem Vater geerbt, sie waren eine Geldanlage, sonst nichts. Ihr Vater liebte die Klinik, sie war sein Leben, nachdem ihre Mutter tot war. Kinder interessierten ihn nicht. Er schickte sie in ein Zeltlager auf Bornholm.

Linda ging zurück an ihren Schreibtisch und setzte sich auf den zierlichen Stuhl, der genauso unbequem war, wie er aussah, aber daran war sie seit Jahrzehnten gewöhnt. Sie nahm den goldenen Rahmen vom

Tisch und schaute das Bild ihres Bruders an, das sie nach seiner Beerdigung hier aufgestellt hatte.

Sie glaubte, wieder den Geruch nach Meer, nach Plankton und Fisch zu riechen, die kühle Brise, die von der Ostsee heraufzog, verursachte ihr eine Gänsehaut.

Die Jungen links, die Mädels rechts, so war das damals, nicht nur in der Schule, sondern auch im Zeltlager auf Bornholm. Damit sie keinen Unsinn anstellen konnten.

Linda glaubte, ihren Bruder leise lachen zu hören.

Kaffeeklatsch am Kudamm

Zwei Tage später trat Elke ihren „Dienst“ im Hause Sprengler an. Sie fehlte Judith, nicht nur, weil sie zu ihr einen besonderen Draht hatte. Wie schnell man sich doch an so eine Luxusfütterung gewöhnt, dachte Judith.

„Elke tickt wie ein Schweizer Uhrwerk“, sagte Hüsy, als Judith ihn und Oliwia bei einer Latte Macchiato-Pause in der Küche über Elke befragte.

„Sie ist Lady Kaas älteste Freundin, hat sie mir erzählt“, sagte Judith.

Hüsy nickte. „Alice und Elke sind zusammen hier in diesem Haus aufgewachsen. Es gehörte Alices Eltern. Elke ist die Tochter der Haushälterin von Alices Mutter. Die beiden sind wie Schwestern, sie sind fast gleich alt.“

„Das heißt, sie hat den Job von ihrer Mutter geerbt?“

Hüsy und Oliwia prusteten fast gleichzeitig los.

„Was ist daran so komisch?“, fragte Judith.

„Hast du etwa gedacht, dass Elke Alices Haushälterin ist?“

„Klärt mich auf!“, sagte Judith.

Und so erfuhr sie, wer Elke war. Elke Friedrichs. Na klar, sogar sie hatte von Elke Friedrichs schon mal was gehört. In ihrer Jugend war Elke eine bekannte Schauspielerin gewesen, die Judith sogar öfter im Fernsehen gesehen hatte. Bis zu dem Tag, als sie den zwanzig Jahre jüngeren Lutz Möbius kennen lernte.

Lutz Möbius war damals ein junger, ambitionierter Koch gewesen. Und Elke liebte es, zu kochen. Sie eröffneten gemeinsam ein Restaurant. Elke erfand Rezepte, die Möbius kochte. Sie war das Genie, die Künstlerin, er war der Handwerker. Mit ihrer Hilfe wurde er einer der ersten deutschen Sterneköche, ihr gemeinsames Restaurant wurde berühmt, sie eröffneten gemeinsam ein Hotel. So gut wie Möbius kochte, so schlecht war er als Geschäftsmann. Und Elke, die Künstlerin, entwickelte sich zwar zu einer halbwegs brauchbaren Geschäftsfrau, aber was Elke vorn mit ihrer Kraft aufbaute, riss Möbius hinten in der Küche wieder um. Ihm war es das Wichtigste, noch einen Stern mehr zu bekommen und dann noch einen. Egal, wie viel es kostete.

Elke hatte ihren Tribut gezahlt. Hatte aufgehört, als Schauspielerin zu arbeiten, hatte Tag und Nacht im Unternehmen geschuftet und das alles, um ihren jungen Ehemann zum Star zu machen. Und als er endlich ein Star war, hatte er sich bei einem Streit mit ihr in der Küche an einem Stück Fleisch verschluckt und war daran erstickt. Aus, Ende, vorbei.

Das Unternehmen war innerhalb von fünf Monaten pleite, denn alle hatten Möbius für den genialen Kreativen gehalten, und ohne Möbius lief im Restaurant nichts. Elke musste eine satte Insolvenz anmelden.

„Natürlich mit persönlichen Bürgschaften, dass einem schwindelig werden konnte“, sagte Hüsy.

„Sie hätte bis zur letzten Minute ihres Lebens für die Sterne ihres Mannes zahlen müssen. Also hat sie Privatinsolvenz angemeldet, sich selbst sozusagen auf Frührente gesetzt und ist zu Alice gezogen, was beiden entgegen kommt“, sagte Oliwia.

„Ok, und Bernieliebling? Lady Kaa scheint Bernhard Goldsmith immer noch sehr gern zu haben“, sagte Judith vorsichtig.

„Er ist die ganz große Liebe ihres Lebens“, sagte Oliwia.

„Wieso haben sie sich getrennt?“, fragte Judith

„Weil er mit seiner Musik verheiratet war, eine Alice von Kaldenberg spielt nicht die zweite Geige“, sagte Hüsy.

Irritationen

Es klopfte. Nils. „Komm rein, mein Schatz“, sagte Linda und wischte sich die Tränen aus den Augen. „Oh je, Tante Lindi“, sagte er, als er sie ansah.

„Ich sollte mir mal wasserfeste Wimperntusche anschaffen bei dem vielen Regen“, sagte sie und wischte sich mit dem Handrücken über die Augen, was es vermutlich nicht besser machte. Nils reichte ihr ein gebügeltes, weißes Taschentuch. „Hier, Tante Lindi“, sagte er und zeigte auf den Stuhl vor ihrem Schreibtisch. „Darf ich?“ Linda nickte und holte aus der Schublade ihres Barockschreibtisches einen kleinen Spiegel. „Entschuldige Schatz, ich sehe grauenvoll aus“, sagte sie und versuchte mit dem Taschentuch die schwarzen Spuren ihrer Gedanken abzuwischen. Das Handy von Nils klingelte. „Entschuldige, Tante Lindi“, sagte er, stand auf und ging hinaus. Sie hörte, dass er seine Schwester Carlotta am Apparat hatte.

Es fiel ihr schwer, beim Anblick von Nils nicht an Siggi zu denken. Er sah aus wie ihr Bruder, als er jung war. Er roch sogar wie Siggi. Damals in Bornholm.

Ihr war so kalt in ihrem Schlafsack, so unheimlich kalt. Noch heute schwört Linda, dass sie sich nichts dabei gedacht hatte, als sie nachts zu den Jungs rüber schlich und in sein Zelt krabbelte. Sie kannte ja jeden Zentimeter seines Körpers, es gab nichts daran, was sie nicht schon verarztet hätten.

Deshalb war sie nicht auf das gefasst, was dann kam. Siggi nahm seine kleine Schwester in den Arm, so wie er sie schon auf der Flucht aus dem Memelland in den Arm genommen hatte, wenn sie vor Angst gezittert und geweint hatte. Er streichelte zärtlich ihren Kopf, und dann hatte Linda ihn geküsst.

Sie hatte Siggi so sehr geliebt, er war ihr Ein und Alles. Linda spürte, wie er im Schlafsack zum Leben erweckt wurde, da stand plötzlich etwas zwischen ihnen, was nicht zwischen ihnen stehen durfte. Sie schauten sich in die Augen, Siggi schüttelte den Kopf, „Nein, Lindi", hatte er geflüstert und Linda verschloss seinen Mund mit ihren Lippen. „Lindi, hör auf, bitte", hatte er gefleht. Sie hatte aufgehört. Aber danach war nichts mehr wie zuvor.

Als Nils zurückkam, sah er wütend aus.

„Was ist los, Ärger?"

„Die spinnt doch, du wirst nicht glauben, was ich

eben erfahren habe. Carlotta will ihre Bilder verkaufen. Sie hat bereits Sotheby's informiert, dass sie ihnen die *Hütte des Zollwärters* einliefern wird. Das kann sie nicht tun, Tante Linda, das darf sie nicht, unser Vater würde sich im Grabe umdrehen!", sagte Nils.

„Ja, das würde er", sagte Linda. „Was aber viel schlimmer ist, sie wird das Geld innerhalb kürzester Zeit verjubelt haben und dann das nächste Stück aus dem Kuchen brechen wollen. Wir müssen das verhindern, Nils, unbedingt! Denk an die Banken! Sie kann die Bilder nicht verkaufen. Du musst sie umstimmen, sie kann sich hier keine Extrawurst braten."

„Ich habe schon versucht, sie umzustimmen, Tante Linda, aber du kennst sie ja, wenn sie sich etwas in den Kopf gesetzt hat, dann kann man nicht mit ihr reden."

„Sonst auch nicht", setzte Linda gereizt nach. Sie hatte immer ein Problem mit Carlotta gehabt, Menschen wie Carlotta gehörten nicht in ihre Welt. „Du solltest nach Frankreich fahren und sie dir dort zur Brust nehmen", sagte Linda.

„Ob das was bringt?", wagte Nils zu bezweifeln.

„Du musst es versuchen, die Maus bringt uns in Teufels Küche. Ich weiß nicht, ob sie so dumm ist oder ob es ihr einfach egal ist."

„Sie lebt in einer anderen Welt, Tante Lindi", sagte Nils.

Ja, dachte Linda, dafür habe ich gesorgt – dass ihr in getrennten Welten lebt.

Currywurst mit Pommes

Am Dienstag platzte die Bombe. Es war zunächst nur eine kleine Notiz in einem internationalen Kunstdienst, den Hüseyin regelmäßig las.

Claude Monet: „Hütte des Zollwärters in Varengeville“ bei Sotheby's

Sprenglersches Vermächtnis unter dem Hammer. Wie aus gut informierten Kreisen verlautete, soll ein Teil der Werke, die Sigurd Sprengler seiner Familie hinterlassen hat, bei Sotheby's versteigert werden. Zunächst kommt ein Bild unter den Hammer, das Sigurd Sprengler seiner Tochter Carlotta hinterlassen hat. Es handelt sich um eines der berühmten Bilder aus der Serie „Hütte des Zollwärters in Varengeville“, die Claude Monet 1882 bei seiner Reise an die normannische Küste gemalt hatte. Das Bild wird auf 12 Millionen Pfund geschätzt.

Sie saßen in der Küche und aßen Currywurst mit Pommes, die Oliwia vom Kudamm 195 geholt hatte.

Was für ein Kontrastprogramm zu Elkes raffinierten Kreationen. Aber auch lecker. Vor allem die fette Mayo, die Judith sich vor Aufregung gleich mehrmals auf ihr T-Shirt kleckerte.

„Das heißt, die Erbschaft ist durch, so wie Sabine es bereits in ihrer verhuschten Art angedeutet hat“, sagte Lady Kaa. Auch sie kleckerte mit der Mayo, Judith wusste inzwischen, dass sie wirklich eingeschränkt bewegungsfähig war. Judith fand es erleichternd, dass auch ihre Chefin ständig Flecken auf der Kleidung hatte, genauso wie sie, auch wenn sie keine Krankheit als Entschuldigung vorschieben konnte, sondern nur einen großen Busen, der immer im Weg war. Sie war einfach eine Kleckerliese.

Hüseyin legte einen Katalog der gesamten Sprenglerschen Werke vor, sowie eine Einschätzung der aktuellen Marktpreise. Judith fragte sich, womit ein Mensch so viel Geld verdienen konnte, um all das kaufen zu können.

„Wie weit sind Sie mit den Finanzen, Oliwia?“, fragte Lady Kaa.

„Bin noch am Recherchieren, das ist alles sehr verschlungen und schlecht zu durchschauen. Aber so rosig, wie man bei den Bilderkäufen annehmen sollte, sieht es auf jeden Fall nicht aus.“

Judith fragte sich, wie Oliwia recherchierte. Schließlich konnte sie nicht in die Buchhaltung der Sprenglers gucken. Oder doch? Unsere Frau für Technik, hatte Elke gesagt. Warum arbeitete

Oliwia nicht im Büro, sondern in ihrer Wohnung unter dem Dach?

Alice rief Elke auf ihrem Handy an. „Kannst du reden?" Elke schien im Moment allein zu sein, denn Lady Kaa zeigte „Daumen hoch". Sie fasste kurz zusammen, was Hüseyin gerade vorgelegt hatte. „Hast du irgendwas gehört, ob die beiden über die Bilder gesprochen haben? – Moment, Elke, ich packe dich auf Lautsprecher."

„Hallo allemiteinand", sagte Elke, „ich kann hier zwar aufpassen, aber ich kriege so gut wie nichts Privates mit, da ich mich nicht in den Privaträumen aufhalte."

„Das ist schlecht", sagte Lady Kaa.

„Die Atmosphäre zwischen den beiden Frauen ist merkwürdig", sagte Elke. „Ihr müsst euch das so vorstellen: Sie reden sich gegenseitig mit Kosenamen an, aber die hören sich an wie Beleidigungen. Wenn Linda ‚Bienchen' sagt, hört sich das an, als ob sie Bienchen für ein bisschen minderbemittelt hält."

„Was sie zweifellos ist", stellte Lady Kaa fest.

„Ja, aber das ‚Lindi' kommt ebenso zuckersüß rüber, dass man fast den Honig auf die Pannesamtjacke tropfen sieht. Die beiden sind so echt zueinander wie die Brillanten am Arm einer Hafennutte."

„Du meinst, sie hassen sich?", fragte Alice.

„Hass? Nein, das glaube ich nicht. Verachtung würde es wohl besser treffen. Ja, ich glaube, sie verachten sich."

„Und Nils?“, fragte Alice. Sie bedachte dabei Judith mit einem Blick, der Lady Kaas Namensvetterin alle Ehre machte. Wusste sie etwas? Die Alte hatte eine Nase wie ein Trüffelschwein, Judith traute ihr alles zu.

„Nils ist neutral. Lieb zu beiden. Kommt, gibt einen netten Kuss auf die Wange, ist höflich und ein bisschen distanziert. Man hat das Gefühl, dass Linda ihm näher steht als seine Mutter. Natürlich ist er mehr in der Klinik als seine Mutter, die da ja eigentlich nichts zu suchen hat. Die Patienten schätzen ihn offensichtlich.“

„Wie viele Patienten sind denn im Moment in der Klinik“, wollte Oliwia wissen.

„Es sind immer so drei bis vier Patienten da. Im Moment nichts Ernstes, also keine Notfälle, die total zusammengeflickt werden müssen. Eher Schönheitsoperationen, keine schweren Fälle.“

„Hast du schon den Chinesen kennengelernt?“, fragte Alice.

„Nein, der ist bis jetzt noch nicht aufgetaucht. Ist angeblich irgendwo in China, neue Mittelchen einkaufen. Ich glaube aber, ist nur so ein Gefühl, dass mit dem Eintritt von Nils der Chinese ein bisschen überflüssig geworden ist. Ich habe Nils nach dem Chinesen gefragt, seine Antwort interpretiere ich als: Den brauchen wir hier nicht mehr. Während Linda von den Mitteln schwärmt, als wären sie der reinste Jungbrunnen.“

„Hat bei ihr aber auch nicht geholfen." Hatte Judith das jetzt wirklich gesagt? Alle lachten.

„Ganz schön kiebig, die Kleine", sagte Elke mit einem Lächeln in der Stimme.

„Eben eine von uns", stellte Lady Kaa fest. Judith wurde rot. Sie freute sich dermaßen über diesen Satz, dass sie ihr sofort alle „Schätzchen" verzieh, mit denen Lady Kaa sie regelmäßig belegte.

Judith hatte ein Date mit Nils am selben Abend. Die Schmetterlinge in ihrem Bauch tanzten Cha-Cha-Cha. Sollte sie sagen, dass sie Nils fragen könnte? Sie beschloss, einstweilen den Mund zu halten. Es war schon irgendwie komisch, sie arbeitete noch nicht mal einen Monat hier und schon hatte sie das Gefühl, ihre Familie zu belügen. Das war ihr bisher noch bei keinem ihrer zahlreichen Praktika und Jobs passiert.

Die Spezialisten

Egon hatte das Grundstück, auf dem früher seine Datscha gestanden hatte, gekauft und darauf ein Fertighaus gesetzt. In der Garage hatte er seine Werkstatt untergebracht. Wolfgang klopfte dreimal an die Garagentür.

„Komm' rein", rief Egon.

„Meinst du, dass du das wieder richten kannst?", fragte Wolfgang und wickelte das Gemälde aus.

„Aha, ein Monet! Aus der Serie Getreideschober. 1890/91", sagte Egon und nahm eine Lupe, um den Schaden zu begutachten. Mit einer Hand zeigte er auf ein Regalbrett, auf dem mehrere Gläser standen. Wolfgang goss zwei Gläser voll, während Egon die Struktur der Leinwand befingerte. Ruhig und konzentriert untersuchte er das Bild von allen Seiten. „Wie geht es Judith?", fragte er.

„Sie hat einen neuen Job. Bei einer Schriftstellerin. Und prompt hat sie bei ihrem ersten Auftrag dieses Bild runter gerissen."

„Wem gehört das?", fragte Egon.

„Einer Familie äh, verdammt, wie hießen die doch gleich? Engler? Prängler? Du, ick hab den Namen vergessen.“

„Sprengler vielleicht, der Kunstsammler?“

„Mensch, jenau, Sprengler, du sagst es.“ Egon stellte das Bild an die Wand und nahm seine Digitalkamera.

„Ich muss erstmal ein Foto machen, damit ich das rekonstruieren kann. Ich weiß nicht, wie genau die Kopie ist, ich muss das Original erstmal suchen in meiner Datenbank. Da gab es mehrere Bilder von diesem Getreideschober. Aus irgendeinem Grund hat der Monet fasziniert.“

„Vielleicht hat er darin mal die Magd geschwängert“, sagte Wolfgang.

Egon nahm ein Skalpell, kratzte ein wenig weiße Farbe von dem Riss ab und gab sie in eine Petrischale.

„Wat ist denn so eine Kopie wert?“, fragte Wolfgang vorsorglich. Er saß auf einem Küchenschemel und schaute seinem Freund zu. Egon hielt inne und beugte sich ein Stück von dem Gemälde zurück.

„Nach der Struktur der Leinwand zu urteilen, ist die Kopie alt. Ein Ölgemälde braucht hundert Jahre, um vollkommen auszuhärten. Diese Kopie scheint mir nicht viel jünger als das Original. Ick muss Leinwand und Farben analysieren, dann kann ick dir das sagen.“

„Ach bitte, ich meine, falls ich das für die Versicherung brauche“, sagte Wolfgang.

„Du hast aber überhaupt kein Vertrauen, was?“

„Doch, mach nur, es interessiert mich einfach.“

„So schnell geht das nicht, ich muss ein paar chemische Analysen machen“, sagte Egon. Er schaltete eine Schwarzlichtlampe ein. „Guck mal, je jünger ein Bild ist, desto bläulicher schimmert es.“ Wolfgang schaute auf das Bild. „Und wie schimmert das jetzt?“, fragte er.

Egon runzelte die Stirn. „Für Monet absolut richtig.“ Dann nahm er eine Pinzette und zog einen Faden aus dem Rand der Leinwand.

„Mit dem Weiß kann man ebenfalls das Alter bestimmen“, sagte Egon und zeigte auf die Petrischale mit dem Farbstaub, den er mit dem Skalpell runtergeholt hatte. „Zinkweiß leuchtet anders als Bleiweiß.“

„Und wie reparierst du den Riss?“, fragte Wolfgang.

„Ich werde ihn mit den Fäden aus der Leinwand nähen und von hinten verkleben. Vorn wird übergemalt.“ Egon tauchte einen Lappen in eine Flüssigkeit und betupfte die Leinwand rund um den Riss.

Diese Geduld hätte ich nicht, dachte Wolfgang.

„Guck mal, da kommt blau durch.“ Wolfgang stand auf und schaute auf den Punkt, den Egon ihm zeigte.

„Ick seh nüscht.“

„Doch, hier“, sagte Egon und tupfte noch mal.

„Jetzt seh ick das auch“, sagte Wolfgang. „Blau.“

„Da ist noch ein anderes Gemälde drunter“, sagte Egon.

„Wie jetze?“

„Ach, das ist normal, Leinwände sind teuer, früher noch mehr. Und Künstler sind Hungerleider. Also wird fleißig übermalt, was danebengegangen ist.“

„Und ich dachte“, sagte Wolfgang, „wir hätten jetzt einen unbekannten Monet entdeckt.“

Egon lachte. „Lass man gut sein, Alter, so wat passiert leider nie und wenn, dann nicht uns.“

„Kann man das sichtbar machen?“, fragte Wolfgang.

„Kann man, aber ich nicht. Aber mein Schwager, der kann das. Mein Schwager ist ein Professor Doktor, verstehste.“

„Und was würde der damit machen?“, fragte Wolfgang.

„Die arbeiten mit Infrarot. Damit kannst du Übermalungen sichtbar machen. Ist teuer, so eine Untersuchung.“

„Und das macht der für dich nicht umsonst?“, fragte Wolfgang.

„Du meinst, einfach so aus Spaß? Ich hatte so einen Fall noch nicht.“

„Frag ihn doch mal, wäre doch interessant.“ Egon brummte etwas Unverständliches, während er mit dem Skalpell ein wenig von der blauen Farbe, die unter der Oberfläche lag, abkratzte.

„An diesem Gemälde ist was komisch, Wolfgang.

Ich kann dir nicht genau sagen, was. Ich habe nur so ein merkwürdiges Gefühl in der Magengrube. Von Sprengler, sagtest du?“

Wolfgang nickte. „Ick glaube, so hießen die.“

„Pass uff, Alter, du lässt mir das Ding hier und ich schau mal, ob ich meinen Schwager bequatschen kann.“

Es dämmerte bereits, als Judiths Vater nach Hause ging.

Versionskonflikt

„Was hältst du von einem verlängerten Wochenende in Juan-les-Pins?“, fragte Nils, als sie bei „Rasas“ am Fürstenplatz saßen und Ingwerlassi schlürften.

„Was meinst du mit verlängertem Wochenende?“, fragte Judith vorsichtig.

„Wir könnten morgen nach deinem Dienstschluss losfahren und wären Dienstagabend zurück. Meinst du, du bekämst zwei Tage Urlaub bei deiner Zeitung?“

Verdammt! Judith saß in der Falle. Sie konnte Nils ja schlecht erzählen, dass sie am Wochenende bei Ralph hinter dem Tresen stand. Freitagabend und Samstag und Sonntag in Doppelschicht. Und wie sollte sie Lady Kaa um zwei Urlaubstage bitten, so kurz nachdem sie angefangen hatte, ohne ihr die Wahrheit zu sagen? Aber was war die Wahrheit? Schnüffelte sie Nils in offizieller Mission hinterher oder verbrachte sie Zeit mit ihrem Liebhaber, der dafür sorgte, dass sie bereits fast zwei Kilo abgenommen hatte. Vor Aufregung?

„Wie kommst du auf Juan-les-Pins?“, fragte Judith so arglos wie möglich. Natürlich wusste sie, dass seine Schwester Carlotta in Frankreich wohnte.

Mist. Sie fühlte sich schlecht. Wirklich schlecht. So etwas hatte sie noch nie getan. Einem Kerl einen Orgasmus vorspielen – okay, das macht ja jede mal. Aber jemanden, den man wirklich mag, auszuspionieren – Judith saß in der Zwickmühle.

„Ich weiß nicht“, sagte sie, „ob ich Urlaub kriege.“ Sie konnte sich nur mit der Weigerung ihrer Arbeitgeber rausreden. Oder? War es nicht sinnvoll, auch Carlotta unter die Lupe zu nehmen? Auf was für ein Spiel hatte sie sich da eingelassen? Was, zum Teufel, sollte sie tun? Sie konnte nicht am Wochenende weg, wovon sollte sie leben? Judith sagte, sie würde morgen fragen, ob sie kurzfristig Urlaub bekommen könnte. Das war ein Aufschub. Sie musste sich entscheiden. Dieser Abend war irgendwie gelaufen. Sie konnte jetzt nicht mit ihm …

Also bekam sie plötzlich rasende Kopfschmerzen. Onkel Doktor brachte sie heim und fürsorglich ins Bett, versorgte sie mit Aspirin und einem zärtlichen Kuss. Die Nacht war ebenfalls gelaufen, sie konnte kaum schlafen. Und wenn, dann verfolgte sie Lady Kaa mit ihrem Schlangenblick, Nils griff nach ihrer Hand, sie kriegte wirklich Kopfschmerzen. Als sie am Morgen aufwachte, hatte sie immer noch keinen Entschluss gefasst.

Judith musste mit jemandem reden. Sie beschloss,

Hüseyin zu fragen, wie sie sich am schlauesten verhalten sollte. Elke war leider nicht griffbereit. Also klingelte sie bei seinem Atelier als sie am Kudamm angekommen war.

„Nimm den Fahrstuhl“, rief er durch die Gegensprechanlage. Hüsy hielt ihr die Tür zu einem großen, fast leeren Zimmer auf. Am Ende des Zimmers standen ein paar alte Korbstühle um eine große Trommel herum. Auf einer Staffelei unter den Dachfenstern stand eine riesige Leinwand, die ausschließlich dunkelblau gestrichen war. Er schien an dem Bild zu arbeiten. Auf der einen Seite des Raumes waren große Regale angebracht, in denen Leinwand neben Leinwand stand. Es roch nach Terpentin und nach Farbe und Judith fand diesen Geruch ungeheuer beruhigend, es roch wie zu Hause bei Papa.

„Wenn du einen Kaffee willst, kannst du mir einen mitmachen“, sagte er, während er vor der Leinwand rumhampelte.

„Was tust du da?“, fragte Judith.

„Ich suche den richtigen Lichteinfall“, sagte er. „Komm’ mal her, guck’ selbst.“ Judith stellte sich neben ihn und hielt den Kopf mal nach rechts und mal nach links gewandt.

„Wie genial ist das denn!“, rief sie ehrlich erstaunt. Denn das, was von Weitem einfach dunkelblau aussah, changierte je nach Standpunkt von taubenblau zu hellblau bis tiefschwarz.

„Wo steht die Kaffeemaschine?", fragte sie.

„Hinten", murmelte er.

Judith kannte diese einsilbige Art, so hörte sich ihr Vater an, wenn er völlig in seiner Aufgabe versunken war. Also ging sie in die kleine Kochnische und schmiss die Nespressomaschine an, die total mit Farbe besprenkelt war. Vornehm geht die Welt zugrunde, pflegte ihre Mutter zu sagen. Ihre Mutter. Hm … Dieses Geheimnis lastete ja auch noch auf ihrer Seele, aber erst mal musste sie etwas anderes loswerden. Als sie mit zwei Tassen Milchkaffee aus seiner Kombüse trat, wischte sich Hüseyin die Hände an einem Baumwolllappen ab. Wieder fiel ihr auf, wie attraktiv dieser Junge aussah. Vielleicht ein bisschen zu attraktiv für gebrochene Herzen wie Judiths.

„Hüsy, ich habe ein Problem", fing sie vorsichtig an.

„Das sieht man", sagte er lächelnd und setzte sich neben sie auf einen ziemlich ausgefransten Korbstuhl.

„So schlimm?" Hüsy nickte.

„Ich weiß nicht, was ich tun soll, ich habe ein echt schlechtes Gewissen", sagte Judith.

„Wegen Nils Sprengler?" Judith hätte fast die Tasse fallen lassen. Konnte dieser Mensch Gedanken lesen?

„Du weißt …?"

Hüsy lachte. „Wir alle wissen!"

Judith wurde heiß. „Lady Kaa auch?“, fragte sie.

„Lady Kaa wusste es als Erste.“ Judith stellte die Kaffeetasse auf die Trommel, die jetzt als Tisch diente.

„Wie, wann, wieso?“, stammelte sie. Dass sie knallrot bis unter die Haarwurzeln geworden war, ärgerte Judith nicht mal mehr, so sehr schämte sie sich.

„Sie würde dich für bescheuert halten, wenn du dir einen gut aussehenden, willigen Millionär entgehen lassen würdest“, sagte Hüseyin lächelnd.

„Hat sie was dazu gesagt?“, fragte Judith.

„Genau das hat sie gesagt. Also, nicht genau so, aber genau das hat sie gemeint. Sie hat es ein wenig drastischer ausgedrückt.“

„Oh“, war alles, was sie herausbrachte. Sie nahm ihre Kaffeetasse und versenkte ihre Nase darin.

„Er hat mich gefragt, ob ich mit ihm nach Juan-les-Pins fahre, seine Schwester besuchen.“

„Pass bloß auf, er steht ziemlich oben auf unserer Verdächtigenliste“, warnte Hüseyin.

Judith nickte bedrückt. „Ich fühle mich total schlecht, wenn ich eins hasse, dann ist das dieses doppelte Spiel.“

„Geh zu Alice und rede mit ihr.“

„Ich weiß nicht, sie ist schließlich meine Chefin“, sagte Judith.

„Sie ist vor allem ein Mensch. Mit vielen, vielen Fehlern. Wenn du ihr imponieren willst, dann sag’ ihr die Wahrheit. Sie steht auf Leute, die Mumm haben. Ist dir nicht aufgefallen, dass sie nur Menschen um sich herum scharrt, die aus dem Rahmen fallen, die ein bisschen anders sind als andere? Das Einzige, was du bei ihr wirklich falsch machen kannst, ist sie zu belügen. Sie merkt es sowieso. Und dann ärgert sie sich darüber, dass du sie für blöd gehalten hast und lässt dich fallen wie eine heiße Kartoffel. Du kannst ihr alles sagen, aber gib ihr niemals das Gefühl, dass du denkst, du seist schlauer als sie."

Was für eine Ansprache. Judith nickte, trollte sich in die Kombüse und wusch ihren Kaffeebecher ab.

„Danke Hüsy", sagte sie, als sie sein Atelier verließ.

Herr Professor

„Hast du nichts Besseres zu tun?“, fragte Professor Dr. Peter Holtheimer seinen Schwager Egon entnervt am Telefon.

„Ich habe die Ecke von der Übermalung abgewaschen, Peter. Was darunter zum Vorschein kam, will und kann ich dir nicht am Telefon sagen. Nur so viel: Es ist eine Originalsignatur.“

„Woher willst denn du das wissen?“, fragte Peter. Egon war so aufgeregt, dass er die Überheblichkeit in Peters Stimme überhörte.

„Ich habe Schwarzlicht drauf gegeben und ich habe die Farbe analysiert. Da ist nichts übermalt.“

„Jeder kann ein Bild fälschen und die Signatur nachmachen“, meinte Peter, „das taten sie bereits vor Hunderten von Jahren.“

„Nun stell dich nicht so an, du kannst deinem Schwager ruhig auch mal einen Gefallen tun“, sagte Egon.

„Also, wenn dir das soo wichtig ist – kannst‘ das Bild ja mal vorbeibringen.“

Egon ärgerte sich. Wie oft hatte er seinem Schwager mit seinem Haus geholfen, den Wintergarten mit ihm gebaut, das Parkett abgeschliffen. Das Mindeste, was man von dem erwarten konnte, war ein bisschen guter Wille, fand er, als er mit dem Bild vor seiner Haustür stand und klingelte. Seine Schwester öffnete die Tür.

„Wo ist er?“, fragte Egon. Er konnte es kaum abwarten, das Gesicht von Peter zu sehen.

„Hier ist es“, triumphierte er, als er an Peters Schreibtisch trat.

„Hatte das keine Zeit, ich hab’ zu tun“, murrte Peter.

„Sag mal, was ist dir denn über die Leber gelaufen?“, fragte Egon, der sich jetzt wirklich über seinen Schwager ärgerte.

„Ich muss diese dusselige Expertise bis morgen fertig haben“, sagte er. „Will sagen, ich habe keine Zeit für nichts.“

Egon räusperte sich.

„Okay, stell es in die Ecke, wenn ich hier fertig bin, dann gucke ich mir das mal an.“ Egon stellte die Leinwand an den alten Schallplattenschrank, in dem Peter Kunstbände aufbewahrte.

„Na dann …“, sagte Egon und ging zu seiner Schwester, die in der Küche das Mittagessen zubereitete.

„Willst du ein Bier?“, fragte sie.

„Nee, lass mal, ist dein Alter öfter so unfreundlich?“

„Er hat irgendein Problem mit dieser blöden Expertise, nimm’ es ihm nicht übel, Bruderherz, manchmal quält er sich richtig mit seinen Bildern.“

„Schön, wenn man seinen Beruf so ernst nimmt“, sagte Egon und gab seiner Schwester einen Kuss auf die Wange. „Bis dann, meine Schöne.“

Lehrjahre sind keine Herrenjahre

Holtheimer war mal wieder ungenießbar. Man hörte schon am Schritt, dass er auf 180 war. Sein Doktorand Timo Gazlig zog unbewusst den Kopf ein, als der große Meister die Besenkammer, die man Timo zugewiesen hatte, betrat.

„Hier“, sagte der Professor, „daran dürfen Sie sich austoben. Übungsobjekt.“ Er stellte das Bild, das sein Schwager ihm gebracht hatte, achtlos an die Wand.

„Was ist das?“, fragte Timo Gazlig.

„Das sollen Sie mir sagen“, sagte Holtheimer. „Und zwar ganz genau! Haben Sie das Gutachten fertig von unserem Gerichtskandidaten?“, fragte er.

„Selbstverständlich, Herr Professor.“ Timo überreichte ihm die Expertise, die er am Vortag für den Kandinsky erstellt hatte. Professor Holtheimer hatte einen Gerichtstermin wegen eines Kandinskys zweifelhafter Provenienz. Er fragte nicht mal, zu welchem Schluss Gazlig gekommen war. Gazlig schluckte seine Enttäuschung runter. Als der Professor gegangen war, angelte sich Timo das Bild. Nun denn, er würde sich daran austoben.

Er ging in den großen Institutsraum und setzte sich an den Leuchttisch. Gewissenhaft untersuchte er die Leinwand, schaute, wie sie aufgezogen war, zog vorsichtig ein paar Fäden raus. Im Computer suchte er im Werkverzeichnis nach dem Bild. Bereits mit bloßem Auge sah man, dass es sich um eine mittelmäßige Kopie handeln musste. Da hatte sich jemand keine Mühe gegeben, viele Details fehlten. Timo nahm ein Skalpell und kratzte Farbe ab, die er in einer Petrischale abstreifte. Dann nahm er das Schwarzlicht und schaute sich an, was rund um den Riss freigelegt war.

Bis jetzt hatte Timo das Gefühl gehabt, eine unliebsame Aufgabe vom Professor übertragen bekommen zu haben. Aber das, was er sah, elektrisierte ihn. Das konnte doch gar nicht sein, oder? Er arbeitete den gesamten Katalog für die Echtheitsbestimmung von Gemälden ab, machte eine Aufnahme mit der Reflektorlampe und fütterte damit den Computer. Es war eindeutig ein Bild von Monet. Genau wie der Getreideschober, den die Kopie zeigte, war auch das darunter liegende Motiv eindeutig aus einer Serie. Im Computer fand er den Namen: „Hütte des Zollwärters in Varengeville". Und noch etwas fand Timo Gazlig im Computer. Dieses Bild sollte bei Sotheby's im Auftrag von Carlotta Sprengler versteigert werden. Austoben, hatte der Professor gesagt. Also wusch Timo Gazlig die gesamte Kopie ab. Selbstvergessen arbeitete der Doktorand sich vorsichtig Zentimeter für Zentimeter vor.

Gazlig legte dem Professor am nächsten Morgen einen Zettel auf den Tisch. Allerdings hielt es der Professor nicht für nötig, sich bei seinem Doktoranden zu melden.

Als Holtheimer am nächsten Morgen an Timos Besenkammer vorbeikam, sprang Gazlig auf und lief ihm hinterher.

„Herr Professor, haben Sie meine Nachricht nicht bekommen?“ Der Professor winkte ab und ging weiter.

Was hat der nur?, fragte sich Gazlig, der sich nicht zum ersten Mal über seinen stieseligen Doktorvater ärgerte. Trotzdem lief er dem Professor auf dem schmalen Institutsgang hinterher.

„Herr Professor Holtheimer, bitte schauen Sie sich das Bild an“, sagte er atemlos.

„Welches Bild?“, fragte der Professor.

„Na das, was Sie mir vorgestern gegeben haben. Sie werden nicht glauben, was ich darunter gefunden habe!“, sagte Gazlig ein wenig außer Atem.

„Einen echten Monet“, antwortete der Professor.

„Woher wissen Sie das?“, fragte Timo.

„Weil Sie so scharf darauf sind, einen echten Monet zu finden, dass Sie sogar einen falschen Kandinsky zu einem echten Monet erklären würden“, sagte der Professor. Gazlig schluckte. Konnte es sein, dass er wirklich so ehrgeizig war, dass er blind geworden war?

„Herr Professor, bitte, ich bin mir sicher …"

„Nun beruhigen Sie sich mal junger Mann. Ich komme nachher zu Ihnen", sagte der Professor gönnerhaft. Gazlig schlich zurück in seine Besenkammer.

Als der Professor sich endlich zu seinem Doktoranden bemühte, präsentierte Gazlig ihm stolz seine Untersuchungsergebnisse und das einwandfrei abgewaschene Bild.

„Ja sind Sie denn vollkommen geistesgestört", brüllte der Professor. „Wie kommen Sie denn dazu, die Kopie, und sei sie noch so schlecht, einfach abzuwaschen? Das habe ich Ihnen nicht erlaubt, Sie können doch nicht einfach fremder Menschen Eigentum beschädigen."

„Sie haben gesagt, ich soll mich austoben", sagte Timo.

„Austoben heißt nicht auswaschen, Sie hirnverbrannter Idiot!", schrie der Professor. „Was soll ich denn jetzt meinem Schwager sagen?"

„Aber das ist es doch. Ihr Schwager hat einen echten Monet gefunden."

„Quatschkopp", sagte der Professor, „das ist ein Bild aus der Serie ‚Hütte des Zollwärters', und genau dieses Motiv befindet sich gerade im Versteigerungskatalog von Sotheby's. Also kann es sich hier nicht um ein Original handeln, Sie Hornochse."

„Aber schauen Sie mal …“ Der Professor ließ Timo nicht ausreden.

„Haben Sie schon mal davon gehört, dass ein Original mit einer schlechten Kopie übermalt wurde? Nein, ich auch nicht. So und jetzt rufen Sie meinen Schwager an und erklären Sie ihm den Schwachsinn, ich habe keine Lust mir seine Tiraden anzuhören, von wegen, ich hätte sein kostbares Bild verunstaltet. Sie werden Ihre Sünde selbst beichten. Ich hoffe, Sie haben eine gute Versicherung“, sagte der Professor. Er blieb stehen und kritzelte eine Telefonnummer auf einen Zettel und rauschte von dannen.

Timo stand fassungslos vor dem Bild. Er war sich sicher, dass er es hier mit einem echten Monet zu tun hatte. Wieso hatte der Schwager das Bild zu seinem Professor gebracht? Der musste doch so eine Ahnung gehabt haben. Timo wählte die Nummer.

Gazlig stellte sich vor, als Romanowski sich meldete. Er hätte da mal eine Frage: „Wieso haben Sie das Bild zu uns ins Institut gegeben?“ Egon räusperte sich.

„Es ist doch ein Original, stimmt's? Ich hatte da so ein Gefühl!“

„Ja, äh, ich muss Ihnen etwas beichten. Ich habe das Bild abgewaschen, also die schlechte Kopie, äh …“

„Das ist kein Problem“, sagte Egon. „So was male ich Ihnen in drei Tagen. Aber besser.“ Timo atmete durch. Also von der Seite würde er keinen Ärger kriegen.

„Nun sagen Sie schon, es ist ein Original drunter, stimmt's", sagte Egon aufgeregt.

„Der Professor meint, ich sei zu ehrgeizig und will einfach einen echten Monet entdecken", sagte Timo.

„Der Professor ist ein Idiot", sagte Egon.

„Sagen Sie, woher haben Sie das Bild?", fragte Gazlig.

„Von meinem Kumpel, dessen Tochter mit diesem Kunstsammler, diesem Sprengler, befreundet ist. Sie hat es dort kaputt gemacht", antwortete Egon.

„Oh weia", sagte Timo. „Da haben wir ein Problem."

„Wieso?" Egon war aufgeregt.

„Erstens, weil der Kunstsammler tot ist. Und zweitens, weil das Bild, das sich unter der schlechten Kopie befand und von dem ich glaube, dass es ein Original ist, aus der Serie ‚Hütte des Zollwärters' stammt. Und dieses Bild wird gerade bei Sotheby's im Versteigerungskatalog angeboten."

„Wir sollten das gemeinsam mit meinem Kumpel, dem Vater der jungen Frau, besprechen. Könnten Sie vielleicht zu mir nach Blankenfelde kommen? Mit dem Bild?"

„Und was sage ich dem Professor?", fragte Gazlig.

„Dem werde ich was erzählen", sagte Egon, „so behandelt man seinen Nachwuchs einfach nicht. Ich habe mein halbes Leben lang junge Leute als

Bühnenbildner ausgebildet, und wenn einer von denen mit Leidenschaft für etwas gekämpft hat, dann war da immer etwas dran."

Timo lächelte. Der Alte gefiel ihm. „Ich komme", versprach er.

Gang nach Canossa

Also die Wahrheit. Okay, sie würde es versuchen. Wenn Lady Kaa sie entließ, hätte sie keine Probleme mehr. Aber sie wollte nicht entlassen werden. Judith stellte sich in Alices geöffnete Tür und schaute sie auffordernd an.

„Haben Sie was auf dem Herzen, Judith?“, fragte sie.

Judith nickte.

„Machen Sie die Tür hinter sich zu.“ Lady Kaa lehnte sich im Rollstuhl zurück. Judith hatte beobachtet, dass sie an Tagen, an denen es draußen feucht war, offensichtlich besonders litt. Sie schob die Tür mit den ziselierten Scheiben hinter sich zusammen und ging zum Schreibtisch.

„Was gibt’s denn? Fühlen Sie sich nicht wohl bei uns?“, fragte Alice.

Judith setzte sich und schüttelte den Kopf. „Doch, ich fühle mich hier sogar sehr wohl.“ Es war, wie Hüseyin ihr empfohlen hatte, die volle Wahrheit. „Ich muss Ihnen was sagen.“

Alice lächelte wie die Schlange, die kurz davor steht, das niedliche Kaninchen zu verspeisen.

„Ich habe ein Verhältnis mit Nils Sprengler."

Lady Kaa schwieg. Sie sagte nichts, guckte Judith weiterhin lächelnd an. Oh, sie beherrschte die Kunst der Kunstpause.

„Er hat mich gefragt, ob ich mit ihm nach Nizza fliege." So, jetzt war es heraus.

„Sie hätten es mir also nicht gesagt, wenn Sie nicht ein paar Urlaubstage haben wollten", stellte Alice fest.

„Ich bin völlig durcheinander." Ehrlicher ging's nicht.

„Warum?", fragte Lady Kaa.

Und jetzt? Okay, du hast es nicht anders gewollt. „Ich habe mich unprofessionell verhalten. Und ich komme nicht damit klar, dass ich gerade dabei bin, mich in jemanden zu verlieben, den ich aufgrund meines Jobs belügen muss."

„Das hört sich nach einem Versionskonflikt an, Häschen." Hatte sie wirklich Häschen gesagt oder hatte Judith das nur verstanden, weil sie sich so fühlte? Judith nickte.

„Was also wollen Sie jetzt von mir? Wollen Sie die Absolution für Ihr, wie Sie so schön selbst sagten, unprofessionelles Verhalten? Wollen Sie meinen Segen für eine Beziehung zu Nils Sprengler oder wollen Sie ein paar Urlaubstage, um mit dem Geliebten an der Côte d'Azur zu flittern?"

Mitten reingetreten in ihren emotionalen Hundehaufen. Was also wollte Judith von ihr wirklich? Absolution? Ja. Ihren Segen? Ach, das wäre schön. Urlaubstage? Ja, bitte. Was also sollte sie antworten? Sei ehrlich, hatte Hüseyin gesagt. Also war sie ehrlich. „Ja. Genau, das alles will ich."

Lady Kaa lachte. „Nein, das wollen Sie nicht, Häschen." Sie hatte wirklich Häschen gesagt. „Weil Sie es nämlich nicht brauchen. Sie brauchen niemanden, der Ihnen sagt, was unprofessionell ist, weil Sie das selbst ganz genau wissen. Sie selbst müssen sich verzeihen, nicht jemand anderer. Aber Sie gehören nicht zu denen, die sich selbst verzeihen können, habe ich recht?"

Judith nickte mit gesenktem Kopf.

„Sie brauchen schon gar nicht meinen Segen, wenn Sie sich verlieben. Urlaubstage brauchen Sie auch nicht, wenn Sie nach Juan-les-Pins wollen. Allerdings hat die Sache einen kleinen, gemeinen Haken. Wenn ich Sie während Ihrer Arbeitszeit nach Juan-les-Pins fahren lasse, dann sind Sie in offizieller Mission dort. Um mehr über die Geheimnisse der Familie Sprengler zu erfahren. Kommen Sie damit klar?"

Mist. Sie hatte Judith gerade an ihrer empfindlichsten Stelle gepackt. Diese Frau schaffte es, ihr gesamtes emotionales Chaos einmal neu aufzumischen.

„Ich weiß es nicht", sagte Judith. Und dann fiel ihr ein, dass sie sogar zweimal in dem gleichen Dilemma saß. Lady Kaa musste unbedingt wissen, was sie von Gabi erfahren hatte. Vielleicht konnte sie das neutral halten.

„Ich habe übrigens aus zuverlässiger Quelle erfahren, dass Sabine Sprengler lesbisch geworden ist, nachdem ihr Mann ihr nicht genügend Aufmerksamkeit geschenkt hat. Auch Linda Sprengler ist angeblich lesbisch. Sie hatten mal ein Verhältnis miteinander. War wohl so etwas wie die Rache der kleinen Frau. Und Sabine soll angeblich eiskalt sein."

„Wer ist Ihre zuverlässige Quelle?", fragte Lady Kaa.

„Gibt es nicht so was wie Quellenschutz?", fragte Judith zurück.

Lady Kaa lächelte schon wieder. „Und das ist hundert Prozent gesichert?"

„Hundertprozentig", sagte Judith.

„Das wirft ein paar neue Fragen auf", sagte Lady Kaa. „Danke, dass Sie mich informiert haben. Also entscheiden Sie sich, und dann sagen Sie mir Bescheid. Ich habe nichts dagegen, Sie nach Juan-les-Pins zu schicken."

Sie war entlassen, sagte ihr dieser Ton. Also erhob Judith sich und trottete in ihr Arbeitszimmer. Ihr war heiß. Alice hatte sie in die Wüste geschickt. Oder nicht? Zumindest hatte sie ihr Problem genau benannt. Und sie hatte ihr zu verstehen gegeben, dass sie ihr glaubte, auch wenn sie eine Quelle nicht benennen wollte. Das jedenfalls war schon mal gut im Hinblick auf die Zukunft. Aber was war mit der Gegenwart? Sie sagte sich, dass sie sowieso nicht am Wochenende würde fahren können. Klar konnte sie sich krankmelden. Aber wovon sollte sie dann ihre Miete bezahlen? Sie würde Nils alles beichten müssen. Und das konnte sie nicht, wegen Lady Kaa. Verflucht, sie saß in der Tinte. Moment, Moment, Judith, ganz ruhig und dann mit einem Ruck. Sie setzte sich an den Computer und schrieb:

Ich bin verliebt in Nils Sprengler. Ja und, Judith?

Wenn ich nicht mit ihm nach Nizza fliege, verliere ich nichts.

War das die Lösung des Problems? Den Zustand X beibehalten?

Nein, denn die richtige Frage hieß:

Warum eigentlich will ich mit ihm nach Nizza fliegen?

Sie fing an zu verstehen, warum Alice alles in Geschichten kleidete, was ihr erzählt wurde. Man sieht plötzlich klarer. Warum zum Teufel wollte sie mit Nils nach Juan-les-Pins fahren? Ja, sie wollte es so sehr, dass es sie eine schlaflose Nacht gekostet hatte. Und einen Gang nach Canossa.

Ich will wissen, ob er unschuldig ist. Sie hatte das geschrieben, ohne darüber nachzudenken. Bingo! Genau das war es. Sie wollte es genau wissen. Und sie musste mehr wissen. Über ihn, über seine Familie. Damit betrog sie ihn nicht, denn sie wollte ja seine Unschuld beweisen. Warum war sie nicht früher darauf gekommen. Sie schob entschlossen ihren Stuhl vom Tisch weg und stiefelte zurück zu Lady Kaas Schreibtisch.

Alice schaute nicht von ihrem Bildschirm auf.

„Von wann bis wann wollen Sie fahren?", fragte sie. Woher wusste die alte Schlange eigentlich, dass sie sich entschieden hatte?

„Bis nächsten Dienstag", sagte Judith.

„Gut", meinte Alice und tippte etwas in ihren Rechner. Dann zog sie eine Schublade auf und legte 700 Euro auf den Tisch. Judith schaute sie fragend an. „Reisegeld, Sie brauchen doch Reisegeld. 137 Euro Tagessatz für Unterkunft und Verpflegung für Frankreich, mal fünf Tage macht 685. Bitte unterschreiben Sie die Quittung." Judith unterschrieb wie in Trance.

„Aber ich habe doch gar keine Kosten", sagte sie, „die ich belegen kann."

„Das ist eine Pauschale, die brauchen Sie nicht zu belegen. Außerdem haben Sie bestimmt Kosten, oder wie wollen Sie Ihren Verdienstausfall in der Kneipe wieder reinholen?"

Wahrscheinlich hatte Judith wie ein Frettchen geguckt, auf jeden Fall lachte sie schon wieder dieses heisere Lady-Kaa-Lachen. Hatte die Alte sie etwa ausspioniert? Woher wusste sie, dass sie am Wochenende hinter dem Tresen stand? Alice von Kaldenberg wurde Judith langsam unheimlich.

Dicke Luft

Linda tippelte auf Zehenspitzen über den Gartenweg zurück in die Remise. Sie versuchte, den großen Pfützen, die der Sintflutregen am Vormittag hinterlassen hatte, auszuweichen. Die Absätze ihrer Manolo-Blahnik-Schuhe waren hin, sie sank damit bis zur Hälfte in dem aufgeweichten Boden ein. Am liebsten wäre sie über Nacht in der Klinik geblieben, die Atmosphäre in der Remise war fast unerträglich. Es war, als ob Sabine und sie sich belauerten. Kein Wort, das sie miteinander sprachen, klang echt. Lindi, Biene, verdammt, ihr war nicht nach Biene, oder gar nach Bienchen. Am liebsten hätte sie laut geschrien: Ich heiße Linda, du blöde Kuh!

Sabine ahnte etwas, traute sich aber nicht, etwas zu sagen. Was weiß sie?, fragte sich Linda. Was weiß ich? Es war, als ob sie beide auf irgendetwas warten würden. Und das, worauf sie warteten, war nichts Gutes. So wie damals, im Sommer 1954.

Zurück aus Bornholm hatten Lindi und Siggi sich umrundet wie der Habicht seine Beute. Dabei wurde niemals geklärt, wer der Habicht und wer die Beute war. Letztendlich war es auch nicht von Belang. Sie redeten nicht mehr wie Geschwister miteinander reden, sondern jeder Satz, jedes Wort schien jetzt eine geheime Bedeutung zu haben. Sie gaben sich gegenseitig Signale, ohne dass sie in der Lage gewesen wären, diese richtig zu deuten. Sie gingen sich aus dem Weg, um sich auf dem kürzesten Weg wieder zu treffen. Sie beobachteten sich, wichen sich aus, waren befangen. Ihr Vater war immer noch in den USA und Gerda war es herzlich egal, was sie machten. Siggi fuhr mit seinen Freunden mit dem Rad zur Havel, Linda fuhr mit ihren Freundinnen mit dem Rad zum Teufelssee. Er ging mit seinen Freunden ins Kino, Linda ging mit ihren Freundinnen in ein anderes Kino. Egal, was sie taten, wo sie waren, mit wem sie unterwegs waren, ihre Gedanken kreisten nur um einander. Siggi und Lindi. Lindi und Siggi.

Himmel, wenn ich daran denke, dass ich mich gleich mit Sabine an einen Tisch setzen muss, um mein Abendbrot einzunehmen, dann könnte ich auf den Tisch brechen. Vielleicht sollte ich essen gehen, besser alleine essen, als Smalltalk zu machen. So wie damals mit Siggi.

„Was ist eigentlich los mit euch?“, hatte Gerda, die Haushälterin, gefragt, als sie abends schweigend in ihrer Küche saßen und kaltes Hühnchen mit Kartoffelsalat in sich hineinstopften. Sie brachten es zur Meisterschaft im Smalltalk, über das Wetter, über Gerdas Hühnchen, über die Ansichtskarten von Papa. Sie trauten nicht mehr, sich anzuschauen, wenn ihre Blicke sich durch Zufall trafen, dann schauten sie betreten zur Seite, senkten verschämt die Lider, bedeckten ihre Augen, aus Angst, sich zu verraten. Nachts lag Linda in ihrem Bett und dachte an Siggi. An seinen Duft, an das, was zwischen ihnen stand, an den schlafenden Riesen. Oh, sie wussten genau, was sie taten. Dass sie Unrecht taten. Natürlich wussten sie es. Sie schämten sich vor sich selbst, im Sommer 1954.

Schreck in der Abendstunde

„Bist du vollkommen verrückt geworden?“ Wolfgang war fassungslos. „Du kannst doch nicht einfach das Bild wegmachen, was soll ich denn meiner Tochter jetzt sagen?“

„Kau mir kein Ohr ab, komm rüber“, sagte Egon und legte auf. Wolfgang war stinksauer. Im Sturmschritt ging er zu Egons Haus und donnerte mit der Faust an die Garagentür.

„Komm' rein, der Doktorand von meinem Schwager ist auch gleich hier mit dem Bild. Das ist Wahnsinn, Wolfgang, wir haben einen echten Monet entdeckt!“

„Ja, Wahnsinn, du sagst es, weißt du eigentlich, was du da gemacht hast? Das ist Sachbeschädigung!“

„Nun warte erst mal ab, mein Gutster, deine Judith wird dir dafür die Füßchen küssen.“

In diesem Moment fuhr ein Auto vor. Egon öffnete die Garagentür. Timo Gazlig stieg aus seinem zerbeulten Opel Corsa und holte das Bild heraus.

Sie stellten sich vor. Egon bot einen Schnaps an, Wolfgang zündete sich eine Zigarette an. Und dann präsentierte Timo seine Ergebnisse.

„Das hab' ick im Urin jehabt", sagte Egon.

„Ja, aber was bedeutet das jetzt?", fragte Wolfgang.

„Irgendjemand hat einen echten Monet kaschiert. Und der so genannte echte Monet ist vielleicht ein falscher", erklärte Timo.

Wolfgang hatte den jungen Mann beobachtet. Der Junge war aufgeregt wie ein Konfirmand bei seinem ersten Kuss. Konnte man diesem Jungen trauen? Er hatte keine Ahnung. Absolut keine.

Judith in Panik

Auf dem Nachhauseweg traf Judith spontan die Entscheidung, nach Blankenfelde zu fahren, um zu sehen, wie weit ihr Vater mit dem Rahmen war. Ein Vorwand, denn eigentlich wollte sie nur mal schnell in den Arm genommen werden.

Als sie die Gartenpforte öffnete, stieß sie wieder den Schillingschen Pfiff aus. Wie beim letzten Mal blieb alles ruhig. Es war bereits nach neun, um diese Zeit war ihr Vater immer zu Hause. Er würde wohl schlafen, dachte sie und hoffte, dass sie ihn nicht wieder mit einer Flasche im Arm finden würde. Aber ihr Vater war nicht da. Sie rief ihn auf seinem Handy an und hörte, wie es in der Werkstatt klingelte.

Typisch Papa. Die Werkstatt war nicht verschlossen. Du bist mir vielleicht einer, dachte sie. In seiner Werkstatt lagerten wertvolle Möbel und dieser wundervolle Bilderrahmen. Sie trat ein und schaute sich um. Es war ordentlich aufgeräumt, in der Luft hing der Duft von Bienenwachs und von Terpentin. Das Sofa war fertig. Was für ein tolles Stück, Papa hatte mal wieder ganze Arbeit geleistet. Sie schaute sich nach dem Bilderrahmen um. Zunächst sah sie nichts. Sie ging in die Laube, in der Papa wohnte. Auch dort war nicht abgeschlossen. Allerdings sah es hier genauso unordentlich aus wie beim letzten Mal. „Ich habe es nicht geschafft, ihn glücklich zu machen", hatte ihre Mutter gesagt. Aber immerhin hatte sie für ihn geputzt und für ihn gesorgt.

Judith musste vor sich selbst zugeben, dass ihr geliebter Vater anfing, zu verwahrlosen. Unter einem Prospekt von Edeka fand sie seine Geldbörse. Das war merkwürdig. Ohne seine Geldbörse verließ er niemals das Haus. Wo also war er hin? Sie saugte den zerschlissenen Teppichboden, der immer ein wenig nach Moder roch, denn hier war es das ganze Jahr über feucht, vor allem im Winter, wenn der kleine Bollerofen in der Ecke den großen Raum nur notdürftig heizte. Die Datscha war ein Sommerquartier, aber ihr Vater zog es seit seiner Trennung vor, hier auch im Winter zu wohnen. Was man so wohnen nennt, dachte sie und betrachtete die heruntergekommenen Möbel aus DDR-Produktion. Der Schuster hat immer den schlechtesten Leisten, folgerte sie angesichts dieser Ansammlung von Scheußlichkeiten. Wieso machte ihr Vater es sich nicht ein bisschen schön, er hatte doch genügend Quellen für alte Möbel.

Ein Zug donnerte vorbei. Dieses Geräusch hatte sie ihre ganze Kindheit begleitet, die Regionalbahn von Nauen nach Senftenberg. War er etwa mit dem

Barky unterwegs? Sie hatte den alten, völlig verrotteten Barkas draußen nicht gesehen, aber das war nicht ungewöhnlich, manchmal parkte Papa auch um die Ecke. Auf jeden Fall waren die Papiere in Papas Geldbörse. Was sollte sie tun? Hier auf ihn warten oder nach Hause fahren. Sie entschloss sich, zu warten. Draußen war es immer noch ein bisschen hell, sie schnappte sich einen Liegestuhl und legte sich unter ihren alten Kirschbaum. Ihre Mutter hatte daraus immer eine tolle Marmelade gemacht. Damals. Vorher. Judith schloss die Augen und lauschte den Geräuschen ihrer Kindheit. Das Summen der Insekten, der Wind in den Blättern, dieser Geruch nach Erde, Bahndamm und Gräsern. Sie hatten als Kinder am Bahndamm gespielt. Was sie natürlich nicht durften …

Als sie aufwachte, blinzelte sie in den Mond. Wie spät war es eigentlich? Sie versuchte etwas auf ihrer Armbanduhr zu erkennen, es war einfach zu dunkel. Steif erhob sie sich. So ein Holzliegestuhl war nicht der gemütlichste Platz, um zu schlafen. War Papa immer noch nicht zu Hause? Judith streckte sich und humpelte zur Datscha. Sie war leer. Es war schon halb zwölf. Hatte Papa etwa eine neue Freundin? Nein, entschied sie, wenn ihr Vater eine Freundin hätte, dann wäre hier aufgeräumt. Entweder durch ihn oder durch sie. Wo also war er? Ihr Herzschlag beschleunigte auf 140 Umdrehungen pro Minute. Vor ihrem inneren Auge spielten sich Horrorszenarien ab.

Sie kochte sich einen Kaffee. Wie laut konnte eigentlich eine Küchenuhr ticken? Der Eisschrank machte ein Geräusch wie eine Waschmaschine. Verdammt, wo blieb Papa?

Judith ging noch einmal in die Werkstatt und schloss die Tür hinter sich. Da sah sie die Bescherung. Hinter der Tür lag der Bilderrahmen von Nils. Oder zumindest das, was davon übrig war. Sie bückte sich und hob die Teile vorsichtig auf. Durch ihren Sturz hatte das Ding ja bereits einen großen Knacks gekriegt, jetzt aber war der Bilderrahmen total zerbrochen. Du liebe Güte, Papa, was hast du damit gemacht?, fragte sie sich. Und wo war das Bild? Ihr wurde heiß.

Okay, ganz ruhig Juditha. Das Bild war ja sowieso wertlos. Und den Rahmen würde Papa schon richten können. Aber was war hier passiert?

Onkel Egon! Plötzlich war ihr klar, wo ihr Papa war. Natürlich, bei seinem alten Freund Egon. Irgendwas war mit dem Bild.

Judith machte sich umgehend auf den Weg zu Onkel Egon, wie sie den Freund ihres Vaters nannte. Von Weitem sah sie Licht in der Garage, also arbeitete Egon noch. Sie klopfte an die Garagentür.

„Wer ist da?“, fragte Egon von drinnen.

„Judith.“

Das Garagentor wurde geöffnet. „Na, das nenn’ ick auf Bestellung“, sagte Egon, „komm rin, Kleene.“

Als Judith ihren Vater sah, war ihr klar, dass er

irgendetwas angestellt hatte. Sie ging zu ihm und umarmte ihn.

„Ich habe auf dich in der Datscha gewartet", sagte sie.

„Ich wusste ja nicht, dass du kommst", sagte Wolfgang.

Egon war weniger zaghaft als Wolfgang. „Das ist übrigens Timo Gazlig", stellte er den jungen Kunstsachverständigen vor. „Der ist Doktorand bei meinem Schwager, Professor Holtheimer. Dein Vater hat mir das Bild gebracht, das du von dem Sprengler hast und ick habe gesehen, dass sich darunter was befindet, was verdächtig nach einem echten Monet aussieht. Also habe ick das Bild zu dem Professor gebracht, und der hat es seinem Doktoranden gegeben. Und was dabei rausgekommen ist, das kann der Timo bestimmt besser erklären als icke", sagte Egon.

Judith war blass geworden. Ihr Vater goss ihr einen Schnaps ein und reichte ihr das Glas. „Den wirste brauchen."

Nachdem Timo Gazlig bis in alle Einzelheiten erörtert hatte, was ihm nach dem Abwaschen der Kopie aufgefallen war, meinte Judith, dass sie sich jetzt irgendwohin setzen müsse. „Was sage ich denn jetzt bloß Nils?" Und dann dachte sie an den Rat, den ihr Hüseyin gegeben hatte: Sie würde Nils gar nichts sagen, sondern Alice informieren. Die sollte entscheiden, was zu tun wäre. Es war bereits nach

Mitternacht. Aber sie musste Alice informieren, jetzt, es brannte ihr auf der Seele.

Also ging Judith mit ihrem Handy vor die Garagentür. Alice war bereits nach dem zweiten Klingeln dran.

„Was gibt's denn Wichtiges?“, fragte Alice. Alice war die erste Frau die Judith kennengelernt hatte, die es schaffte, absolut freundlich und unverfänglich zu drohen. Auch in diesem Satz lauerte eine Drohung: Wehe, du störst mich wegen etwas Unwichtigem. Judith räusperte sich. Sie hatte bereits gelernt, dass man sich bei Alice konzentrieren musste, Lady Kaa wollte nur Fakten.

„In dem Bilderrahmen der Sprenglers, den ich beschädigt habe, befindet sich nach Expertenansicht ein Originalbild von Monet unter der schlechten Kopie. Es handelt sich dabei um das Bild, das Carlotta bei Sotheby's versteigern lassen will.“

„Was heißt Expertenansicht?“, fragte Alice.

„Mein Vater hat das Bild zu dem Kunstsachverständigen Professor Holtheimer gegeben, sein Doktorand hat das Bild untersucht und ist zu diesem Ergebnis gekommen.“

„Wie heißt der Doktorand, wo und wann kann ich ihn sprechen?“, fragte Alice.

„Timo Gazlig, ich kann das Telefon an ihn weitergeben“, sagte Judith.

„Prima gemacht, Mädchen, den Rest lassen Sie meine Sorge sein“, lobte Alice. Judith ging zurück in die Garage und überreichte Gazlig das Handy: „Meine Chefin will Sie sprechen. Alice von Kaldenberg."

Judith war erleichtert. Sie hatte das Problem verlagert. Auch, wenn sie inzwischen so ziemlich zwischen allen Stühlen saß. Gazlig wiederholte für Alice wortgetreu alles, was er bereits Judith erzählt hatte.

„Ja", sagte er zum Schluss, „das werde ich gern machen." Er gab Alice seine Telefonnummer und Adresse, reichte dann das Telefon zurück zu Judith.

„Was passiert denn jetzt mit dem Bild?", fragte Judith ins Telefon.

„Kann es da bleiben, wo es im Moment ist?", fragte Alice. „Ach, verbinden Sie mich doch einfach mit Ihrem Vater." Eigentlich hatte Judith dazu überhaupt keine Lust, aber was blieb ihr übrig. Wolfgang Schilling nahm das Telefon und ging vor die Garagentür. Sie hörte ihn lachen. Als er zurückkam, lächelte er über das ganze Gesicht.

„Tolle Frau, deine Chefin", sagte er.

Linda auf der Flucht

Linda hatte einfach keine Lust, sich mit Sabine zu befassen. Sabine belauerte sie auf Schritt und Tritt. Da half es auch nicht, die Tür zu ihrer eigenen Wohnung in der Remise zu schließen, sie spürte Sabine physisch hinter der Tür. Linda hatte schon überlegt, ob sie sich nicht woanders eine Wohnung anschaffen sollte. Oder vielleicht gleich einen Platz in einem Altersheim buchen, dachte sie verbittert. Sie schmiss ein paar Sachen in eine Reisetasche und setzte sich in ihr Mercedes-Cabriolet.

Linda hatte am Nachmittag ein Zimmer im Hotel *Zur Bleiche* in Burg bestellt. Einfach ein paar Tage im Spreewald ausruhen, ohne diese fragenden Blicke, ein paar Massagen, ein bisschen Kosmetik, sich im Hamam verwöhnen lassen und das Leben wäre vielleicht wieder ein bisschen erträglicher. Nils würde nach Nizza fahren und alles regeln. Sie hatte weder Nils noch Sabine gesagt, wohin sie wollte und das Smartphone ausgestellt. Endlich Ruhe. Allein sein. Als sie auf der Autobahn war, fing sie an, sich ein wenig zu entspannen, obwohl es heftigen Verkehr gab. Ihre Gedanken wanderten wieder zurück in ihre Jugend.

Das Hausmädchen Gerda hatte frei. Die Klinik gehörte den Geschwistern, das ganze große Haus, die Remise, der Dachboden, alles. Sie waren allein, Linda und Siggi. Er wollte mit dem Rad zu Frank, sie wollte mit dem Rad zu Rita. Sie waren sich der Gefahr bewusst, jede Sekunde, sie spürten sie in ihren Knochen, im Magen, in dem Stechmücken Hochzeitstänze aufführten, sie rochen sie, jeder von ihnen wollte weglaufen, zu dem Freund, zu der Freundin, ganz weit weg und doch war es wie eine unsichtbare Hand, die sie zurückhielt, wie ein Magnet, der sie anzog, sie trafen sich in der Tür zum Garten, sie wollten beide gleichzeitig weg, und dann lagen sie sich in den Armen und küssten sich, wie Bruder und Schwester sich niemals küssen sollten. Sie drängten sich aneinander, rieben ihre Körper aneinander, lautlos, atemlos, gewissenlos - bis nichts mehr zwischen ihnen stand.

Siggi weinte. Sie sanken in das Gras, vollkommen außer Atem. Linda öffnete seine Hose und legte ihren Kopf in seinen feuchten Schoß. „Lindi, hör auf, das darfst du nicht", sagte er, aber er ließ sie weitermachen.

Plötzlich hörten sie Gerda. Sie hatte einen leicht schleppenden Schritt, so als ob der eine Absatz ein wenig höher wäre als der andere. Siggi und Linda begaben sich in eine unverfängliche Position und warteten atemlos darauf, dass sie fragen würde: „Was macht ihr denn da im Gras?" Aber sie fragte nicht, Gerda war einfach nicht neugierig. Sie hatte Kopfschmerzen gekriegt. Kopfschmerzen, wie banal, während Lindas und Siggis Welt gerade explodiert war.

Wie gut, dass die Schule wieder anfing. Im Haus herrschte eine angespannte Atmosphäre. Ihr Vater war ohne Ergebnis aus Amerika zurückgekommen.

„Ich verstehe das nicht", hatte er gesagt, „die Frau kann doch nicht vom Erdboden verschluckt worden sein. Und außerdem war sie schwanger!" Er machte sich wirklich Sorgen um Nora Braun, der Tod seines Partners hatte ihn schon schwer mitgenommen.

Siggi und Linda stürzten sich in ein neues Schuljahr. Sie hatten ihre Welt eingeteilt in vorher und nachher. Natürlich belauerten sie sich weiterhin, während sie nach außen hin so taten, als ob alles normal sei. Aber dieser verregnete Sommer hatte alles verändert, sie verändert und nichts würde wieder so werden wie früher. Normal. Sie waren nicht mehr normal. Sie waren abartig, sie waren pervers, oh ja, sie hatten durchaus Begriffe dafür, obwohl sie sie nicht laut aussprachen. Jeder Mensch hat seine eigenen Mechanismen, um böse Erinnerungen zu verdrängen. Siggi schaffte sich im folgenden Jahr eine kleine Freundin an. Nie, nie hätte Linda ihn betrogen, aber das sagte sie nicht, sondern lächelte die blöde Kuh mit dem dunkelblonden Pferdeschwanz zuckersüß an.

Konny muss helfen

„Du hast gesagt, dass ich dich anrufen soll, auch wenn ich keine Auskunft von dir will, Nucki", flötete Alice ins Telefon.

„Was ist denn mit dir los? Das ist neu. Also keine Auskunft. Was dann?", fragte Konstantin von Kaldenberg.

„Häschen, ich dachte, wir könnten vielleicht heute Mittag gegenüber im Reinhard's gemeinsam einen kleinen Lunch einnehmen? Elke ist bei den Sprenglers, bei uns kocht also niemand."

„Alice, du hast es mir versprochen! Du hast versprochen, dass du deine Mitarbeiter da raus hältst."

„Und, hast du mir das etwa geglaubt?", fragte Alice.

„Nicht eine Sekunde. So gut kenne ich dich inzwischen. Ich könnte es um halb zwei einrichten, oder ist dir das zu spät zum Essen?", fragte er.

Alice lächelte. „Perfekt, wir sehen uns also bei Reinhard's im Kempinski", sagte sie.

Sie ging in ihr Schlafzimmer und zog sich langsam und sorgfältig um. Das tat sie immer, wenn sie nachdenken musste. Es gab kaum eine Tätigkeit, bei der sie besser denken konnte, als wenn sie sich zurecht machte. Allerdings hatte sie erhebliche Schwierigkeiten, sich selbst die Haare zu föhnen und auch beim Schminken hatte sie nur an guten Tagen vorzeigbaren Erfolg. Nicht selten sah sie aus wie eine Frau, die sich als Clown verkleidet hat. Dennoch ging sie nie ungeschminkt auf die Straße, schon gar nicht, wenn sie sich mit einem ihrer Exer traf. Aber heute musste sie besonders gut aussehen, denn das, was sie von Konny wollte, war mehr als ein großer Gefallen. Wenn er es nicht für sie tun würde, dann würde er es für Elke tun. Denn Elke bedeutete für Konny Kohlrouladen.

Hüsy erobert New York

„145 Central Park West“, sagte Hüseyin, als er am Grand-Central-Bahnhof ins Taxi stieg und konnte sich ein Gähnen kaum verkneifen. Er war müde, genervt und sehnte sich nach einer Dusche. Es hatte fast zwei Stunden mit der Einreise gedauert. Auch der Flughafenbus hatte im Stau gestanden und selbst jetzt sah es nicht so aus, als ob sein Taxi sehr schnell vorankommen würde.

Er verabscheute New York aus tiefstem Herzen. Trotzdem sehnte er sich nach nichts mehr, als hier einmal in einer der renommierten Galerien ausstellen zu dürfen. Hüseyin schloss die Augen und träumte sich auf seine Vernissage. Es war heiß und stickig im Taxi, der Fahrer hatte die Fenster heruntergekurbelt, wenn er ein paar Meter auf dem überfüllten Broadway vorankam, zog es gewaltig. Wozu hatten die Autos eigentlich Klimaanlage, fragte Hüseyin sich. Dem Mann am Steuer schien der Benzingestank besser zu gefallen. Ein Blick auf seinen Ausweis zeigte Hüseyin, dass sein Fahrer

Hitze gewohnt war, er kam offensichtlich aus der Karibik.

Es war Hüsy bewusst, dass Alice ihn nicht nur nach New York geschickt hatte, um Informationen über Mort Eisenman einzuholen, sondern auch, um seine Kontakte in die amerikanische Kunstszene zu vertiefen. Dass er während seiner Zeit in New York bei Bernie Goldsmith wohnen durfte, war natürlich eine besondere Auszeichnung. Eine Art von Starthilfe, die nicht zu unterschätzen war. Bernie hatte tatsächlich schon zwei Bilder von ihm gekauft – ob sie ihm wirklich gefielen oder ob er Alice einen Gefallen tun wollte, war Hüseyin nicht so ganz klar. Endlich bog der Taxifahrer in den Central Park West ein. Was für eine vornehme Gegend! Hüseyin war schon einmal bei Bernie zu Besuch gewesen, allerdings hatte er damals in einem Hotel an der Pennsylvania Station gewohnt. Das Taxi hielt direkt vor dem San Remo-Apartmenthaus. Hüseyin bezahlte, ließ sich eine Quittung geben und stieg aus.

Der Doorman nahm ihm sofort den Koffer ab, so dass er nicht einmal Zeit hatte, die ganze Pracht zu bestaunen. Der Portier meldete ihn bei Bernies Haushälterin an. Hüseyin fuhr mit dem Fahrstuhl nach oben und wurde von Milly, praktisch, quadratisch, gut, überschwänglich begrüßt.

„Sie sind sicher todmüde“, sagte sie und begleitete ihn in ein kleines Gästezimmer, das fast ganz in Cremeweiß gehalten war. Hüseyin erkannte sofort die Handschrift von Alice, die Bernie ganz sicher dieses Apartment eingerichtet hatte. Er ließ sich auf das breite Bett sinken.

„Danke, Milly“, sagte er.

„Der Maestro wird kurz vor Mitternacht erst wieder hier sein, sind Sie hungrig?“, fragte sie. Hüseyin schüttelte den Kopf.

„Nein, wirklich nicht“, sagte er. Die einzigen Bedürfnisse, die er hatte, waren Ruhe und eine Dusche.

„Der Maestro isst spät abends immer noch eine Kleinigkeit, möchten Sie vielleicht mit ihm zusammen speisen?“ Hüseyin nickte ergeben.

„Danke, das ist eine gute Idee“, sagte er. Als Milly endlich gegangen war, schaute er aus dem Fenster. Leider hatte man vom Gästezimmer aus keinen Blick auf den Central Park. Aber das war Hüseyin jetzt egal, er nahm eine Dusche und legte sich aufs Bett.

„Es war im Mai“, sagte Bernie, als sie endlich zu einem kleinen Mitternachtsimbiss gemeinsam am Esstisch saßen, von dem aus man einen großartigen Blick sowohl auf den jetzt fast dunklen Central Park als auch auf die gegenüberliegende Skyline hatte.

„Im Mai ist die Aussicht auf den Central Park besonders schön. Ich kann mich kaum sattsehen an dem Wunder, das Jahr für Jahr den Park zu meinen Füßen taucht in das grünste Grün, das ich je gesehen habe. Oder fällt es hier in New York einfach mehr auf? Wenn der Flieder blüht, blühen auch die

New Yorker wieder auf, rund um den See sieht man Paare, die Händchen halten oder knutschen. Sie sehen aus wie die Spielzeugfiguren, die es in meiner Kindheit gab in den Wundertüten. Ich liebte diese Wundertüten, weil ich Überraschungen liebe."

Bernie hatte eine etwas weitschweifige Art zu reden, wohl eine Alterserscheinung, dachte Hüseyin. Er sprach fast fehlerfrei deutsch, allerdings mit einem dicken amerikanischen Akzent. Dabei war Bernie nicht etwa in den USA geboren worden, sondern irgendwo in den Karpaten, da, wo normalerweise die Vampire herkommen.

„Was haben Sie eigentlich der Polizei erzählt?", fragte Hüseyin. Er hatte das Gedächtnisprotokoll gelesen, das Alice bei Bernies Besuch angefertigt hatte, einen Tag vor Sprenglers Beerdigung in Berlin.

„Ich gehöre in die Feuilletons. Mein Privatleben hat nichts in den Skandalblättern zu suchen", sagte Bernie. „Natürlich habe ich der Polizei erzählt, dass er hier zum Abendessen war, und dass er bekam einen Anruf. Von seinem Vorhaben habe ich nichts gesagt, es hätte den Spekulationen Tür und Tor geöffnet."

„Deshalb haben Sie Alice gebeten, ein bisschen nachzuforschen?", fragte Hüseyin, der sich dabei überlegte, dass Bernie von Sigurds Besuch auch nur der Polizei berichtet hatte, weil der Standort der Anrufannahme eventuell zurückverfolgt werden konnte.

„Exakt, junger Mann. Wie also wollen Sie vorgehen?“, fragte Bernie.

Wow, dachte Hüseyin, der geht aber ran. „Ich werde mich mit einigen Galeristen hier treffen und Erkundigungen über die Bilder und über Mort Eisenman einholen. Sie sagten, Sie kennen Mort Eisenman?“

„Natürlich, soll ich für Sie vielleicht einen Termin bei ihm machen?“, fragte Bernie. Hüseyins Herzschlag beschleunigte sich. „Das wäre genial“, sagte er lächelnd.

„Ich machen Ihnen einen Vorschlag“, sagte Bernie. „Meine Sekretärin ruft ein paar Galeristen an, die mich regelmäßig einladen, ihre Vernissagen mit meiner Anwesenheit zu dekorieren. Ich nehme an, dass Sie ein Buch mit Arbeitsproben dabei haben?“

„Selbstverständlich“, sagte Hüseyin.

„Gut, dann werden Sie annonciert werden als das, was Sie ja auch sind, das junge Genie aus Berlin.“ Hüseyin merkte, wie ihm die Röte ins Gesicht stieg.

„Das wollen Sie tun?“, fragte er ungläubig. „Sie setzen Ihren guten Ruf aufs Spiel.“

Bernie lachte. „Junge, ich habe von Malerei so viel Ahnung wie vom Fliesenlegen. Aber wenn meine Exfrau sagt, Hüseyin Aydin ist der kommende Mann in der Kunstszene, dann kann ich mich darauf verlassen. Sie hat ein Händchen für Talente. Das sehen Sie ja an mir.“ Bernie lächelte ein schiefes Lächeln.

„Hat sie Ihnen auch geholfen?“, fragte Hüseyin.

„Ich würde heute noch Beethovens Neunte mit einem Kirchenchor aus Albuquerque dirigieren, wenn Alice nicht gewesen wäre."

Hüseyin lachte. Natürlich glaubte er Bernie nicht.

„Zeit ins Bett zu gehen", sagte Bernie. „Schlafen Sie gut."

Elkes Auftritt

Kurz vor Feierabend kam ein Anruf aus dem Krankenhaus Westend. Elke Friedrichs war gerade in die Notaufnahme eingeliefert worden.

„Sie ist niedergeschlagen worden“, schrie Maria. Alice stand aus ihrem Rollstuhl auf und schrie Maria an, sie solle sofort den Wagen holen. „Harry, hol den Wagen“, flüsterte Maria, als sie an Judith vorbeistürmte. Hüseyin weilte noch in New York und Oliwia in ihrer Elite-Uni. Lady Kaa war blass geworden. Judith kam sich nutzlos vor.

„Sie halten Stallwache, Judith“, befahl Lady Kaa, bevor sie mit zwei Krücken zur Tür humpelte. Okay, also Stallwache. Wozu eigentlich? Judith hatte keine Ahnung. Sie hängte sich an den Computer und guckte, was es Neues in ihrem Facebook gab. Vom Handy aus rief sie bei Nils an. Vielleicht würde er ihr ja etwas über Elke erzählen können. Natürlich hatte sie die Ahnungslose zu spielen. Ja, er sei noch in der Klinik, sagte er. Nicht einen Ton über Elke. Was war mit ihr? War sie auf dem Weg nach Hause niedergeschlagen worden? Warum war sie in einem öffentlichen Krankenhaus und wurde nicht in der Klinik von Nils versorgt? Schließlich waren zwei Ärzte im Haus, ihr hatte er ja auch einen Druckverband angelegt. Nils, bitte, betete sie im Stillen, erzähl mir, was passiert ist.

„Ich freue mich auf morgen", sagte sie. Er freue sich auch, wirklich, er freue sich. In Judiths Magen bildete sich ein Knäuel. Freue ich mich wirklich?, fragte sie sich, als sie aufgelegt hatte. Kurz darauf erhielt sie einen Anruf, der nicht für sie bestimmt war.

Sabine Sprengler war am Apparat. Total aufgelöst. Sie müsse sofort Alice sprechen. „Tut mir leid, Frau Sprengler, Frau von Kaldenberg ist im Moment nicht im Hause, darf ich ihr was ausrichten?", fragte Judith mit Sekretärinnentimbre.

„Ja", sagte die Sprengler, „sie soll mich bitte unbedingt anrufen, es ist etwas passiert."

„Geben Sie mir ein Stichwort", sagte Judith und fand, dass an ihr wirklich eine großartige Sekretärin verloren gegangen war.

„Wir sind schon wieder überfallen worden, unsere neue Haushälterin ist niedergeschlagen worden", sagte sie.

„Ist die Haushälterin schwer verletzt?", fragte Judith.

„Ich weiß es nicht, mein Sohn hat dafür gesorgt,

dass sie sofort ins Krankenhaus gebracht wurde.“ Nils, du bist ein beschissener Lügner!

„Ich werde es Frau von Kaldenberg ausrichten“, flötete Judith in den Hörer. Da lief etwas schräg. Und Sabine Sprengler hatte keine Ahnung, worum es ging. Genauso wenig wie Judith. Deshalb war sie auch sehr erstaunt, als Lady Kaa gut gelaunt und lachend zum Kudamm zurückkam. Elkes Verletzungen schienen also nicht so schlimm zu sein.

„Es geht ihr den Umständen entsprechend“, hatte Alice gesagt.

Zur Bleiche

Linda war kurz davor zu schnurren. Sie hatte sich ein Granatapfel-Ganzkörperpeeling im Hamam gegönnt. Die Masseurin schäumte sie gerade mit einem Rohseidehandschuh ein. Linda war vollkommen verspannt, in das Hotel *Zur Bleiche* zu fahren war die richtige Idee gewesen, fand sie. Sie schloss die Augen, sog tief den süßen Duft des Granatapfels ein und ließ ihre Gedanken in die Vergangenheit reisen.

Es war auf Siggis Abiturfeier. Vater hatte Siggi erlaubt, dass er ein großes Fest für seine Klassenkameraden gab. Siggis Freundin tat, als ob sie bei den Sprenglers zu Hause sei. Linda konnte sich nicht entsinnen, dass sie jemals einen Menschen so sehr gehasst hatte wie diese blöde Ziege mit dem Pferdeschwanz. Die Mädels trugen Petticoats. Alle, außer Linda. Linda hatte hautenge Jeans und ein Ringel-T-Shirt an und trug dazu Ballerinas. Sie rauchte farbige Zigaretten in Buntstiftfarben mit goldenem Mundstück, die ihr Vater aus Amerika mitgebracht hatte. Linda fand sich schrecklich mondän. Alle außer ihr tanzten Rock 'n' Roll, Herbert, ein Klassenkamerad von Siggi, wich ihr nicht von der Seite. Linda wollte nicht tanzen, sie fand diese Menschen blöd und einfältig. Obwohl sie zwei Jahre jünger war als ihr Bruder, kam sie sich Jahrzehnte älter vor. Scheinbar gelangweilt stand sie in der Ecke und beobachtete seine Freunde. Innerlich kochte sie. Vor Wut? Vor Eifersucht? Es musste etwas geschehen. Bald. Denn Siggi würde zunächst ein Jahr nach Amerika gehen, um zu studieren. Und dann? Er würde sie in Berlin ganz alleine lassen, mit einem Vater, den sie nicht interessierte und einem Hausmädchen, das dumm wie eine Kuh war. Wenn sie daran dachte, dass Siggi sie verlassen würde, dann fühlte es sich in ihr drinnen an, als ob sich glühende Lava von ihrem Herzen aus in den Magen ergoss. Siggi und die Pferdeschwanzbraut tanzten einen Blues und knutschten dabei wild. Linda drehte sich der Magen um. Sie musste das verhindern! Sie fixierte ihren Bruder so lange, bis er es offensichtlich merkte. Er blinzelte, schaute sie an, während seine Zunge in dem Mund rumwühlte, in dem sie nichts zu suchen hatte. Linda nippte an dem Whiskey, den sie damals chic fanden, leckte ihre Lippen und warf ihre Haare nach hinten. Das hatte sie in einem Film mit Brigitte Bardot beeindruckt, sie hoffte, dass das jetzt auch ihren Bruder beeindrucken würde. Sie würde ihn sich holen, in dieser Nacht, nahm sie sich vor. Sie war 16.

Natürlich passierte in dieser Nacht gar nichts, denn ihr Bruder war total betrunken. Er kotzte sich auf dem Gäste-Klo die Seele aus dem Leib. Immerhin. Die meisten Gäste schafften es nicht zum Klo, sondern erbrachen sich auf die Rosen vor der Haustür.

Drei Tage später verlor Linda ihre Unschuld. Siggi hatte keine Chance.

Der Tod in Juan-les-Pins

Es war früher Nachmittag als sie in Juan-les-Pins ankamen. Judith hatte Mühe gehabt, sich nicht anmerken zu lassen, dass sie Nils gegenüber misstrauisch geworden war. Nicht ein Wort über den Einbruch in der Villa, nicht ein Wort über Elke. Dafür war er so lieb und zuvorkommend, dass es schon fast unheimlich war. Dagegen waren die Männer in ihrem früheren Leben echte Stoffel. Nils hatte sie mit dem Taxi zu Hause abgeholt. Von Schönefeld ging ein Flieger direkt nach Nizza, wo Carlotta sie am Flughafen erwartete.

Himmel, was für ein ätherisches Wesen! Carlotta war so dünn, dass man Angst haben musste, dass eine kleine Windböe sie umpusten würde. Sie hatte genau wie Nils die leicht gebogene Sprenglersche Nase und alles an ihr signalisierte: Vorsicht, sensible Künstlerin. Judith konnte sie auf Anhieb nicht leiden. Sie hatte so etwas Verpeiltes an sich, was sie irritierte. Unter ihren graugrünen Augen, die von hängenden Lidern überschattet wurden, schimmerten dunkelblaue Augenringe. Sie sah krank aus. Todkrank.

Nils nahm seine kleine Schwester in den Arm und stellte Judith vor: „Das ist Judith, der neue Stern am Berliner Zeitungshimmel." Na bravo! Judith war zwar nicht von Carlotta, aber von ihrem Haus total begeistert. Was für ein herrlich verwunschenes, ein bisschen heruntergekommenes Haus, mitten in Juan-les-Pins. Das Haus war wie ein U gebaut und von einem schmiedeeisernen Zaun umgeben. Durch einen kleinen, ungepflegten Garten gelangte man in die Küche des Hauses, offensichtlich Carlottas Arbeitsplatz. Und damit meinte Judith nicht den Herd oder die Spüle, sondern die Staffelei am Fenster. Der Mittelpunkt des Hauses war ein langgestreckter Raum mit einem Kamin, der Boden war schwarz-weiß gefliest und außer einem großen Esstisch mit nicht zusammenpassenden Stühlen gab es dort keine weiteren Möbel. Hinter diesem riesigen, fast leeren Zimmer führte ein Durchgang zu einem Bad und zwei Zimmern, wovon sie das eine als Gästezimmer nutzen konnten.

An den Wänden hingen Tapeten aus den dreißiger Jahren des letzten Jahrhunderts und genauso roch es hier auch: verstaubt. Dazu trugen sicher auch die Bücherwände bei, die überall im Haus bis an die Decke reichten. Wo zum Teufel bewahrte sie eigentlich ihre Werke auf, sie war schließlich Malerin?

Judith sah nicht ein einziges Bild von ihr, außer der fast leeren Leinwand auf der Staffelei in der Küche.

Durch deckenhohe Verandatüren gelangte man in den atriumähnlichen Innenhof zwischen den beiden Hausflügeln. An der Frontseite war der Hof begrenzt von einer Mauer mit einem schmiedeeisernen Tor, durch das man in den Garten kam, der das ganze Haus umschloss. Die Mauer war überwuchert mit wildem Wein. Der Hof war gepflastert, aus den Ritzen der Steine spross Unkraut. In der Mitte des Hofes befand sich ein Brunnen.

Wenn sie gedacht hatte, dass es ein Abendessen im Salon geben würde, hatte sie sich gründlich getäuscht.

„Ich kann nicht kochen", sagte Carlotta. Judith war nicht überrascht. Carlotta rief einen Pizzaservice an. Pizza. In Frankreich. Na, schönen Dank auch. Sie nahmen die Pizza im Atriumhof ein, saßen unter den mit wildem Wein überdachten Gang.

Judith trank mehr Rotwein, als ihr gut tat, von Rotwein bekam sie immer Kopfschmerzen. Die Stimmung zwischen den beiden Geschwistern war angespannt. Sie plauderten nur Belangloses, Judith merkte, dass sie unbedingt etwas besprechen wollten und fühlte sich wie ein Fremdkörper zwischen ihnen. Also plante sie ihren Abgang und fing an, über Kopfschmerzen zu klagen. Nils brachte sie ins Bett.

Wunderbar, so konnte sie die beiden belauschen und vielleicht noch ein wenig mehr erfahren. Ihr

Horchposten am Fenster erwies sich zunächst als wenig ergiebig. Denn die beiden hatten die Stimmen gesenkt, so dass bei Judith nur ein undeutliches Murmeln ankam. Aber das Murmeln wurde immer aufgeregter, böser. Ja, böse war der richtige Ausdruck.

„Tante Lindi, Tante Lindi“, immerzu hörte sie diesen Namen.

„Weißt du eigentlich, was zu Hause los war, in all den Jahren? Du hast doch nur die Augen geschlossen und nichts sehen wollen.“ Die Worte kamen aus Carlottas Mund wie Pistolenschüsse. „Tante Lindi. Wir waren ja nur geduldet. Es gab nur Vater, Tante Lindi und dich. Nils, der Kronprinz.“

„Hör doch auf, Charly“, sagte Nils, „das stimmt doch gar nicht. Mama hat sich doch um dich viel mehr gekümmert als um mich.“

„Hast du dich mal gefragt, warum?“

„Was willst du damit andeuten?“

„Ich will nichts andeuten, Nils, du bist blind geboren. So blind, dass du nicht gesehen hast, wie unsere Mutter wie eine Hausangestellte behandelt worden ist.“

„Blödsinn!“, sagte Nils.

„Blödsinn? Von wegen. Das hat sich erst geändert, als die Mama und Linda ein Verhältnis miteinander angefangen haben.“

„Spinnst du?“

„Nein, ich spinne nicht, ich habe sie miteinander erwischt. Da warst du schon aus dem Haus. Jawohl, ich habe sie zusammen im Bett erwischt. Mama und Linda."

„Du bist doch nicht recht bei Trost", sagte Nils.

„Ach, ja? Ich bin morgens nach Hause gekommen und da lagen sie zusammen im Bett, meine Mutter und meine wundervolle, gottgleiche Tante."

„Und wo war Papa?"

„Unterwegs, wie immer, auf der Suche nach seinen bescheuerten Bildern. Er hat sich einfach nicht um uns gekümmert."

„Charly, das glaube ich nicht, da hast du was missverstanden."

„Missverstanden? Du hast nichts verstanden. Ist dir nie aufgefallen, dass Tante Linda und unser Vater immer auftraten, als seien sie verheiratet?"

„Na klar, doch, sie hatten eine Klinik zusammen, schon vergessen?"

„Ach, wie konnte ich das vergessen! Die Klinik, na klar! Die Klinik und der Kronprinz, der sie mal erbt. Alles andere war nicht wichtig, verstehst du?"

„Carlotta, was bildest du dir da ein? Ist das der Grund, warum du dich hier zugrunde richtest?"

„Wer schert sich schon um mich? Tante Linda bestimmt nicht. Und Mama, die hat längst aufgehört sich um uns zu kümmern. Für Mama gab es irgendwann nur noch Tante Linda. Ah, der ganz große Triumph. Sie hat ihrem Mann das Wichtigste ausgespannt, was er hatte: Linda. Das hat sich zu Hause abgespielt. Die Rache der kleinen Frau. Und dann ist Mama hergegangen und hat auch Linda bestraft, dafür, dass sie sich immer mit ihr ihren Ehemann teilen musste. Ist dir denn nicht aufgefallen, wie oft sie nach New York geflogen ist? Soviel kann man da gar nicht einkaufen, wie sie angeblich shoppen war. Sie hat in New York irgendwo ein Verhältnis. Dafür würde ich meine rechte Hand verwetten. So sah sie aus, die Rache unserer Mutter. Dafür, dass unser Vater sie nie geliebt hat. Dafür, dass er uns nicht geliebt hat. Beziehungsweise, mich nicht geliebt hat. Dafür, dass Linda ihm immer am wichtigsten war. Ja, auch deine blöde Lindi hat sie bestraft. So sieht es nämlich aus. Und deshalb will ich die Bilder loswerden. Ich will alles loswerden, was mich an die Familie erinnert, verstehst du."

„Nein, Carlotta, ich verstehe nicht. Wir hatten eine wundervolle, behütete Kindheit. Was hat man dir angetan, dass du so redest."

„Behütete Kindheit? Du spinnst doch. Spinn die Legende ruhig weiter. Es ist mir egal. Aber ich werde die Bilder verkaufen. Willst du sie kaufen?"

„Charly, diese Bilder können wir doch nicht verkaufen, da hängt die gesamte Familiengeschichte dran, alles, wofür unser Vater gelebt hat."

„Ja und, ich bin froh, dass er tot ist."

Judith hörte ein klatschendes Geräusch. Hatte Nils seiner Schwester wirklich eine Ohrfeige gegeben?

„Ich verbiete es dir, hast du gehört!" Nils stürmte ins Haus. Schnell verzog Judith sich von ihrem

Horchposten und sprang ins Bett. Als er die Zimmertür öffnete, tat sie so, als ob sie schlafe. Tiefe, regelmäßige Atemzüge, auf die sie sich konzentrierte, während er sich auszog und seine Klamotten wütend in die Ecke donnerte. Judith musste dann doch irgendwann eingeschlafen sein. Es war fast schon hell, als sie aufwachte.

Nils war nicht da, der Platz neben ihr im Bett war leer. Judith lauschte in die Dämmerung. Es war nichts zu hören. Sie wartete ungefähr zwanzig Minuten. Als sich nichts tat, stand sie auf.

Okay, sie könnte sich jetzt auf die Suche nach einem Glas Mineralwasser machen, dachte sie und schlüpfte aus der Tür. Im Haus war es still, man hörte nur das Ticken der klassizistischen Pendeluhr, die auf dem Kaminsims im Esszimmer stand. Judith ging an der Treppe vorbei in die Küche.

Sie war nicht allein. Nils hockte auf einem Stuhl und beugte sich über seine Schwester, die mit seltsam verdrehten Gliedern auf dem Granitboden lag. Er schaute hoch, als er sie in der Tür hörte …

Judiths Schrecksekunde dauerte gefühlte drei Stunden: Carlotta. Sie lag da wie tot. Und dann schrie Judith. Nils schüttelte den Kopf und stand auf.

Judith war schneller, sie rannte ins Schlafzimmer und verschloss die Tür. Sie musste weg hier, ganz schnell weg hier. Sie wusste zwar nicht, was geschehen war, aber ihr Überlebensinstinkt riet ihr, so schnell wie möglich zu verschwinden. Nils rüttelte an der Tür.

„Judith, komm, was soll das, mach auf!"

Sie schaute sich um. Wie sollte sie hier wegkommen? Judith schlüpfte in ihre Jeans und ihre Ballerinas, schnappte ihre Tasche und rief: „Was hast du getan? Was ist mit Carlotta?"

„Carlotta ist tot, Judith, es war ein Unfall!"

Gleichzeitig öffnete Judith leise das Fenster zum Hof und dann kletterte sie hinaus. Die Handtasche verfing sich in der Fensterbrüstung, sie zerrte, die Handtasche ging auf, Tampons rollten zu Boden. Judith rannte quer durch den Innenhof, der Affe fing an zu schreien, und dann sah sie im Augenwinkel, dass Nils gerade ins Esszimmer gelaufen kam. Judith rannte so schnell sie konnte zu dem hohen, schmiedeeisernen Tor, das das Atrium vom Garten trennte. Das Tor ließ sich schwer öffnen und sie verschenkte wertvolle Sekunden, in denen Nils schnell näher kam. Sie ließ das Tor hinter sich zufallen und rannte zwischen verwilderten Bohnen und Wicken auf dem Weg zur Gartenpforte. Sie betete, dass die Pforte geöffnet war. Dann sah sie, dass von innen ein großer Schlüssel steckte. Sie schloss die Pforte auf, zog den Schlüssel ab. Nils war direkt hinter ihr, fast konnte sie seinen keuchenden Atem auf ihrem Rücken fühlen. Sie schlüpfte durch die Tür und versuchte sie zu schließen. Nils drückte von innen dagegen.

„Judith, was soll der Quatsch“, rief er, „bleib doch stehen.“ Mit zitternden Händen, gegen die Pforte gelehnt, versuchte sie den Schlüssel ins Schloss zu stecken. Hatte sie eine Chance?

Von ferne hörte sie den hohen Sirenenton eines Polizeiwagens. Oder war es die Feuerwehr? Judith hatte keine Ahnung, zu Hause konnte sie die unterschiedlichen Tatütatas unterscheiden, hier hörte sie einfach nur ein Martinshorn. Nils drückte gegen die Tür, sie hatte keine Chance, die Gartenpforte abzuschließen.

„Ach, Scheiße“, hörte sie ihn fluchen, dann hörte der Druck auf die Gartenpforte plötzlich auf. Sie schloss die Tür von draußen ab und steckte den Schlüssel zur Vorsicht in ihre Handtasche. Hatte er aufgehört, ihr zu folgen? Sie hörte, wie der Wagen mit dem Tatütata vor dem Haus mit quietschenden Bremsen hielt. Deshalb also war er zurück ins Haus gegangen. Hatte er die Polizei gerufen? Oder die Feuerwehr? Was sollte sie jetzt tun? Hingehen und gucken? Auf keinen Fall.

Sie entfernte sich so schnell sie konnte in Richtung der größeren Straße. Die Straßen waren so früh am Morgen menschenleer. Wo sollte sie jetzt hin, was sollte sie tun? Sie hatte keine Uhr umgebunden, bei der ganzen Panik, Mist, die lag noch im Schlafzimmer. Was würde Nils der Polizei erzählen? Ihren Namen nennen? Siedend heiß fiel ihr ein, dass man sie wahrscheinlich suchen würde. Also konnte sie unmöglich zum Bahnhof oder zum Flughafen. Aber wohin sollte sie jetzt? Direkt zur Polizei gehen und Anzeige erstatten. Aber was eigentlich sollte sie anzeigen?

Sie hatte keine Ahnung, was passiert war. Am liebsten hätte sie Alice angerufen. Aber sie konnte ihre Chefin ja unmöglich morgens um, ja, wie spät war es eigentlich? Vier Uhr, halb fünf? Sie lief geradeaus durch die menschenleeren Straßen von Juan-les-Pins. Natürlich hatte sie keine Ahnung wo sie war. Sie musste dringend mit jemandem reden.

Hüseyin! Natürlich, das war es. Hüseyin würde sie auch mitten in der Nacht erreichen können. Seine Nummer war auf dem Handy, das Lady Kaa ihr gegeben hatte, gespeichert. Er meldete sich mit einem kurzen „Ja“. Vor Erleichterung hätte sie fast geheult. Sie stammelte eine Entschuldigung, dass sie ihn so spät in der Nacht gestört hätte.

„Ich bin in New York, wie du weißt“, sagte er, „hier ist es nicht mitten in der Nacht.“

„Oh, klar“, entfuhr es ihr. „Hüsy, ich habe ein Problem.“ Und dann erzählte sie ihm, was gerade passiert war. Wahrscheinlich hörte sie sich genauso konfus an wie sie es tatsächlich war.

„Warum rufst du nicht Alice an“, sagte Hüsy. „Die hat immer eine Idee, wie du da unbeschadet rauskommst“, sagte er. „Auf keinen Fall würde ich einstweilen zurück ins Haus gehen, und auch den Bahnhof und den Flughafen würde ich meiden.“

„Aber ich kann doch nicht mitten in der Nacht Lady Kaa anrufen“, sagte Judith.

„Doch, sie wäre stinksauer, wenn du es nicht machen würdest, für solche Fälle hat sie immer ihr Telefon auf dem Nachttisch liegen. Ich glaube, sie hat eh Schlafstörungen wegen ihrer Schmerzen. Los, nicht zögern, Judith, ruf sie an. Ich war leider noch nie in Juan-les-Pins, ich habe keine Ahnung, wie du da wegkommst.“

Judith nickte. Das konnte er natürlich nicht sehen.

„Danke Hüsy“, flüsterte sie. Hätte sie lauter gesprochen, wäre die gesamte Gegend aufgewacht. Sie schaute sich um, in der Ferne hatte sie ein Auto gehört, das irgendwo gehalten hatte. Wurde sie bereits verfolgt? Sie rannte um die nächste Ecke und versteckte sich hinter einem Baum. Und richtig, sie musste nicht lange warten, bis das Auto, das sie gehört hatte, um die Ecke bog. Gott sei Dank war der Ahornstamm dick genug. Das Auto rollte weiter, leider konnte sie nicht sehen, wer da drin saß. Es war auf jeden Fall ein schwarzer Renault Scenic. Verdammt, sah sie jetzt weiße Mäuse oder wurde sie tatsächlich verfolgt? Sie schlich im Schatten des Ahorns zurück in die Straße, aus der sie gekommen war und versteckte sich zwischen zwei Fahrzeugen.

Mit zitternden Händen wählte sie die Nummer von Lady Kaa. Nach dreimaligem Klingeln meldete sie sich, ebenfalls mit einem bellenden „Ja“. Das hatte Hüsy wohl von ihr. Judith flüsterte ihren Namen.

„Wer ist da?“, fragte sie. „Ach Judith“, sagte sie, sie musste wohl mit einem Blick auf ihr Display gesehen haben, wer anrief.

„Ich kann nicht so laut reden, ich bin auf der Straße, und ich glaube, ich werde verfolgt“, sagte Judith.

„Wo sind Sie?“, fragte Lady Kaa.

„In Juan-les-Pins“, sagte Judith. „Carlotta ist tot, glaube ich.“ Schweigen am anderen Ende der Leitung. Hatte sie Judith verstanden?

Nach einer Weile fragte Alice: „Was ist mit Nils?“

„Ich weiß es nicht. Ich habe ihn neben Carlotta gefunden, die wie tot auf der Erde lag. Er saß einfach neben ihr. Ich bin abgehauen. Er hat mich verfolgt. Dann kam die Polizei.“

„Langsam, Mädchen, langsam. Noch mal von vorn, alte Frau ist kein Lear-Jet“, sagte Lady Kaa.

Judith erzählte ihr so detailliert wie möglich, was in der letzten Stunde geschehen war, bzw. was sie gesehen hatte.

„Was soll ich jetzt tun?“, fragte sie. Schweigen. Man hörte Alice denken.

„Gut, dass Sie mich angerufen haben, Judith. Also, Sie gehen jetzt auf keinen Fall, hören Sie, auf gar keinen Fall zurück zum Haus. Sie müssen so schnell wie möglich weg aus Frankreich. Aber nicht über den Bahnhof von Juan-les-Pins und auch nicht mit dem Flieger aus Nizza. Wie viel Geld haben Sie in der Tasche?“, fragte sie.

„Alles, was Sie mir gegeben haben, ich habe noch nichts ausgegeben.“

„Gut“, sagte sie, „das wird reichen. Sie müssen versuchen, über die italienische Grenze zu kommen. Moment, ich habe eine Idee.“

Branchenklatsch

War Carlotta wirklich tot, fragte sich Hüseyin, als er aufgelegt hatte. Er versuchte sich an seine ehemalige Kommilitonin zu erinnern. Carlotta gehörte zu diesen durchscheinenden Geschöpfen, die ihm persönlich einfach auf die Nerven gingen. Sie weckte keinen Beschützerinstinkt in ihm, ganz anders als zum Beispiel Judith, um die er sich gerade ernsthaft Sorgen machte.

Judith gehörte zu den Frauen, die versuchten, mit ihren Problemen allein fertig zu werden, eine Eigenschaft, die er sehr schätzte. Carlotta schaute immer so, als ob sie die Welt für all ihre Probleme verantwortlich machen würde, welche auch immer das sein mochten. Er kannte sie nicht nah genug, war nie neugierig auf sie gewesen, um zu wissen, welche Probleme das waren. Er versuchte sich zu erinnern, ob er sie hatte lächeln sehen. Hatte er? Er konnte sich ihr Gesicht nicht einmal mit einem Lächeln vorstellen. Ihre Bilder sprachen für sich. Sie strahlten – wieder überlegte er, wie er das nennen sollte – Einsamkeit aus. Oder war es Gereiztheit? Was war das denn für ein Wort? Gereiztheit.

Hüseyin war von Natur aus misstrauisch gegenüber ach so sensiblen Künstlernaturen. Die meisten waren einfach nur empfindlich. Was für ihn einen himmelweiten Unterschied machte. Empfindlich und ich-bezogen. Das war das Problem dieser ganzen Branche, hier tummelten sich Hunderttausende von Diven. Wenn sie erfolgreich waren, dann waren sie unausstehlich, und wenn sie gar keinen Erfolg hatten, waren sie noch unausstehlicher. Dabei war ihm klar, dass einige Kollegen sich gern so gaben, weil sie glaubten, dass das die Welt von ihnen erwarten würde. „Sei doch nicht so schrecklich unprätentiös", hatte eine Freundin mal zu ihm gesagt.

Bei Alice hatte er das Gegenteil gelernt. Sie hatte ihn getestet und erst dann für gut befunden, nachdem sie herausgefunden hatte, dass er hart im Nehmen war. Hüseyin musste immer noch lächeln, wenn er an die erste Kaldenbergsche Prüfung dachte. Memmen hatten bei ihr keine Chance.

„Talent, Schätzchen, reicht nicht", hatte sie gesagt. „Du musst hart genug sein, um in diesem Haifischmeer mitschwimmen zu können." Alice dachte nie in kleinen Teichen, bei ihr musste es schon das Meer sein. Sie hatte mit dieser Einstellung die Welt erobert, und wenn er Bernie Goldsmith glauben sollte, dann hatte sie auch ihm zu Weltruhm verholfen.

Carlotta hätte so einen Job, wie er ihn bei Alice hatte, nie angenommen. Das hatte eine Carlotta auch nicht nötig, an dem nötigen Kleingeld hatte es ihr nie gemangelt. Hüseyin musste zugeben, dass er in der Vergangenheit oft ein bisschen neidisch gewesen war auf Kollegen, die von zu Hause jede Unterstützung bekamen. Er hätte von seinem Vater auch jede Unterstützung bekommen. Wenn er BWL studiert hätte oder auch, wenn er sich einfach selbstständig gemacht hätte, eine Konservenfabrik eröffnet oder ein Restaurant oder ein Reisebüro – kein Problem, Vater hätte ihm alle Schwierigkeiten aus dem Weg geräumt und ihn großzügig mit Krediten vollgestopft.

„Was willst du werden? Maler? Das ist doch nur was für Schwule! Bist du verrückt? Damit wirst du nie in deinem Leben einen Pfennig Geld verdienen." Hüseyin schüttelte die Erinnerung an dieses unerquickliche Ende seines Lebens in seiner Familie ab. Sein Vater hatte ihn verstoßen.

„Frühes Mittelalter", hatte er zu seinem Vater gesagt, hatte seine Klamotten in einen Koffer gepackt und war abgehauen zu einem Freund. Am nächsten Tag hatte er sich eine Zeitung gekauft und nach einem Job gesucht, mit dem er in den nächsten Monaten erst mal über die Runden kommen konnte.

„Suche Studenten, der alles macht." Hüseyin hatte gelacht, als er die Anzeige gelesen hatte. Das war jetzt sechs Jahre her. Er hatte sich sein Studium hart verdienen müssen bei Alice von Kaldenberg. „All das wird dir später einmal nützen, Häschen“, hatte Alice zu ihm gesagt, als sie wieder mal gemeinsam einen Mörder zur Strecke gebracht hatten. Auch das verstand Alice nämlich unter „alles“.

Hüseyin hatte von Bernies Sekretärin einige Termine in New Yorker Galerien bekommen. Er musste sich beeilen, um seinen ersten Termin bei Martha Henley Inc., Fine Arts, wahrnehmen zu können. Sie saß mit ihrer Galerie auf dem West Broadway in Soho. Zunächst ging es ihm nur um Klatsch und Tratsch der Szene. Für ihn natürlich auch eine wunderbare Gelegenheit sich vorzustellen. Martha Henley entpuppte sich als eine ältere Kunsthändlerin, die ihn mit ihrem eingeschlagenen Nackenknoten an seine Deutschlehrerin erinnerte. Martha Henley fragte natürlich sofort nach Bernie Goldsmith, Hüseyin war klar, dass er die Frau überhaupt nicht interessierte, ihr der Kontakt zu Bernie aber wichtig war. Er fragte, ob Martha Henley Sigurd Sprengler gekannt habe.

„Natürlich, den kannte wohl jeder renommierte Galerist in New York“, sagte sie und bot ihm ein Mineralwasser an.

„Hat er nach speziellen Werken bei Ihnen gesucht?“

„Ja, es war allgemein bekannt, dass er bestimmte Impressionisten gesucht hat, die früher in Familienbesitz gewesen waren. Wenn einer von uns so etwas angeboten bekommen hätte, dann hätten wir ihn sofort kontaktiert. Aber da wird Ihnen Mort Eisenman bestimmt mehr darüber erzählen können, er hat für Sprengler überall aufgekauft."

„Wie kommt es, dass ausgerechnet Eisenman genau die Bilder hatte, die Sprengler wollte?", fragte Hüseyin.

„Das war wohl Zufall, zumindest am Anfang. Eisenman war ein Bild angeboten worden, und bevor es in die Versteigerung ging, hat er Sprengler darauf angesprochen. Danach hat er dann für Sprengler gesucht, hat weltweit seine Kontakte spielen lassen bei bekannten Sammlern. Halt, nein, das stimmt nicht, das erste Bild kam wohl über Eisenmans Vater", sagte sie.

„Sein Vater war auch Kunsthändler?", fragte Hüseyin.

„Ja, er hat eine Galerie in Los Angeles und Niederlassungen in Paris und London. Sie sind spezialisiert auf Impressionisten und alles davor. Also alte Meister, vorzugsweise flämische alte Meister. Sehr guter Ruf."

„Und der Sohn hat die Galerie hier in New York geführt?"

„Er hat bei seinem Vater gelernt und später dann die New Yorker Galerie eröffnet. Hatte sich aber im Gegensatz zu seinem Vater auf die Moderne spezialisiert, bevorzugt auf zeitgenössische Amerikaner."

„Seltsam, dass ausgerechnet er dann plötzlich Impressionisten verkauft", sann Hüseyin.

„Isaac Eisenman ist vor einigen Jahren gestorben. Sein Sohn hat das Geschäft übernommen, kannte es ja sowieso in- und auswendig. Da fallen einem dann schon mal solche Werke in den Schoß.“ Martha Henley seufzte, so dass Hüseyin dachte, dass es genau das war, was sie jetzt brauchte: ein Meisterwerk, das ihr in den Schoß fiel.

„Sie stellen auch moderne Maler aus“, sagte Hüseyin. „Ich bin auch Maler.“

„Ich stelle nur prominente Maler aus, um neue Talente aufzubauen, bin ich einfach zu alt, mein Sohn. Wenn Sie allerdings eine Galerie suchen, in der Sie ausstellen können, dann kann ich Ihnen hier eine Adresse geben.“ Martha Henley überreichte ihm eine Karte. „Das ist meine Nichte, sie baut sich gerade in TriBeCa eine Galerie auf. Wenn Sie wollen, mache ich gern einen Termin für Sie.“ Natürlich wollte Hüseyin. Martha Henley griff auch sofort zum Telefon und rief ihre Nichte an. Er hörte, wie sie sagte: „Er ist ein Freund von Bernie Goldsmith.“ Es war hier wie überall auf der Welt: Ich stelle dich aus, wenn du mir die Promis bringst, die Promis bringen mir die Medien, die Medien bringen mir Käufer. Hüseyin war klar, dass er hier mit Stolz nicht weiterkommen würde. Er bedankte sich herzlich bei Martha Henley, nachdem er zugestimmt hatte, am nächsten Nachmittag bei Deborah Wilson vorbeizuschauen.

Kahnfahrt in die Vergangenheit

Der Fährmann hatte bereits auf sie gewartet. Im Kahnhafen des Hotels *Zur Bleiche* stieg Linda in den schaukelnden Spreewaldkahn. Sie fiel fast auf die Bank, die mit dicken Decken gepolstert war, die sie sich jetzt am frühen Morgen gegen die Kälte über die Beine legte. Ein paar Hotelgäste, die zu einem frühen Frühstück unter freiem Himmel rund um den Hotelhafen gekommen waren, beobachteten sie beim Einsteigen.

Es würde ein schöner Tag werden, dachte sie, die ersten Sonnenstrahlen warfen ihr Licht durch das grüne Dach über dem Hafen, und ließen das brackige Wasser grünlich schimmern. Man hatte ihr ein leichtes Frühstück angerichtet, mit Lachs und Kräuterquark, mit einem gekochten Ei und einem Glas Champagner.

„Fertig?", fragte der Fährmann und dann ging es los. Linda kannte diese Tour, sie hatte sie einige Male mit Sabine gemacht, sie fühlte sich im Spreewald jedes Mal wie in einem schönen Traum. Das leise plätschernde Wasser, die Vögel, die sich von Baum zu Baum unterhielten, das schützende Laub über ihr, das leise im Morgenwind raschelte, vermittelten ihr ein fast märchenhaftes Gefühl der Geborgenheit. Sie fuhren vorbei an Bauernhäusern, an Feldern und Auen, sie hörte einen Hahn krähen und eine Ziege meckern. Aber es war vor allem dieses Licht, diese Bündel von Licht, die hier und dort durch das dichte Grün brachen, wie gebündelte Hoffnungsschimmer, dass doch noch alles gut werden würde. Das Licht am Ende des Tunnels? Gab es das für sie überhaupt noch? Linda schloss die Augen, der Champagner hatte sie ein wenig wehmütig gemacht.

An die nachfolgenden Monate nach ihrer ersten Nacht mit Siggi konnte sie sich kaum erinnern. Sie hatte aufgehört zu leben. Linda ging wie immer zur Schule und nervte ihren Vater mit ihren Plänen, Plastische Chirurgin zu werden. Er fand, das sei kein Beruf für Frauen. Sie hatten sich erbittert deshalb gestritten. Siggi schickte lange Briefe, die so falsch klangen wie ein verstimmtes Klavier. Er erging sich in langatmigen Beschreibungen über New York, seine Kommilitonen, die Professoren. Dabei wollte Linda hören, wie sehr sie ihm fehlte. Als er in diesem Jahr zu Weihnachten nach Hause kam, kam er ihr vor wie ein Fremder. Schon als sie ihn am Flughafen Tempelhof zur Begrüßung umarmte, spürte sie, wie er sie abwehrte und dar-

auf bedacht war, Abstand zu ihr zu halten. Sie war kreuzunglücklich. Jede Minute dieses Jahres hatte sie nur an ihn gedacht, nachts versuchte sie sich an ihn zu erinnern, an seinen Geruch, an das Gefühl, ihn in ihr zu spüren. Und er verhielt sich ihr gegenüber wie jemand, dem man gerade mal auf einer Party vorgestellt worden war. Auch zu Hause verhinderte er, dass sie allein waren. Linda sehnte sich nach einem lieben Wort von ihm, nach einer Berührung, einer Geste, dass er sie genauso vermisste wie sie ihn. Nichts, nichts, nichts. Sie weinte nachts in ihre Kissen, während er vor dem Schlafengehen sein Zimmer abschloss.

Am 3. Januar brachte Linda ihn zusammen mit ihrem Vater zum Flughafen Tempelhof. Vater suchte noch einen Parkplatz, während Siggi und Linda bereits mit seinem Koffer durch die riesige Empfangshalle mit dem glänzenden Boden zum Check-in gingen.

„Siggi, du fehlst mir so sehr", sagte Linda und hielt ihn am Ärmel fest. Und dann sah sie sie, die Tränen in seinen Augen.

„Ich liebe dich so sehr", flüsterte er und gab ihr einen brüderlichen Kuss auf die Wange.

„Ich liebe dich auch", sagte Linda und wollte ihn zu sich ranziehen.

„Nicht Lindi, nicht", sagte er und drehte sich abrupt weg. „Ich kann nicht Lindi, bitte, ich denke Tag und Nacht an dich, das geht so nicht weiter",

sagte er. Er hatte es gesagt, juhu, er hatte es gesagt. Linda war die glücklichste Frau auf der Welt. Ihr Bruder liebte sie genauso, wie sie ihn. Noch auf dem Flughafen rang sie ihrem Vater die Erlaubnis ab, Siggi in den Osterferien in New York besuchen zu dürfen.

La Corniche

Lady Kaa hatte ihr am Telefon eine Idee gegeben, wie sie verschwinden könnte, ohne die Behörden auf sich aufmerksam zu machen. Sie hatte jetzt ein Ziel: Cours Saleya, der Blumenmarkt in Nizza. Innerlich dankte sie dem lieben Gott, an den sie sich eigentlich immer nur erinnerte, wenn sie total verzweifelt war, dass Lady Kaa sich offensichtlich halbwegs auskannte an der Riviera. Wahrscheinlich hatte sie sich mit Brigitte Bardot und Gunther Sachs geduzt, bei der Frau wunderte sie überhaupt nichts mehr. Sie musste also nach Nizza kommen, aber wozu hat man ein Smartphone, sie musste sich einfach ein Taxi rufen. Zunächst mäanderte sie noch ein wenig zwischen den Straßen hin und her, falls irgendein Verfolger ihr auf den Fersen war. Aber sie hatte niemanden mehr gesehen. In der Rue Gallice blieb sie stehen. Dann rief sie bei der Zentralnummer für die Riviera-Taxis an und bestellte sich ein Taxi zum Hotel Juana. Sie hatte keine Ahnung, was die Dame da ins Telefon zwitscherte, Französisch war nicht ihre Sprache, aber sie blieb auf jeden Fall in der Nähe des Hotels stehen und wartete und wartete und wartete. Gerade, als sie schon dachte, da würde nie mehr ein Taxi kommen, bog ein Wagen um die Ecke. Erleichtert ließ sie sich in die Polster sinken.

„Cours Saleya", sagte sie weisungsgemäß, und los ging die Fahrt nach Nizza. Draußen wurde es langsam hell, aber sie hatte überhaupt keinen Blick für die Schönheiten der Gegend, sie blickte sich ständig um, immer in der Angst, verfolgt zu werden. Aber wer sollte sie eigentlich verfolgen? Nils? Der saß sicher noch bei der Polizei.

Die Polizei? Wozu? Und wie? Die wussten doch gar nicht, wo sie war. Und wenn Nils Carlotta nicht umgebracht hatte, sondern jemand anderer? Der wäre doch längst abgehauen. Sagte jedenfalls Lady Kaa. Trotzdem hatte sie so ein gemeines Gefühl in der Magengrube. Der Fahrer beobachtete Judith im Rückspiegel. Wahrscheinlich hatte der sich eine eigene Geschichte für sie zurecht gesponnen. Judith schaute sich immer wieder um. Als aus einer Seitenstraße ein schwarzer Renault Scenic direkt hinter dem Taxi einbog, rutschte sie auf ihrem Sitz nach unten, damit sie nicht zu erkennen wäre.

Als sie am Cours Saleya angekommen waren, guckte Judith vorsichtig aus dem Fenster. Der schwarze Scenic war verschwunden. Sie bezahlte den Fahrer und stieg aus. Noch war es hier menschenleer, aber Lady Kaa hatte ihr prophezeit, dass hier bald die italienischen Laster ankommen würden mit den Blumen aus Ventimiglia. Judith setzte sich auf eine Mauer und wartete. Sie zitterte wie Espenlaub, wie ihr Vater immer sagte, was aber weniger daran lag, dass sie Angst hatte, sondern dass ihr kalt war. Schließlich hatte sie nur das T-Shirt an, in dem sie geschlafen hatte. Die Sonne war zwar schon aufgegangen, aber noch wärmten ihre Strahlen nicht. Vielleicht aber waren es auch ihre Nerven, die sie zittern ließen. Auf was für einen Mist hatte sie sich da nur eingelassen? Immer wieder guckte sie auf ihrem Handy nach der Uhrzeit, ihre Armbanduhr lag ja noch in Juan-les-Pins. Und dann kamen sie, die Lastwagen, wie von Lady Kaa vorausgesagt. So und jetzt musste sie all ihren Mut und noch mehr Charme zusammennehmen und einen Lastwagenfahrer mit einem italienischen Kennzeichen anbaggern. Noch hatte sie keine Ahnung, in welcher Sprache sie das tun sollte, aber es gab natürlich Zeichen, die waren international. Sie hatte so etwas noch nie gemacht und so ganz ungefährlich war das natürlich nicht. Aber sie musste hier weg, da konnte man nicht so wählerisch sein in seinen Mitteln. Sie sah, wie die Stände aufgebaut wurden, die Aufbauer lachten miteinander, Judith hörte die Laster parken und die Helfer fluchen, innerhalb von zehn Minuten war aus dem menschenverlassenen Cours Saleya ein Ort der Geschäftigkeit geworden. Sie nahm einen

Spiegel aus ihrer Handtasche und fing an, sich ein wenig zurecht zu zupfen. Ihr Schminkmäppchen hatte sie auch dabei, also durfte es ein bisschen Rouge sein, ein wenig Lipgloss, das musste reichen. Wie sieht es denn aus, wenn eine Tussi morgens um sieben auf der Straße steht und sich schminkt! Zwischen den bereits aufgebauten Ständen schaute sie sich nach Blumenlieferanten um. Einer pfiff ihr hinterher, ein anderer schaute sie erstaunt an. Der war schon älter, das war gut. Sie lief weiter, als ob sie ihn nicht gesehen hätte und schaute dann nach, wohin er ging, um seine Blumen zu entladen. Neben dem Lastwagen stand eine Frau! Da hatte sie wohl keine Chance. Es sei denn … sie blieb in einiger Entfernung stehen und beobachtete die parkenden Laster. Es interessierten sie nur die mit den italienischen Nummern. Natürlich wurde sie angesprochen.

„I don't understand“, sagte sie.

„Tedesca?“, fragte sie ein mittelalter Mann mit einem ausgewaschenen, schilfgrünen Unterhemd.

„I don't understand“, sagte Judith wieder.

„Sind Sie Deutsche?“, fragte der Mann jetzt. Sah man ihr das an oder war ihr Englisch so schlecht?

„Ja“, antwortete sie, „ich bin Deutsche.“

„Wo kommen Sie her?“, fragte der Mann, während er mehrere Kübel mit Blumen auf die Laderampe seines Wagens schob.

„Berlin.“

„Ich gelebt in Wolfsburg", sagte er. Judith lächelte das, was sie für ihr bezaubernstes Lächeln hielt.

„Volkswagen?"

„Nein, Busfahrer, Verkehrsbetriebe Wolfsburg", lachte er.

„Oh, Personenbeförderungsschein!"

„Aber klar", sagte er.

„Fahren Sie heute noch nach Italien?"

„Wollen Sie mitkommen?", fragte er. Judith zuckte die Schultern, legte ihren Kopf nach rechts und machte Kulleraugen. „Ich muss nur noch das hier ausladen", sagte er und ließ die Laderampe wie einen Fahrstuhl nach unten gleiten. „Es mir eine Ehre, schönes Fröllein", sagte er und lachte mit gelben Zähnen.

„Danke", sagte sie erleichtert. Sie würde jedenfalls nicht mit Händen und Füßen reden müssen.

Eine halbe Stunde später fand sie sich auf dem Beifahrersitz wieder. Er heiße Daniele, sagte ihr rettender Engel. Sie sagte ihm ihren Namen. In dem Führerhaus stank es bestialisch. Judith schätzte, Daniele hatte hier irgendwo eine Sammlung alter Kaffeebecher, in denen noch Milchreste gammelten. Oder zerknüllte McDonald's-Tüten mit Burgerresten. Sie schüttelte sich. Von einer Klimaanlage war auch nichts zu spüren.

„Was Sie machen so früh auf dem Markt?", fragte er mit einem Seitenblick. Darüber hatte sie noch nicht nachgedacht. Was für eine Geschichte sollte sie ihm erzählen? Am besten die Wahrheit. Oder das, was man für die Wahrheit halten könnte.

„Ich habe mich mit meinem Freund gestritten und bin mitten in der Nacht abgehauen. Jetzt habe ich Angst, dass er mich verfolgt“, sagte Judith.

„Oh, er Sie schlagen? So eine hübsche Frau?“

„Ja, er ist sehr aufbrausend“, sagte Judith.

„Brutal, ja?“, fragte er.

„So ähnlich“, sagte sie.

„Man muss immer nett sein zu hübsche Frauen“, ließ er sie an seiner Weltsicht teilhaben. „Hübsche Frauen immer haben Recht. In Italia.“ Na klasse. Nein, sie hatte keine Angst, jedenfalls da noch nicht. Sie war nur vorsichtig, sozusagen. „Sie Urlaub gemacht mit Freund?“

„Gerade angekommen“, antwortete sie ausweichend.

„Und jetzt?“, fragte er. „Was werden Sie machen jetzt?“

„Ich werde nach Hause fahren“, sagte Judith.

„Nach Hause? Warum dann über Italien?“, fragte er.

Das geht dich einen feuchten Kehricht an, dachte sie. Laut sagte Judith: „Ich will noch ein bisschen was sehen von der Küste hier.“ Das war ihr entscheidender Fehler.

„Ich Judith zeigen, meine Küste“, sagte er. Was sollte sie darauf sagen? Sei ruhig, fahr weiter? Sie wollte nicht unhöflich sein, aber sie wollte so schnell wie möglich raus aus diesem dämlichen Führerhaus mit seinem unerquicklichen Geruch. „Ich zeigen schönste Aussicht von ganze Riviera“, sagte er.

Ich will keine schöne Aussicht, dachte sie, sagte aber nichts. Was sie sah, machte sie nicht fröhlich. Er war bis jetzt Richtung Autobahn gefahren, aber plötzlich bog er scharf ab.

„Wo fahren wir hin?“, fragte Judith.

„Schon mal gehört von La Corniche?“

„Gurken?“, fragte sie. Daniele lachte schallend.

„Nicht Cornichons, la Corniche, das sind Straßen auf Felsen. Abwarten, Judith, Sie sehen wunderbar, ich halten an und Sie gucken.“ Ihr war nach nichts weniger als nach Gucken, höchstens nach Umgucken, aber was sollte sie machen, wahrscheinlich wollte Daniele einfach nur freundlich sein. Sie fuhren mit dem großen Wagen auf einer Passstraße, und wenn sie gefrühstückt hätte, hätte sich wahrscheinlich ihr Magen umgedreht. Die Sonne war jetzt aufgegangen und schien direkt auf die Scheiben. Im Führerhaus war es so heiß wie in einer Sauna. Daniele strich über ihren Arm:

„Da, schauen, über 500 Meter über Meer, ist das nicht wunderschön?“ Judith wollte ihn am liebsten anschreien, dass er seine dreckigen Pfoten von ihrem Arm weglassen sollte. Stattdessen lächelte sie.

„Oh ja, schön, sehr, sehr schön.“ Sie versuchte, nicht zu begeistert zu klingen, damit es sich nicht nach einer Bitte um Nachschlag anhörte.

„Cap Ferrat, schauen Sie, da unten“, sagte er, während er eine mörderische Kurve nahm. Judith schloss ganz fest die Augen, sie wusste nicht mehr, wovor sie mehr Angst hatte, davor, dass Daniele aufdringlich werden könnte oder davor, dass er sie inklusive Laster die Klippen hinunterstürzte. Daniele fuhr nicht wie ein Busfahrer der Wolfsburger Verkehrsbetriebe, sondern wie ein balinesischer Taxi-Fahrer auf Speed.

„Judith, Sie gucken müssen, nicht machen Augen zu“, sagte er zu ihr. Wie hatte er eigentlich gesehen, dass sie die Augen zusammengekniffen hatte? Der Kerl sollte nach vorne gucken, verdammt noch mal, bei den Kurven.

„Beachten Sie mich einfach nicht, sonst landen wir noch den Abhang hinunter“, sagte sie, schief lächelnd.

„Sie haben Angst? Sie brauchen keine Angst haben bei Daniele, Daniele bester Autofahrer von Welt.“ An einem Mangel an Selbstvertrauen litt Daniele offenbar nicht. „Sie sind das erste Mal hier unten an der Küste?“, fragte er.

„Ja“, sagte sie, „das erste Mal.“

„Dann wir machen Halt bei Le Vistaero“, sagte er. „Grace Kelly, Sie kennen Grace Kelly?“

Natürlich kenne ich Grace Kelly, du Dumpfbacke, dachte sie und sagte: „Klar.“

„Monaco im Morgenlicht, wunderbar!“

Monaco im Gegenlicht, dachte sie, während ihr die Sonne in die Augen stach. Sie war kurz davor, zu beten, und das tat sie nur in den heikelsten Situationen ihres Lebens. Also faktisch nie. Am liebsten hätte sie laut geschrien. Dieser Gestank in der Karre, dieser aufdringliche Daniele, diese gefährliche Gurkenstraße, was für eine blöde Idee von Lady Kaa.

„Voilà, Le Vistaero“, sagte Daniele, brachte den LKW mit quietschenden Bremsen zum Stehen und schaltete den Motor aus. „Los, trauen Sie sich, schöne Frau“, sagte er und legte sich über sie, um ihr die Beifahrertür zu öffnen. Er roch nach tagealtem Schweiß. Judith hätte sich fast übergeben. So schnell sie konnte, kletterte sie aus dem Wagen. An der frischen Luft ging es ihr sofort besser, ihre aufgebrachten Magennerven beruhigten sich schnell. Die Aussicht auf Monaco war wirklich fantastisch, wenn man gerade dafür in Stimmung war. Judith war nicht in Stimmung. Was sollte sie tun? Sie musste irgendwie nach Italien. Um diese Zeit war hier oben noch kaum eine Menschenseele, sie hatte also keine andere Wahl als wieder in dieses stinkende Führerhaus zu klettern.

„Danke, Daniele“, sagte sie, „das ist wirklich nett von Ihnen, dass Sie mir das gezeigt haben. Das ist wirklich atemberaubend.“ Sie hatte ja gelernt, ehrlich zu sein. In Gedanken überschlug sie ihren Tascheninhalt. Sie hatte nichts dabei, womit sie sich gegen ihn wehren könnte. Wenn man mal von ihren Händen und Füßen absah. Sie setzten ihre halsbrecherische Fahrt fort, kamen endlich nach Menton.

„Wir kommen jetzt zur Grenze nach Italia", sagte er. Halleluja! „Wohin wollen Sie in Italien?", fragte er sie.

„Nach Genua."

„Ich habe Idee, Judith", sagte er. „Ich bringe LKW zurück auf Hof, und dann wir nehmen meine Auto und ich fahren Judith nach Genova." Bitte, alles, nur das nicht!

„Das kann ich nicht annehmen", sagte sie.

„Doch, doch, Sie können, es mir große Freude, fahren eine so hübsche Frau aus Alemania."

„Nein, das erlaube ich Ihnen nicht, Daniele, bitte bringen Sie mich zum Bahnhof in Ventimiglia." Sie diskutierten noch eine Weile, sie wusste nicht mehr, wie sie sich wehren sollte. Die Vorstellung, noch eine Weile mit diesem stinkenden Kerl in einem Auto zusammengepfercht zu sein, machte sie fast panisch. Aber wie sollte sie sich wehren? Es half nichts. Daniele sagte gar nichts mehr, er fuhr einfach durch die Mautstelle auf die A-10, und kurz darauf waren sie in Ventimiglia. Sie fuhren am Bahnhof vorbei, aber er hielt nicht an.

Was sollte sie tun? Einfach aussteigen an der nächsten Ampel? So unhöflich war sie nicht. Sie musste zugeben, dass Daniele bis jetzt einfach nur nett zu ihr gewesen war, auch wenn sie sich vor Angst fast in die Hosen gemacht hatte. Aber das hier überstieg einfach ihre nervlichen Ressourcen.

„Bitte, lassen Sie mich aussteigen", sagte sie. „Mir

ist schlecht, ich vertrag das Autofahren nicht so gut."

„Oh, warum Sie nicht haben vorher gesagt Daniele, Corniche nixe gut ist für faule Magen." Daniele erst recht nicht, dachte sie. „Wir fahren Autostrada, keine Problemo mit Magen." Himmel, was für ein Schlamassel. Und dann sah sie den schwarzen Renault Scenic.

Mort Eisenman

„Hör auf so zu schreien, ich bin nicht taub“, sagte er.

„Du würdest auch schreien an meiner Stelle!“, zeterte sie. Eigentlich brauchte sie bei dieser Lautstärke kein Telefon. Was auch besser so wäre. War dieser Frau eigentlich bewusst, dass Big Brother mithören konnte?

„Beruhige dich, verdammt noch mal, komm doch einfach her, dann können wir über alles reden.“ Er würde sie nicht trösten können, das war ja klar. Mort saß im Büro seiner Galerie und spielte mit einem Kugelschreiber. Er lehnte sich in seinem Ledersessel zurück und legte die schmerzenden Beine auf den kleinen Schemel unter seinem Schreibtisch.

Die Gedanken fuhren Achterbahn in seinem Kopf. Wenn er es richtig überlegte, hatte sie ihm eben mitgeteilt, dass sein Problem gelöst war. Sein akutes Problem, an dem er seit einigen Wochen herumlaborierte. Gott war mit ihm, ja genauso empfand er es. Was für seltsame Fügungen sich ergaben, es war, als ob jemand vor ihm das Wasser teilte, so dass er trockenen Fußes seinen Weg gehen konnte.

Er hatte es seinem Vater auf dem Sterbebett versprochen. Er hörte den Wortschwall seiner Geliebten, aber er hatte sich bereits vor Jahren abgewöhnt, ihr wirklich zuzuhören. Bis auf wenige Ausnahmen.

Wenn er sie richtig verstanden hatte, dann hatte er jetzt sozusagen freie Bahn. Wunderbar, dachte er, der Zeitpunkt ist genial. Mort musste lächeln. Es fügte sich alles perfekt.

Für ihn wurde es Zeit, dass er das Problem final lösen würde. Er musste die Bilder vernichten. Alle, und alle auf einmal. Den Plan dazu hatte er in den letzten Wochen nach Sigurds Beerdigung ausgetüftelt, die Idee war ihm gekommen, als bei der letzten Hitzewelle seine Klimaanlage ausgefallen war. Er hatte den Klimatechniker interviewt und der hatte ihm ahnungslos eine einfache und bestechende Lösung präsentiert. Wieso nicht gleich so, man musste gar keine großen Aufstände machen.

Er klappte seine Ohren zu, um den Tiraden am anderen Ende der Leitung zu entkommen. Was war ihm der Schrecken in die Glieder gefahren, als Sigurd ihm plötzlich mitteilte, dass er die Bilder, die er von ihm gekauft hatte, in eine Stiftung geben würden. Das war der Supergau, die schlimmste anzunehmende Katastrophe, die er sich vorstellen konnte. Hatte er nicht immer getönt, dass diese Bilder nur in der Familie bleiben und überhaupt niemals an die Öffentlichkeit gelangen würden?

Mort hatte versucht, ihn dazu zu überreden, die Bilder dezent einzeln weiterzuverkaufen, so, wie es sein Vater gemacht hatte, nachdem er erkannt hatte, womit Morts Mutter abgespeist worden war. Aber nein, Mister Großkotz wollte den großen Auftritt, den Big Bang, wie er sich ausdrückte. Unter Sotheby's tat man es nicht in seinen Kreisen. Wie er diese Sprenglers hasste! *Diese Nazischweine*, hatte sein Vater sie genannt. Allerdings hatte sein Vater damit den Ruhm seiner Galerie aufgebaut. In Hollywood konnte man damals alles verkaufen, solange vorne drauf ein Label klebte und es teuer genug war, damit man damit angeben konnte. Was ja bei Bildern irgendwie der Fall war. Die Studiobosse und ihre Stars hatten Isaac Eisenman die Bilder aus der Hand gerissen. Na klar, sie standen im Werkverzeichnis, es gab einen lückenlosen Herkunftsnachweis, es gab Echtheitszertifikate. Und ich, dachte Mort und strich sich eine Strähne seines schütteren, grauen Haares zurück, ich habe unseren Namen international bekannt gemacht. Galerie Eisenman, Los Angeles, Paris, London, New York.

Aber Zeit seines Lebens wurde sein Vater von der Angst verfolgt, dass irgendein Museum die Bilder, die seine Mutter mit in die Ehe gebracht hatte, aufkaufen könnte. „Mort“, hatte er gesagt, „du musst immer an den Bildern dran bleiben. Wenn Experten die Bilder in die Hand kriegen, helfen uns die Echtheitszertifikate auch nicht weiter. Es sind und bleiben Fälschungen."

„Ich mach' die Sprenglers fertig", hatte er ihm versprochen. Nicht eine Sekunde hatte er dabei ein schlechtes Gewissen gehabt. Diese Nazischweine hatten sie betrogen und belogen. Wie stand schon in der Torah für das Volk Israel: „… so sollst du geben Leben für Leben, Auge für Auge, Zahn für Zahn, Hand für Hand, Fuß für Fuß, Brandmal für Brandmal, Wunde für Wunde, Strieme für Strieme." Und genau das hatte er getan. Er hatte ihnen das zurückgegeben, was sie ihnen angetan hatten.

Mort hatte kaum noch zugehört. Die Frau, mit der er vor zehn Jahren ein Verhältnis begonnen hatte, redete ohne Punkt und Komma. Sie war seine Lebensversicherung gewesen, sein Spion. Mort schaute sich um in seinem Büro, von dem aus man die Galerie überblicken konnte. Alles in seiner Galerie atmete reduzierte Eleganz aus, an den Wänden hingen alte und neue Meister. Echte alte und neue Meister. Selbstverständlich. Kein Stäubchen verunzierte den Ruf der Galerie Eisenman, er war einwandfrei.

Seine Mitarbeiterin war hereingekommen. Laureen passte in diese Galerie wie die Eisenskulpturen, die von unten und von oben angestrahlt wurden. Sie trug ein ärmelloses, schwarzes Etuikleid, das exakt den Ton ihrer Haare hatte. Das einzig Lebendige in ihrem Gesicht waren ihre viel zu großen Lippen, die sie blutrot angemalt hatte.

„Mr. Aydin ist da“, sagte Laureen. Eisenman wedelte sie mit einer Handbewegung weg wie eine lästige Fliege. Dieser Aydin hatte ihm gerade noch gefehlt. Aber er konnte dem Goldsmith ja schlecht sagen, dass sich sein Türke zum Teufel scheren sollte. Er hatte überhaupt kein Interesse an jungen Malern, ob sie aus der Türkei oder aus Brooklyn kamen, sein Geschäft waren die großen Namen. Trotzdem belagerten sie ihn wie die Fliegen, ab und zu ließ er sich herab in seiner Dependance eine kleine Ausstellung zu organisieren, eher um sich selbst den Anstrich eines Förderers der schönen Künste zu geben, denn aus wirklichem Interesse.

„Ich muss jetzt Schluss machen, ich habe einen Termin“, sagte er ins Telefon und legte auf, ohne sich zu verabschieden. Ächzend erhob er sich aus dem Ledersessel, nahm seinen Stock mit dem goldenen Knauf, manchmal Attitüde, manchmal Notwendigkeit, und ging zu dem Empfangstresen am Eingang. „Mr. Aydin, es ist mir eine Ehre!“

Die Henkersmahlzeit

Es war doch noch ein schöner Sommerabend geworden, auch wenn am Nachmittag schwere Gewitterwolken über dem Spreewald gehangen hatten. Linda entschloss sich, das Abendessen auf der Terrasse des Restaurants 17fuffzig zu nehmen. Ob die immer noch einen Stern hatten? Aber eigentlich war Linda das egal, sie wollte nur unter normalen Menschen sitzen, in Ruhe ihren Gedanken nachhängen und nicht von Sabine belauert werden. Nachdem der Ober ihr eine eisgekühlte Flasche Condrieu geöffnet hatte, stieß sie mit Siggi in Gedanken auf die Osterferien 1959 an, die ihr als die glücklichsten Tage ihres Lebens in Erinnerung geblieben waren:

Sie war nach zwei Zwischenstopps in Paris und Shannon auf dem International Airport in New York gelandet. Siggi hatte auf Linda gewartet, sie fuhren mit dem Flughafenbus im leichten Nieselregen nach Manhattan. Stumm saßen sie nebeneinander, Hand in Hand. Ihr Vater hatte schon vor Jahren eine Woh-

nung in Morningside Heights in der Nähe der Columbia University gekauft. Linda hatte Herzklopfen, als sie mit dem Fahrstuhl in den dritten Stock fuhren. Als Siggi die Tür aufschloss, fühlte sie sich wie die Braut, die nach Hause getragen wurde. Stumm trug er ihren Koffer ins Schlafzimmer, sie sprachen nicht ein einziges Wort zusammen. Und dann fielen sie übereinander her wie zwei Verdurstende in der Sahara. Dieses eine, erste Mal in New York, dem so viele, viele Male folgen sollten, sollte ihr zum Verhängnis werden. Warum nur hatten sie es ohne Kondom getan?

Diese Osterferien waren ihre Flitterwochen, sie verließen das Bett nur, um sich etwas zu essen zu holen. Sie redeten über sich, ihre Liebe und über ihre Zukunft.

„Liebst du mich, Siggi?“, fragte Linda ihn immer und immer wieder.

„Für immer und ewig“, sagte er. „Für immer und ewig.“ Sie machten Pläne für ihre Zukunft. Linda würde im nächsten Jahr wiederkommen, um ebenfalls in New York Medizin zu studieren. Vater musste es einfach erlauben.

Der Kellner kam mit der Vorspeise: mit gesammelten Wildkräutern marinierter Saibling auf grünem Spargel mit Orangen.

„Das wurde auch Zeit“, sagte Linda, „ich bin schon fast beschwipst von dem vielen Wein auf leeren Magen.“

„Wir mussten den Saibling erst fangen“, sagte der Kellner. Linda lachte. Sie mochte die lockere Art, wie die Kellner hier mit ihren Gästen umgingen. Er stellte ein Windlicht auf den Tisch, so dass sie den schön dekorierten Teller besser sehen konnte. Linda probierte von dem Fisch und schloss die Augen. Köstlich. *Prost, Siggi!*

Diese Liebesbriefe, die sie sich danach geschrieben hatten. Die niemand außer ihnen je als Liebesbriefe würde identifizieren können.

Als die Pfingstferien kamen, geriet Linda in Panik. Ihre Tage waren ausgeblieben. Zunächst sagte sie Siggi nichts, sondern hoffte, dass sie sich nur verzögert hatten.

Sie erzählte ihrer besten Freundin Renate davon, natürlich hatte sie einen ominösen Freund erfunden. Renate riet ihr, heiße und kalte Sitzbäder zu nehmen und anschließend einen Schrank anzuheben. Linda machte kochend heiße Sitzbäder, sie kriegte fast einen Herzinfarkt in einer Wanne mit Eiswürfeln, sie hob alle Schränke an, derer sie habhaft werden konnte – ihre Periode blieb aus.

Als sie sich das erste Mal morgens übergeben musste, schien es keinen Zweifel zu geben – sie war schwanger. Heulend rief sie Siggi an. Er schwieg am Telefon.

„Sag was“, bettelte Linda.

„Wir werden eine Lösung finden“, sagte er. „Bleib ganz ruhig.“

Ruhig bleiben, wie sollte sie ruhig bleiben. Was sie an Siggi schon immer genervt hatte, war seine manchmal verhaltene Art, seine reduzierten Emotionen, wenn sie gerade am Überkochen war. Es war klar, dass sie auf jeden Fall bis zu den Sommerferien warten musste, um etwas zu unternehmen. Sie musste zu irgendeiner Engelmacherin, aber wen sollte sie um Gottes Willen danach fragen? Wenn erwachsene Frauen in dieser Lage waren, dann tauschten sie untereinander geheime Adressen aus. Aber Linda war gerade 18 geworden, ging noch zur Schule und bekam ein Baby von ihrem Bruder. Wen also sollte sie fragen?

Hüseyin bei Eisenman

Hüsy stand am Tresen der Galerie Eisenman und schaute sich um. Die Frau, die ihn empfangen hatte, sah aus, als ob in ihrem fahlen Gesicht eine frische Wunde klaffte. „Mr. Eisenman kommt gleich“, sagte sie.

Er schaute auf die Bilder, die an den Wänden hingen. Es waren nicht sehr viele, aber die, die dort hingen, waren fantastisch inszeniert. Und sie waren erstklassig. Zeitgenössische Kunst der amerikanischen Oberliga. Dazwischen ein paar Expressionisten, doch, das konnte sich sehen lassen. Wer hier hing, hatte es geschafft. Nächste Stufe MoMa.

„Mr. Aydin, willkommen!“ Hüseyin drehte sich um. Irgendwie hatte er sich Eisenman größer vorgestellt. Alles an dem kleinen Mann war rund, der Kopf mit dem schütteren Haar, das Gesicht, der Bauch. Um den Bauch trug er eine schwarze Seidenbinde. Tagsüber. Na gut, warum nicht. Sogar seine braunen Augen müssen früher einmal rund gewesen sein, dachte Hüseyin, jetzt waren sie halb versteckt unter

Schlupflidern. Na klar, der Mann war Mitte 70. Dafür war sein Gesicht fast faltenfrei, glatt und glänzend wie ein Babypopo.

„Was kann ich für Sie tun?“, fragte Eisenman jovial.

„Zunächst soll ich Sie ganz herzlich grüßen von Bernhard Goldsmith“, sagte Hüseyin.

„Danke, wie geht es dem Maestro? Wir haben uns lange nicht gesehen.“

„Als ich heute früh seine Wohnung verlassen habe, ging es ihm noch ausgezeichnet“, sagte Hüsy und hoffte, dass der Galerist entsprechend beeindruckt war. Anscheinend war er es tatsächlich, denn er bat Hüseyin ihm doch in sein Büro zu folgen, „es redet sich besser im Sitzen.“

„Sie haben eine tolle Galerie und einen erstklassigen Ruf. Sogar in Deutschland habe ich von Ihnen gehört“, sagte Hüseyin.

„Ich habe viele Kunden aus Deutschland“, bestätigte Eisenman. Dabei zog er seine runden Augen fast zu Schlitzen zusammen.

„Ja, das habe ich gehört. Und dass Sie dem einen oder anderen auch auf Bestellung Bilder suchen und verkaufen“, sagte Hüseyin.

„Das mache ich eher selten und wenn, dann nur für gute Freunde“, wiegelte Eisenman ab. Er war jetzt sichtbar auf der Hut. „Suchen Sie etwas Bestimmtes?“, fragte er.

„Nun, mein Chef ist begeisterter Sammler von allem, was gut und teuer ist. Er mag besonders Kunst des 19. Jahrhunderts“, erklärte Hüseyin. „Er hat mich gebeten, mich dezent für ihn umzuschauen, da ich, wie er so schön sagte, davon mehr verstehe als er. Ich bin selber Maler, müssen Sie wissen.“

„Müsste ich ihn kennen, Ihren Chef?“, fragte Eisenman.

„Sie kennen ihn bestimmt, aber er möchte gern anonym bleiben“, sagte Hüseyin. „Sie wissen doch, wie die Russen heute so sind.“

„Ach so, Ihr Chef ist Russe. Ich verstehe.“ Hüseyin lächelte innerlich, er hatte gemerkt, wie der Kunsthändler sich gerade entspannte. Er war in den letzten Tagen immer wieder auf den Hinweis gestoßen, dass die Eisenmans ihr Geschäft mit Studiobossen und Schauspielern als Kunden aufgebaut hatten. Also mit Neureichen, die von Kunst so viel Ahnung hatten wie Hüseyin von der Reparatur einer Waschmaschine. Die Mein-Chef-ist-Russe-Nummer hatte er schon in mehreren Galerien ausprobiert und er war erstaunt, dass das Wort Russe auf amerikanische Galeristen ähnlich aphrodisierend wirkte wie früher in Deutschland der Onkel aus Amerika. Es erschien bei den Galeristen sofort ein Dollarzeichen in den Augen.

„Wie gesagt, mein Auftraggeber sucht Impressionisten. Renoir, Monet, Degas, also die ganze Range.“

Eisenman schüttelte den Kopf. „Da muss ich Sie leider enttäuschen, im Moment ist da wirklich nichts auf dem Markt“, sagte er. Hüseyin hatte das erwartet. Selbst wenn Eisenman eine Quelle gehabt hätte, würde er nicht sofort zusagen. Deshalb hatte Hüseyin sich eine Visitenkarte machen lassen mit der Adresse des Büros von Goldsmith. Bernies Sekretärin spielte gern mit, Hüseyin hatte bei ihr seinen Charme spielen lassen. Er zog aus seiner Jackentasche jetzt eine Visitenkarte und überreichte diese dem Kunsthändler.

„Falls Sie doch etwas hören sollten“, sagte Hüseyin und stand auf. Der Kunsthändler steckte die Karte, ohne darauf zu schauen, in ein Lederkästchen, das auf seinem Schreibtisch stand. „Und ich dachte, Sie wollten sich bei mir für eine Vernissage bewerben“, sagte Eisenman.

„Was ich als Maler brauche, ist eine Galerie, die mich aufbaut, 209das ist doch gar nicht Ihr Metier“, sagte Hüseyin mit treuherzigem Blick und verabschiedete sich, da er am Nachmittag bereits den zweiten Termin bei Deborah Wilson hatte, die Interesse an seinen Arbeiten signalisiert hatte.

Die Entführung

Das Letzte, woran sie sich erinnern konnte, war, dass sie sich in der Garage über ihren Kofferraum gebeugt hatte, um ihre Reisetasche rauszuholen. Linda war am späten Abend aus dem Spreewald zurückgekommen. Wie sie es genossen hatte, Massage, Schwimmen, Kosmetik und gutes Essen – ohne bimmelndes Funktelefon, ohne lauernde Sabine, ohne Angst vor dem nächsten Überfall. Danach hatte sie sich gleich besser gefühlt. Sie hatte mit der Fernbedienung das Garagentor geöffnet und sich gefreut, als sie sah, dass Sabines Cayenne nicht darin gestanden hatte. So hatte sie die Hoffnung auf noch ein paar ruhige Stunden gehabt, die jäh von einem Schlag auf ihren Hinterkopf unterbrochen wurde.

Als Linda wieder zu sich kam, saß sie wieder auf einem Stuhl gefesselt. Sie stöhnte, weil ihr der Schädel wehtat. Sie blinzelte in das Licht, das sie in den Augen blendete.

„Sie schon wieder!“, sagte sie.

„Wir nicht waren fertig", sagte der Blonde, den sie schon vom letzten Mal kannte. Eindeutig ein Albino. „Entweder geben raus oder wir fackeln Haus ab. Sie drinnen bleiben."

Linda stöhnte. Es war ihr klar gewesen, dass die Kerle wiederkommen würden. Dass sie sie holen würden. Natürlich. Es war nur ein Aufschub gewesen, Zeit für einen kleinen Abschied.

„Das, was Sie suchen, ist nicht hier", sagte sie. Ihre Gedanken rasten. Sie musste verhindern, dass Nils die Klinik verlor. Dass ihr Leben zu Ende war, daran bestand kein Zweifel. Der Kerl schlug ihr mit dem Handrücken ins Gesicht. Sie spürte, wie in ihrem Mund eine Krone brach. Sie spuckte sie aus.

„Ich schwöre Ihnen, dass Sie hier nichts finden werden. Es ist im Tresorraum, da, wo wir die Bilder aufbewahren", sagte sie. „Wenn Sie mich losbinden, führe ich Sie hin."

Linda hoffte, dass die Kerle ihr glauben würden. Ihr war klar, dass das ihr Ende war. Denn soeben hatte sie zugegeben, dass sie wusste, wovon die Kerle redeten.

„Du verstanden Warnung von Carlotta. Wenn du nicht spuren, du auch sterben."

Was ist mit Carlotta?, fragte sie sich. Wieso Warnung von Carlotta? Was hatte die Kleine mit den Kerlen zu tun? Das Kind hatte doch überhaupt keine Ahnung! Und was hieß auch sterben. Wie Siggi?

„Was ist mit Carlotta?"

Der Blonde sagte etwas in einer Sprache, die sie nicht verstand. Sie vermutete, dass es Polnisch war. Sie hörte, wie ein anderer telefonierte. Aha, dachte sie, sie müssen sich Instruktionen holen. Die Männer, es waren wohl drei, riefen sich untereinander Informationen zu. Linda wartete. Was würden die Männer tun? Der Blonde war vor sie getreten. „Du uns nicht verarschen! Wenn verarschen, hier Großbrand, verstanden!"

Linda nickte. Hatte sie die Versicherung bezahlt?, fragte sie sich.

Der Blonde ging um sie herum und löste sie vom Stuhl, indem er die Mullbinden zerschnitt und die Enden einfach weiter um ihre Hände schlang.

„Aufstehen", sagte er und drückte sie in den Rücken. Gar nicht so einfach ohne Hände, stellte Linda fest. Der Blonde stieß sie vor sich her, sie stolperte zurück Richtung Garage. Und dann sah sie den weißen Fleck an der Wand. Die Lesser Ury-Kopie war weg. Wer hatte ihr Lieblingsbild geklaut? Es war doch wertlos? Was sollte dieser ganze Zinnober eigentlich?

Der Mann, dessen Gesicht sie bisher nicht gesehen hatte, und an dessen Gesicht sie sich wohl auch nicht erinnern würde, weil es so absolut durchschnittlich und nichtssagend war, stieß sie auf den Beifahrersitz ihres eigenen Wagens. Der Blonde setzte sich ans Steuer.

„Garagentor?", fragte der Blonde. Linda nickte

Richtung ihrer Mittelkonsole, wo ihre Fernbedienung lag. Der Blonde drückte darauf und das Garagentor öffnete sich lautlos. Die beiden anderen Gauner gingen zu einem Wagen, der ein bisschen weiter oben auf der Straße geparkt war.

Die haben überhaupt keine Angst, gesehen zu werden, dachte Linda. Ihr war klar, was das für sie bedeutete.

„Wohin?", fragte der Blonde. Linda gab ihm die Adresse, die er in das Navi eingab, nachdem er sich die Großgörschenstraße hatte buchstabieren lassen und die er jetzt auch per Telefon an seine Kumpels durchgab. Linda lehnte sich nach hinten zurück, soweit das mit gefesselten Händen ging. Sie konnte nichts machen, sie konnte sich nicht wehren. Sie schloss die Augen. Ihre Schulter, die böse, in der sie sowieso schon heftigste Arthrose hatte, schmerzte. Sie fühlte sich hilflos, so hilflos wie damals, als sie von ihrem Bruder schwanger war. Auch damals hatte sie gedacht, ihr Leben sei vorbei.

„Mach dir keine Sorgen, Lindi, das kriegen wir hin", sagte Siggi, als sie telefonierten. Aus Angst, dass irgendjemand zuhörte, sprachen sie am Telefon nur in Metaphern. Linda hatte also keine Ahnung, was ihr Bruder geplant hatte, als sie ihn mit ihrem Vater zu Beginn der Semesterferien in Tempelhof abholte.

„Du siehst aber mager aus", sagte ihr Vater,

„kommst wohl nicht mehr zum Essen", als er Siggi sah, der wirklich ein wenig spack geworden war.

Ihr Vater hatte die Vorstellung, dass Siggi, wenn er nicht gerade in der Uni war, die Frauenwelt von New York eroberte, wie es sich seiner Meinung nach für einen richtigen Studenten gehörte. Bei ihnen wurde damals alles mit zweierlei Maß gemessen: Siggi sollte sich „die Hörner abstoßen", wie ihr Vater es zu nennen pflegte, und Linda wurde von ihm persönlich von der Tanzstunde abgeholt, damit ihr nicht „irgend so ein dahergelaufener Kerl ein Kind macht".

Es war Schwerstarbeit, Vater nach New York zu verfrachten. Eigentlich hatte er gar keine Lust, wollte lieber mit den Kindern zusammen nach Italien fahren. Linda schützte schulische Probleme vor, schließlich stand sie in ihrem letzten Schuljahr und brauchte dringend ein gutes Abiturzeugnis, wenn sie Medizin studieren wollte. Zumindest darin hatte ihr Vater inzwischen nachgegeben, wobei sie ihm noch nicht gesagt hatten, dass Linda versuchen wollte, ebenfalls in New York einen Studienplatz zu bekommen. Den Geschwistern war klar, dass ihr Vater nicht wollte, dass auch Linda nach Amerika ging. Jedenfalls nicht am Anfang ihres Studiums, denn später würde sie dorthin gehen müssen, die Plastische Chirurgie in Amerika war der in Deutschland um Längen voraus. Aber zunächst einmal musste sie ein ganz normales

Medizinstudium machen, und das konnte sie, nach Vaters Ansicht, genauso gut in Berlin, unter seiner Aufsicht, absolvieren wie in New York. Oder zumindest in Hamburg, in der Nähe also. Ihr Bruder hatte nur in New York studieren dürfen, weil Hamburg für ihn einfach nicht in Frage gekommen war, er hätte dann erst zur Bundeswehr gemusst. Da die Sprenglers im amerikanischen Sektor von Berlin lebten, das in dieser Beziehung von seinem Sonderstatus profitierte, gab es hier keine Wehrpflicht.

Aber zunächst hatten sie andere Probleme.

„Ich werde es wegmachen“, hatte Siggi gesagt, „keine Sorge, das kriegen wir hin.“

„Bist du verrückt?“, hatte Linda ihn angeschrien.

„Das ist überhaupt kein Problem, vertrau mir, ich habe mich schlau gemacht.“ Er erzählte ihr, dass er einem Kommilitonen, der sich als Engelmacher sein Studium verdiente, zweimal assistiert habe und dass er sich alles habe genau erklären lassen.

„Das kriegen wir hin.“ Selbstverständlich vertraute Linda ihrem Bruder. Es war auch die einzig machbare Lösung. Eine Engelmacherin in Deutschland kannten sie nicht, damals waren Abtreibungen in Deutschland verboten und sie konnte schlecht zu einem Arzt gehen und sagen: „Bitte machen Sie mein Kind weg, es ist von meinem Bruder.“ Also begab sie sich in die Hände

ihres Bruders. Als sie Vater endlich in den Flieger gesetzt hatten, lauerten sie auf Gerdas freien Tag. Sobald Gerda das Haus verlassen hatte, machten sie gemeinsam den Operationssaal fertig. Zumindest hatten sie bessere klinische Bedingungen als die meisten Engelmacherinnen, die damals vornehmlich auf Küchentischen operierten. Linda hatte nichts zum Abendessen gegessen und auch auf das Frühstück verzichtet, damit sie nicht an Erbrochenem ersticken konnte. Er sterilisierte alle Geräte, die er meinte für die Operation zu brauchen, zog sich sterile Handschuhe an und bat Linda, sich auszukleiden und auf dem Operationstisch langzulegen. Er hatte mit zwei Kisten und zwei Kopfkissen, die natürlich ebenfalls desinfiziert waren, etwas gebaut, das entfernt an einen gynäkologischen Stuhl erinnerte. Allerdings wusste Linda das damals noch nicht, da sie noch nie bei einem Gynäkologen gewesen war. Sie schämte sich viel zu sehr, dass sie nicht mehr Jungfrau war, das Jungfernhäutchen wurde damals gehütet wie das Familiensilber. Sie hatten vorher diskutiert, wie Linda betäubt werden könnte. Entweder durch Äther einatmen oder durch eine Spritze mit einem Betäubungsmittel, das ihr Vater bei kleineren Operationen verwendete. Linda entschied sich für Äther, weil sie glaubte, dass das weniger gefährlich wäre, ihr Bruder hatte überhaupt keine Erfahrung mit der Dosierung für eine Betäubung, sie wollte nicht gleich an der ersten Betäubungsspritze seines Lebens sterben.

„In New York kriegen die ein bisschen Lachgas", sagte Siggi. „Wir haben Besseres!" Chirurgenkinder eben. Er hatte sich einen von Vaters Kitteln angezogen, eine Mütze aufgesetzt und einen Mundschutz übergezogen. Er sah umwerfend aus.

„Ich liebe …", und dann war Linda weg.

Auftrag aus New York

Als Hüseyin ihn verlassen hatte, nahm Eisenman sein Prepaid-Handy aus der Schublade. Mit einem Taxi ließ er sich in die Madison Avenue fahren. Dort wählte er eine Nummer in Deutschland.

„Ja!“, meldete sich eine barsche Stimme.

„Spreche ich mit dem Klimatechniker?“, fragte Eisenman. Er verfügte weltweit über erstklassige Verbindungen zu Unternehmen, deren Geschäftszweck im Dunklen blieb. Ein Kontakt zu solchen Unternehmen blieb in seinem Beruf nicht aus, in Paris hatte ihm eine Bande mehrere gefälschte Bilder verkauft. Er hatte davon abgesehen, die aus dem Maghreb stammenden Gauner anzuzeigen. Sie hatten ihm sein Geld wiedergegeben und zeigten sich mit Kontakten und Tipps für sein Schweigen erkenntlich. So hatte er auch einen Kontakt in Deutschland bekommen, der für ihn Aufträge aller Art erledigen konnte. Bei seinem letzten Besuch in Deutschland anlässlich der Beerdigung von Sigurd Sprengler hatte er seine Beziehungen spielen lassen und die Telefonnummer eines Ansprechpartners erhalten. Mit diesem hatte er sich getroffen und ihm detaillierte Informationen gegeben.

„Es ist Zeit, zu handeln“, sagte Eisenman am Telefon. „Die Klimaanlage bei meinem Freund funktioniert nicht.“ Das war das verabredete Zeichen, dass sein Auftragnehmer sofort loslegen sollte.

„Dann werden wir sie reparieren müssen“, sagte dieser.

„Können Sie heute noch kommen?“, fragte Eisenman.

„Wir werden uns bemühen“, sagte der Kontaktmann am anderen Ende der Leitung.

„Danke“, sagte Eisenman und legte auf. Diese Sprenglers waren naiv. Was hatten sie doch für einen sicheren Aufbewahrungsort für ihre Bilder. Großvater Sprengler hatte ein Haus gebaut und einen Keller so errichten lassen, dass dort die Bilder aufbewahrt werden konnten. Sicher wie Fort Knox, pflegte Sprengler zu sagen. Zweifach abgesichert mit Tresortüren, wie jede gute Bank sie hatte, zu hundert Prozent mit Stahl ausgekleidet, Marmorboden. Die waren so darauf gepolt, dass man die Bilder nicht stehlen konnte, dass sie nicht daran dachten, dass jemand die Bilder vernichten konnte. Und das war lächerlich einfach. Besonders stolz waren die Sprenglers auf ihre Klimaanlage, die über die darüber liegende Wohnung die Luft an- und absaugte. Die Wohnungen im Haus wurden seit einigen Jahren mit Gas beheizt, und in den Küchen wurde mit Gas gekocht. Dass der Zugang zum Keller über die Küche erfolgte – welch ein glücklicher Zufall. Um die Bilder final zu vernichten, benötigte man nicht mehr als einen kleinen Schlauch, der das Gas vom Herd in die Klimaanlage leitete. Dann konnte man sich in Ruhe entfernen und darauf warten, dass die Klimaanlage einen Funken sprühen würde. Oder dass da unten jemand das Licht anmachen würde. Oder den Code in den Tresor eingab. Ein kleiner Funke genügte und der gesamte Keller wäre ein Flammenmeer. Da es eine Stahltür gab, konnte er davon ausgehen, dass das Feuer sich auf den Tresorraum beschränkte. Und wenn die darüber liegende Wohnung auch ein wenig in Mitleidenschaft gezogen wurde, na und? Auge für Auge …

Linda im Tresorraum

„Hier ist es“, sagte Linda und deutete mit dem Kinn auf ein altes Haus in der Großgörschenstraße.

„Du mich nicht verarschen“, fuhr sie der Albino an. Linda schüttelte den Kopf.

„Mein Großvater hat das Haus gebaut und den Keller als Tresorraum und später auch als Luftschutzkeller eingerichtet. Er ist einhundert Prozent staubfrei, hat keine Fenster, eine gut funktionierende Klimaanlage und eine dicke Stahltür mit einer Zahlenkombination. Und dieser Keller ist so versteckt, dass selbst die Mieter in den oberen Etagen ihn nicht finden. Die Wände sind mit Stahl ausgekleidet, es ist unmöglich, von außen heran zu kommen. Das Ding ist sicher wie Fort Knox.“ Der Blonde hatte ihre Mullfessel durchgeschnitten. Linda massierte sich die schmerzenden Handgelenke.

„Wie kommen ins Haus?“, fragte er und zog eine Pistole, die er ihr drohend vor die Nase hielt.

„Mit dem Schlüssel an meinem Schlüsselbund“, sagte Linda, als sie aus dem Wagen ausstieg. Ihre

Gedanken rasten. Wie sollte sie die Männer loswerden?

„Du aufmachen“, sagte der Blonde. Seine Kumpels hatten sich inzwischen zu ihnen gesellt. Sie schauten sich um, ob jemand sie beobachtete. Niemand in der Großgörschenstraße interessierte sich für sie. Eine türkische Familie lief vorbei, der Vater mit einem grauen Mantel und einem weißen Käppi vorne weg, seine Frau in einem ebenfalls grauen, langen Mantel und einem schwarzen Kopftuch hinterher. An ihrer Seite lief eine etwa 20-jährige Schönheit, in Jeans und Lederjacke, die jedoch ebenfalls ihre Haare züchtig unter einem bunten Seidentuch versteckt hatte. Sie schob einen Kinderwagen. Linda schloss die schwere Eingangstür auf, der Mann hinter ihr hatte unter der Jacke eine Pistole auf sie gerichtet. Es roch muffig in diesem Haus, nach hundert Jahren Kohleintopf und dem Ruß der Briketts, die Generationen von Frauen in ihre Wohnungen geschleppt hatten, nach der Asche aus den Kachelöfen, die die großen Wohnungen bis vor zehn Jahren heizten. Obwohl das Haus sowohl von außen als auch von innen vor einigen Jahren total saniert worden war, schien dieser Geruch hier genauso zu wohnen, wie die gute alte Lehmann aus dem ersten Stock. Linda ging durch den breiten Flur voran.

Der Terrazzoboden war durch einen breiten Riss gespalten, ein Souvenir an eine Berliner Bombennacht 1943. Rechts und links von dem Durchgang führte jeweils eine Treppe hinauf in die oberen Stockwerke. Linda ging zu der schweren Tür am Ende des Durchgangs, die sie nur mit Mühe öffnen konnte. Die Männer folgten ihr. Sie überquerte den gepflegten Innenhof, vorbei an den Müllkästen, die in blau, gelb und grün im Schein der Hoflampe leuchteten. Sie öffnete die Tür zu dem linken Hinterhaus, wobei es nur dieses eine Hinterhaus gab, das rechte Hinterhaus war 1945 ausgebrannt und nach dem Krieg abgerissen worden. Sie stiegen eine schmale Wendeltreppe hinauf in den ersten Stock. Die drei Männer schubsten Linda in die kleine Hinterhofwohnung, Stube und Küche, wie es früher in Berlin hieß. Immerhin hatte die Wohnung schon ein Bad.

„Das seien Tresorraum?“, fragte der Albino. „Du mich verarschen?“

„Nein, aber von hier aus kommen wir in den Keller“, sagte sie. Sie führte die Männer in die Küche, an die sich eine Speisekammer anschloss. Unter dem Linoleum, mit dem sie ausgelegt war, gab es eine Falltür. Linda bückte sich, hob das Linoleum hoch und zeigte auf die Tür.

„Wenn einer der Herren so nett wäre, man braucht etwas Kraft dazu. Und die Kombination von dem Schloss. Geben Sie bitte 0815 ein.“ Der Mann mit den unscheinbaren Gesichtszügen machte sich an der Falltür zu schaffen.

„Man muss die Leiter ausziehen“, sagte Linda. Sie stieg als Erste hinab, vorbei an dem Luftschacht, durch den der Tresorraum klimatisiert und belüftet wurde. Die Männer folgten ihr. Sie liefen geduckt durch einen niedrigen Gang und kamen zu einer dicken Stahltür.

„Das hier ist unser Tresorraum, der ehemalige Luftschutzkeller“, sagte sie. Auch an der Stahltür gab es ein Zahlenschloss. Außerdem brauchte man zwei Schlüssel, die Linda alle an ihrem Schlüsselbund hatte. Sie stellte an der alten Tresortür den zwölfstelligen Zahlencode ein und bat erneut um ihre Schlüssel. Linda öffnete die schwere Stahltür und schaltete das Licht an. Sie sah, wie sich die drei Männer staunend in den Raum drängten. Es war nicht so, dass ihnen hier purer Luxus entgegenblickte. Der Raum war gut ausgeleuchtet. Decken und Wände waren mit Marmor ausgekleidet. Die Decke war mit schweren stahlummantelten Pfeilern abgestützt. Hier roch es weder nach Ruß noch nach Kohleintopf, hier roch es nach gar nichts. Die Klimaanlage tat ihren Dienst. In der Mitte des Raumes standen einige Sessel aus schwarzem Leder. An den Wänden hingen die Bilder, die Lindas Großvater, Vater und Bruder gesammelt hatten. Allerdings waren die Bilder in Plexiglaskästen verschlossen, um sie vor Licht und Schaden zu bewahren. Die Männer hatten keinen Blick für die Gemälde.

„Wo ist es?“, fragte der Blonde.

„Wenn ich es Ihnen gebe, lassen Sie mich am Leben?“, fragte Linda.

„Quatsch nich, her damit“, sagte der Albino. Wahrscheinlich war er der Einzige, der Deutsch sprach.

„Und wenn ich Ihnen alles gebe, was ich besitze, auch Bargeld, was dann, lassen Sie mich leben? Ich kann doch keinen Schaden mehr anrichten!“ Linda hörte, wie die Männer sich auf Polnisch unterhielten.

„Geben her, wo ist?“, fragte der Kerl.

„Erst will ich wissen, ob Sie mich am Leben lassen“, sagte Linda.

„Du mir wollen Geld geben?“, fragte er. „Wie viel?“

Linda dachte nach.

„Ich gebe Ihnen meine Kreditkarten und alle Bankkarten und alle Geheimnummern. Und ich verspreche Ihnen, ich verschwinde aus Berlin und man wird nie wieder etwas von mir hören“, sagte sie.

Die Männer diskutierten wieder. „Wir alles wollen.“

„Und welche Garantie habe ich?“, fragte Linda.

„Garantie forn Arsch“, sagte der Blonde. Linda nickte. So war das wohl. Nun gut, sie würde es versuchen. Sie ging zu dem Renoir. Hier hatte sie die sehr schmale Akte, die nicht mehr enthielt als ein paar Detailfotos, Behandlungsmethode, Abkürzungen und Initialen, hinter dem Bilderrahmen versteckt. Linda öffnete den Sicherheitsverschluss des Bildertresors.

„Bitte schön, das ist es, was Sie suchen“, sagte sie.

„Lady, Brieftasche!“, sagte der Blonde.

„Die ist zusammen mit meiner Handtasche noch im Auto“, sagte Linda. „Dann Geheimzahlen, alle!“ Er zog einen zerknautschten Zettel aus der Tasche und fragte seinen Kumpel nach einem Stift. Linda setzte sich auf einen der Stühle und fing an zu schreiben. Sie hatte ein gutes Gedächtnis für Zahlen, aber alles konnte sie sich auch nicht merken.

„Sie schreiben Geheimnummern auf. Wehe, nicht stimmen. Wir kommen wieder. Also, besser richtige Nummern, Lady.“

Sie würden sie hier unten zunächst einmal leben lassen. Das gab ihr einen kleinen Aufschub. Ob die Herren wiederkommen würden? Sie glaubte es nicht. Aber sie würden ihr erst mal nichts tun. Linda war ein wenig erleichtert, sie hatte nur Angst vor Schmerzen. Mühsam versuchte sie sich an alle Nummern zu erinnern. Mit zitternden Händen schrieb sie die Zahlenkolonnen auf den zerknautschten Zettel.

„Ich glaube, das stimmt so“, sagte sie, nachdem sie alles noch mal überprüft hatte. Sie hatte die PIN der Visakarte nicht aufgeschrieben, sie wollte, dass die Kerle noch mal wiederkamen.

Die Männer nahmen ihr die Schlüssel ab und schlossen sie in dem Raum ein. Linda atmete tief durch. Okay, dachte sie, ich bin hier zwar gefangen, aber ich habe zumindest Luft. Jetzt muss ich auf ein Wunder hoffen, es bleiben mir aber bestimmt noch ein paar Stunden. Sie zog sich einen zweiten Stuhl heran, auf den sie ihre Beine platzierte. Sie musste nachdenken. Ob und wie sie hier herauskommen könnte. Es war schließlich nicht das erste Mal in ihrem Leben, dass sie in einer unangenehmen, lebensbedrohlichen Situation war.

Siggi hatte ihr einen Wattebausch mit Äther unter die Nase gehalten. Sie wusste bis heute nicht, was in der nächsten halben Stunde tatsächlich passierte, als sie zu sich kam, lag sie immer noch auf diesem provisorischen Stuhl. Irgendetwas zog kräftig in ihrem Unterleib und ihr war kotzübel. Siggi schaute ihr in die Augen.

„Alles gut gegangen, es ist weg“, sagte er.

„Und jetzt?“, fragte sie.

„Jetzt bleibst du liegen, bis die Blutung gestillt ist“, sagte er.

„So?“, fragte Linda.

„Hm, ich versuche mal, die Kisten wegzunehmen, das könnte jetzt ein bisschen weh tun“, sagte er. Ein bisschen war maßlos untertrieben, aber immerhin schaffte er es, sie in eine normale Liegeposition zu bringen. Unter ihr fühlte sich alles nass an.

„Du blutest im Moment stark“, sagte Siggi und entfernte ein Mulltuch zwischen ihren Beinen und ersetzte es durch ein neues. Er hatte ihr die beiden Kissen unter den Kopf gestopft und sie mit einer Decke zugedeckt. „Versuch ein bisschen zu schlafen, Lindi, es wird bald aufhören zu bluten.“

Es hörte nicht bald auf, Linda wäre an diesem Vormittag fast verblutet. Siggi kam kaum nach mit dem Wechseln der Tücher, so schnell blutete sie diese durch. Erst gegen Nachmittag ließ die Blutung langsam nach, sie hatte viele Liter Blut verloren. Siggi war inzwischen fast in Panik geraten, obwohl er sich bemühte, es Linda nicht merken zu lassen.

„Das ist ganz normal, Lindi“, sagte er. Aber Linda spürte, dass es alles andere als normal war. Aber was hätten sie denn tun sollen, damals. Hätten sie einen Krankenwagen rufen sollen? Sagen, dass ihr Bruder gerade sein Kind versucht hatte, bei ihr abzutreiben?

Außerdem musste sie unbedingt aus diesem Operationssaal heraus, in dem es inzwischen aussah wie in einem Schlachthaus. Siggi holte einen Eimer mit heißem Wasser und wusch sie ab. Dann windelte er sie wie ein Baby, packte sie in eine Decke und legte sie auf eine Trage. Damit rollte er sie in eines der Patientenzimmer, wo er sie ins Bett verfrachtete. Danach putzte er panisch die ganze Schweinerei weg. Gerda würde er erzählen, dass sie auf der Treppe ausgerutscht sei, sich verletzt hätte, ein Bein verstaucht und er sie in der Klinik versorgt hätte und sie jetzt dort einfach ins Bett gesteckt hätte, weil sie nicht mehr laufen konnte. Das hatten sie gemeinsam so beschlossen, bevor Linda wegdämmerte. Durch den Blutverlust war sie völlig geschwächt.

So kam es, dass Gerda sie am Abend mit frisch gekochter Hühnerbrühe und einem Schokoladenpudding versuchte zu verwöhnen. Linda brauchte Wochen, um sich von diesem Eingriff zu erholen. Ihr Bruder päppelte sie mit Eisentabletten auf, er fälschte einfach Vaters Unterschrift auf einem Rezeptblock und besorgte ihr die Dinger in der Apotheke.

Siggis erste Operation: Er hatte es weggemacht.

Nils zurück in Berlin

Als Nils am Vormittag in die Klinik kam, war niemand da. Weder der SUV seiner Mutter noch das Cabrio seiner Tante standen in der Garage. Noch vom Polizeirevier in Juan-les-Pins aus hatte er seine Mutter angerufen und sie benachrichtigt, dass Carlotta gestorben war. Seine Mutter war zusammengebrochen und sofort nach Nizza geflogen. Der Familienanwalt, der sich damals auch um den Kauf des Hauses gekümmert hatte, war sofort auf die Wache geeilt. Nach stundenlangen Verhören hatten die Polizisten Nils gehen lassen. Er fühlte sich wie unter den Steaker geraten.

Wahrscheinlich war seine Mutter mit dem Auto zum Flughafen gefahren. Tante Linda war das ganze Wochenende nicht an ihr Handy gegangen. Seine Mutter würde sie über Carlottas Tod wohl informiert haben. Nils war erschöpft und seine Laune war auf dem Gefrierpunkt.

Der letzte Streit mit Carlotta lag ihm allerdings im Magen. Was sie da behauptet hatte, war einfach ungeheuerlich. Tante Lindi und seine Mutter? Unmöglich! Seine Mutter und ein Verhältnis in New York? In ihrem Alter?

Er fragte sich, was in Judith wohl vorgegangen war, warum sie verschwunden war. Wie gut, dass sie schlafen gegangen war und ihren Streit nicht mitbekommen hatte. Carlotta war ihm egal. Er war ihr gegenüber so gleichgültig gewesen wie einer Fremden. Sie waren nebeneinander, nicht miteinander aufgewachsen. Es war, als ob sein Vater nicht wollte, dass sie wirklich Kontakt miteinander hatten.

Im Gegensatz zu Judith. Die Kleine hatte eine Saite in ihm zum Schwingen gebracht. Sie war ihm nicht gleichgültig gewesen. Und jetzt?

Die OP-Schwester steckte den Kopf in sein Zimmer.

„Wissen Sie, wo Frau Professor Sprengler ist?“, fragte sie.

„Das möchte ich auch gern wissen“, sagte er.

„Die Nasenkorrektur ist jetzt da“, sagte sie.

„Machen Sie die Patientin fertig für den Eingriff“, sagte er. „Meine Tante wird gleich kommen.“

Sobald die OP-Schwester den Raum verlassen hatte, rief er in der Remise an. Niemand ging ans Telefon. Auch an ihrem Handy meldete sich seine Tante nicht. Vorsorglich ging er in Lindas Büro und schaute in ihren Kalender. Da war für elf Uhr die

Nasenkorrektur von einer Frau Sürig eingetragen. Er zog Lindas Rollcontainer auf, von dem er wusste, dass sie dort die aktuellen Patientenakten aufbewahrte. Er holte die Akte von Frau Sürig heraus und machte sich schlau. Sein Blick fiel auf den Boden unter dem Patientenstuhl, der normalerweise gegenüber dem Schreibtisch stand. Jetzt stand der Stuhl nach rechts gedreht und unter dem Stuhl sah man weiße Fussel. Auf dem Schreibtisch lag eine Schere.

Plötzlich sah Nils vor seinem inneren Auge die Szene von vor zwei Wochen, als er in die Klinik gekommen war und seine Tante mit Mullbinden gefesselt auf einem Stuhl gefunden hatte. Und Judith, die auf der Erde lag, mit einer dicken Beule am Hinterkopf. Als er seine Tante losgeschnitten hatte, gab es auch so einen weißen Fusselregen auf dem Teppich. Es musste also gestern etwas passiert sein, denn am Samstag kam immer die Putzfrau und reinigte die Klinik.

Und was war das? Nils ging hinter dem Schreibtisch in die Knie. Irgendetwas lag auf dem gelben Chinateppich. Er versuchte es zu angeln und kriegte dabei Übergewicht und fiel auf seine Knie. Es war ein Zahn. Besser gesagt, eine Zahnkrone. Der Pulsschlag von Nils verdoppelte sich. Tante Linda, was ist mit dir passiert? Er stützte sich auf den Stuhl, um unter dem Schreibtisch hervorzukommen.

Da fiel sein Blick auf die Wand. Da, wo sonst die Lesser-Ury-Kopie hing, war jetzt ein heller Fleck.

Was war das denn? Schon wieder Einbrecher? Oder war das von dem Überfall am Freitag, bei dem ihre neue Hauswirtschafterin niedergeschlagen worden war. Aber wozu klauten die eine Kopie?

Die Kerle waren also wieder hier gewesen. Diesmal hatten sie Tante Lindi mitgenommen. Was wollten sie? Wo hatten sie Tante Lindi hingebracht?

Eigentlich ganz klar, die Bilder, dachte Nils, was sollten sie sonst wollen. Sie wollten Zugang zum Tresorraum. Man entführt also seine Tante, um in den Raum zu kommen. Das würde Tante Lindi nicht überleben. Aber wozu hatten sie die schlechte Kopie mitgenommen? Darüber würde er später nachdenken müssen.

Er rannte zu seinem BMW und raste damit, so schnell der dichte Verkehr auf der Stadtautobahn es zuließ, Richtung Schöneberg. Kurz vor der Autobahnausfahrt Innsbrucker Platz stand er im Stau.

Am liebsten hätte Nils das Auto stehen gelassen und wäre die Ausfahrt hoch gerannt, um sich oben ein Taxi zu nehmen. Er trommelte nervös auf das Lenkrad. Zwischendurch versuchte er Tante Linda zu erreichen. Was sollte er tun? Die Polizei rufen? Besser nicht, sagte er sich. Seine Tante hatte irgendetwas zu verbergen. Sie hatte ihm nach dem ersten Überfall kategorisch verboten, noch mal die Polizei einzuschalten.

„Damit werden wir selbst fertig, ich will nicht, dass die hier bei uns rumschnüffeln“, hatte sie zu ihm gesagt. Aber wenn die ..., ja, was, die? Die Verbrecher? Die Gauner? Die Mörder? Wenn die seine Tante entführt hatten, dann hoffte er, dass er noch rechtzeitig kommen würde, um sie zu befreien.

Endlich kam er über die Ampel zur Hauptstraße. Er benutzte die Busspur.

Mit quietschenden Bremsen hielt er direkt vor der Haustür in der Großgörschenstraße. Er merkte, wie ihm die Knie zitterten. Bitte, bitte, lass sie am Leben sein, flehte er innerlich. Er liebte seine Tante wirklich, sie war immer für ihn da gewesen. Nils rannte durch den Flur und öffnete die Tür zum Hof.

„Hey, junger Mann, es riecht nach Gas aus Ihre Wohnung“, rief die alte Lehmann aus dem ersten Stock.

„Haben Sie meine Tante gesehen?“, rief Nils zurück.

„Was? Ich versteh’ nicht. Sie müssen lauter sprechen. Es riecht nach Gas, habe ich gesagt! Hat Ihre Tante da vergessen, das Gas auszumachen?“

Tresorgespräche

„Mensch, Siggi“, sagte Linda laut. Ihre Stimme hallte wider zwischen den marmorverkleideten Stahlwänden. „Jetzt bin ich wie eines deiner Bilder. Gefangen, verbannt aus dem Licht der Öffentlichkeit, ein einsames Sammlerstück, an dem nur du allein deine Freude hast.“

Sie hing dem Klang ihrer Worte nach. Die Uhr sagte ihr, dass sie bereits seit zwölf Stunden hier unten eingesperrt war. Sie musste auf die Toilette und zwar dringend. Außerdem hatte sie Hunger. Aber beide Bedürfnisse würde sie nicht stillen können, wenn die Männer nicht wiederkämen. Allmählich hatte sie die Hoffnung aufgegeben, dass die Männer überhaupt wiederkommen würden. Sie würden sie hier unten einfach verrotten lassen. So also war das. Und sie hatte denen noch Zutritt zu ihren gesamten Konten verschafft. Was für ein Blödsinn.

„Es war einen Versuch wert, Lindi.“

„Ja, Siggi, im Versuchen waren wir schon immer ganz groß.“

Nach Siggis erster Operation waren sie nicht mehr die jungen Liebenden, ihre Liebe, auch wenn es eine verbotene war, hatte ihre Unschuld verloren. Jetzt teilten sie nicht nur ihre verbotene Leidenschaft, sondern ein blutiges Geheimnis, das nie jemand erfahren durfte. Siggi würde sonst nie eine Zulassung als Arzt bekommen.

Die unterdrückte Panik, die sie vor und nach Siggis erster Operation empfanden, der Geruch des frischen Blutes, das nicht aufhörte zu strömen, verband sie wie eine verrostete Zwinge, die sich nicht mehr lösen lässt.

Oh ja, sie hatten es versucht. Sie hatten alles versucht, um sich voneinander loszureißen. Siggi hatte die Frauenwelt von New York erobert und Linda hatte Abitur gemacht und freiwillig einen Studienplatz für Medizin in Berlin angenommen. Natürlich ging sie mit verschiedenen jungen Männern aus. Aber sie waren so langweilig, dass sie manchmal einfach heimlich beim Rendezvous von der Toilette direkt zum Ausgang verschwunden war. Ihr Held hieß Siggi, und ihm konnte keiner das Wasser reichen. In den Semesterferien sah sie ihren Bruder, entweder in New York oder in Berlin, sie fuhren mit ihren Freunden gemeinsam nach Sylt oder nach Cape Cod, nach Capri oder nach Acapulco. Aber es waren immer nur sie. Nicht sie alle, sondern Siggi und Lindi und die anderen.

Sie hatten Affären und blieben sich trotzdem

treu. Linda ging mit Ralph und schlief mit Siggi. Siggi schlief mit Barbara und dachte an Linda. So war das. All die Jahre. Nach Siggis erster Operation hatten sie nicht mehr miteinander geschlafen. Endlose Jahre. Quälend einsame Jahre. Siggi ging nach Berlin zurück und hatte zunächst eine Assistentenstelle im Städtischen Krankenhaus Berlin-Neukölln, während Linda nach New York ging.

Jede Ecke ihrer Wohnung in Morningside Heights erinnerte sie an ihre glücklichen Tage, damals in den Osterferien, es waren die einzig perfekten Tage ihres ganzen Lebens gewesen. Sie würden nie wieder so zusammen sein können, wie in jenen Ostertagen in New York.

In New York traute sich Linda dann auch, das erste Mal in ihrem Leben einen Gynäkologen aufzusuchen. Er schüttelte nur den Kopf.

„Bei was für einem Stümper sind Sie denn gewesen, wissen Sie, dass ich Sie eigentlich anzeigen müsste", sagte er. Eigentlich hätte sie die anschließende Diagnose niederschmettern müssen.

„Sie werden keine Kinder mehr bekommen können, junge Frau", hatte er gesagt.

Aber Linda war nur erleichtert. Nie, nie wieder wollte sie so etwas erleben, die Erinnerung an Siggis erste Operation hatte ihr die Lust auf Kinder für alle Zeiten verdorben. Sie wollte keine Kinder von einem anderen Mann! Und von ihrem Bruder konnte sie ja schlecht ein Kind bekommen. Wann immer sie einen Film sah, in dem es um Babys ging, fing Linda an zu flennen.

In ihren New Yorker Tagen hatte sie nicht gelebt wie eine Nonne, sondern wie eine Nymphomanin. Sie hatte jeden Kerl mitgenommen, der ihr über den Weg lief. Sie hatte ja keine anderen Sorgen, sie waren mit einem goldenen Löffel im Mund geboren worden, also machten sie sich ihre eigenen Probleme. Wenn sie allein in ihrem Bett lag, heulte sie wie ein verlassenes Kleinkind. Die Trennung von ihrem Bruder bereitete ihr körperliche Schmerzen.

Nach ihrer Grundausbildung kam sie zurück nach Berlin an das Klinikum Charlottenburg, während ihr Bruder nach Stanford ging. Als er endlich seine Facharztausbildung beendet hatte, durfte er bei ihrem Vater anfangen. Linda absolvierte ihre Facharztausbildung in Harvard, aber ihr Vater wollte sie nicht in seiner Klinik haben. Also ging sie nach Heidelberg.

Siggi und Linda sahen sich nur noch selten, aber sie telefonierten jeden Tag miteinander.

Linda streckte sich auf dem schwarzen Ledersessel aus. Er war unbequem. Mies van der Rohe hin oder her. Wenn sie nur nicht so nötig auf die Toilette gemusst hätte.

„Lindi, es ist egal, du kannst ruhig in die Ecke machen, ich gucke auch weg. Glaubst du, dass der Marmorboden davon kaputt geht?"

„Du hast Recht, Siggi, aber nicht schmulen!“, sagte Linda laut. Sie ging in eine Ecke und hockte sich hin. Es war ihr sogar vor ihr selbst peinlich. Du bist eine komische, alte Frau, Linda, dachte sie, du wirst hier verrecken und schämst dich vor dir selbst, weil du deine Notdurft verrichten musst. Das Schlimmste für sie war, dass sie kein Papier hatte, um sich abzuputzen. Obwohl es doch eigentlich egal war. Wie lange war sie schon hier drin? Ein Blick auf ihre Armbanduhr zeigte ihr, dass sie bereits über sechzehn Stunden hier ausgeharrt hatte. Die würden nicht wiederkommen, soviel stand fest.

Aber wie sollte sie hier rauskommen? Es machte keinen Sinn, irgendeine Art von Lärm zu machen, die Wände waren aus Stahl.

Niemand von den Menschen, die heute in der Großgörschenstraße lebten, wusste von dem alten Luftschutzkeller. Halt, das stimmte nicht, die alte Frau Lehmann aus der ersten Etage musste es wissen. Aber die war schon seit Jahren fast taub. Und der alte Zugang war zugemauert und mit einer Stahlwand verkleidet. Linda konnte hier schreien, toben, die Sessel an die Decke donnern, es würde sie niemand hören.

Was war mit der Klimaanlage, fragte sie sich, wenn hier frische Luft reinkommt, müsste doch auch Lärm hinauskommen. Sie suchte den Ausgang der Klimaanlage. Aber die Zuluft war gleichmäßig über den Raum verteilt, es gab unter der Stahldecke offensichtlich ein Verteilungssystem, das durch kleine Luftschlitze die frische Luft im gesamten Raum verteilte.

Roch es nicht irgendwie komisch?, fragte sie sich. Quatsch, Linda, das bildest du dir nur ein, sagte sie sich und setzte sich wieder auf den Bauhausstuhl. Sie spürte keinen Hunger, eher Durst. Und sie hatte rasende Kopfschmerzen. Sie schloss die Augen, vielleicht würde sie ein wenig schlafen können. Aber die Geister der Vergangenheit kamen sofort wieder.

Es passierte an einem grauen Novembertag 1975. Linda hatte eine komplizierte Operation in der Uniklinik, sie kämpfte um das Gesicht einer Frau, das mehr als zur Hälfte verbrannt war. Man teilte ihr mit, dass sie umgehend ihren Bruder anrufen solle. Noch heute wunderte sich Linda, dass sie es geschafft hatte, der Frau wieder ein halbwegs ansehnliches Gesicht zu geben, so sehr zitterte sie nach dieser Nachricht. Sofort nach der Operation stürmte Linda zum Telefon. Zu diesem Zeitpunkt war ihr Vater bereits gestorben. Er hatte sich mit seinem MG auf dem Weg zu ihrem Haus in Capri überschlagen.

Als sie die Asche ihres Vaters im Golf von Neapel verstreuten, nahm ihr großer Bruder zum ersten Mal seit vielen Jahren wieder ihre Hand, so wie damals auf der Flucht aus dem Memelland, in das sie mit ihrer Mutter evakuiert worden waren, um den Bombennächten in Berlin zu entkommen.

Und so waren sie dann ganz allein – Siggi und Linda. Beide erbten zu gleichen Teilen das gesamte, beträchtliche Vermögen der Familie Sprengler, angehäuft und vermehrt seit Generationen von offensichtlich schlauen Kaufleuten. Angelegt von der Familie ihrer Mutter in Immobilien in den aufregendsten Ecken der Welt, in Bildern, die bereits der Großvater und der Urgroßvater ihres Vaters gesammelt hatten, in einer florierenden Klinik mit Weltruf.

Die Bilder hatte ihr Vater zum Teil eingetauscht gegen den Anteil an der Klinik von Richard Braun, seinem besten Freund und Kompagnon. Ihr Vater hatte diese Geschichte und seine Suche nach Brauns Witwe Nora wieder und wieder erzählt, sie interessierte Linda nicht besonders, die Klinik war ihr Objekt der Begierde. Ihr Vater hatte als Plastischer Chirurg Weltruhm genossen. Alles, was Linda wollte, war, diesem Ruhm nicht nur gerecht zu werden, sondern den Ruf ihrer Klinik weiter zu verbreiten.

Selbstverständlich kündigte sie umgehend ihren Job in Heidelberg und zog nach Berlin in die Remise. Jetzt endlich durfte auch Linda in ihrer Klinik arbeiten. Ihr Lebenstraum war in Erfüllung gegangen. Siggi und Linda konnten gemeinsam leben und gemeinsam arbeiten. Und genau das taten sie. Sie nahmen ihr Leben von früher wieder auf und lebten wie Mann und Frau. Sie habili-

tierten gemeinsam, sie verreisten gemeinsam, sie operierten gemeinsam. Siggi war ein begnadeter Chirurg geworden und sie war jetzt ebenfalls eine ziemlich brauchbare Chirurgin. Das Einzige, was ihnen zu ihrem Glück fehlte, war ein Stammhalter.

Da sie beide nun in der Lebensmitte standen, wurde der Wunsch nach einem Kind immer drängender. Da Linda keine Kinder mehr bekommen konnte, war es an Siggi, für Nachwuchs zu sorgen.

„Lindi", hatte er gesagt, „ich habe alles versucht. Ich bin einfach nicht in der Lage, mich in eine andere Frau zu verlieben, ich vergleiche jede mit dir. Und sobald ich mit einer ins Bett gehe, kann ich nur noch an dich denken." Es war ihrem Bruder genauso ergangen wie ihr.

„Wir brauchen einen Container für unser Kind", entschied Linda. Genau das war es, er musste eine Frau heiraten, die ihnen Nachwuchs bescheren würde. Und so gingen sie auf die Suche nach einer, die die Mutter ihres Sohnes werden sollte.

Linda entdeckte Sabine zuerst. Sie entsann sich genau, wie sie in ihre Klinik kam, ein wenig zerzaust, ein wenig verzweifelt, man wollte sie sofort in den Arm nehmen. Sie sah aus wie ein Plüschtier. Sabine war Pharmareferentin und in diesem Job blutige Anfängerin. Wie sie da so saß vor ihrem Schreibtisch, aufgeregt, mit rosa Wangen, einem dicken, geflochtenen Zopf, aus dem sich tausend kleine Löckchen lösten, in einem rosafarbenen An-

gorapullover - sie war einfach zum Knuddeln. So hatte Linda sich ihre werdende Mutter vorgestellt. Linda schickte Sabine zu Siggi.

Ihre Rechnung ging auf. Sabine war die Anti-Linda. Sie würde ihr nie gefährlich werden. Sabine war bildhübsch, blutjung, mit einer eher praktischen Intelligenz gesegnet und völlig ambitionslos. Sie hatte die Lebenserfahrung eines ABC-Schützen und war so arglos, dass es fast wehtat. Sie war sofort geblendet von Siggis Ausstrahlung und ihrem Reichtum. Obwohl, heute glaubte Linda, sie war einfach geblendet von ihren weißen Kitteln. Sie kam aus einer Welt, in der weiße Kittel noch Autorität bedeuteten. Sabine verliebte sich sofort in Lindas Bruder und die beiden Geschwister verliebten sich ein bisschen in Sabine. So wie man sich in einen Welpen verliebt, den man im Tierheim gefunden hat. Siggi und Sabine heirateten noch im selben Jahr und knapp zehn Monate später gebar Biene ihnen einen Sohn.

Sie hatten sich arrangiert in der Remise. Das Haus war groß genug für alle, sogar als Carlotta zwei Jahre später auf die Welt kam, reichte der Platz. Von Biene bekamen die Geschwister nicht viel mit, sie lebte in der Remise, kümmerte sich um die Kinder und rubbelte bei ausgedehnten Einkaufstrips die Kreditkarte.

Und genau wie in jeder Ehe kühlte auch bei Siggi und Linda die Leidenschaft im Laufe der Jahre ein wenig ab, sie waren füreinander da, sie wussten immer, was der andere dachte oder fühlte, sie konnten sich aufeinander verlassen, aber sie mussten dafür nicht mehr das Bett teilen. Ab und zu, wenn sie mal zusammen auf einen Kongress fuhren, waren sie wieder zusammen, ansonsten schlief Siggi bei Sabine und, wie Linda jetzt wusste, bald nicht mehr mit ihr. Sie hatten sich das Leben bequem eingerichtet und Nils wurde Lindas Augenstern.

Judith sieht schwarz

Er hielt direkt hinter dem LKW, als dieser auf den Hof der Gärtnerei einbiegen wollte. Der schwarze Renault Scenic. Es saßen zwei Männer darin. Judiths Herz klopfte so laut, dass sie Angst hatte, Daniele könnte es hören. Wie kam sie hier heraus? Indem sie zu Daniele ins Auto stieg. Plötzlich kam ihr das Angebot von Daniele als das kleinere der beiden Übel vor. Sie wurde ganz offensichtlich verfolgt. Aber von wem? Und warum? Ob Nils dahinter steckte? Die Polizei? Sie musste so schnell wie möglich weg. Ihre Hände waren schon vorher vor Angst feucht gewesen, jetzt glaubte sie, dass sich unter ihrem T-Shirt rund um die Achseln riesige Schweißflecken ausgebreitet hatten. In was war sie da nur hineingeraten?

Und dann fasste sie einen Entschluss: Sie musste sich Daniele zum Verbündeten machen. Jawoll, so ging das. Den Teufel mit dem Beelzebub austreiben, wie ihre Mutter zu sagen pflegte.

Sie fing also ein wenig stotternd an.

„Daniele, ich, äh, habe ein Problem. Ich glaube, ich habe meinen Verlobten gesehen, in diesem schwarzen Renault da hinter Ihnen“, sagte sie. „Der scheint mich zu verfolgen.“

„Soll ich gehen hin und hauen eins in Schnauze für hübsche Lady?“

„Nein, Daniele, bitte nicht. Aber ich muss ihn loswerden. Irgendwie. Können Sie mir dabei helfen?“

„Wenn nixe größeres Problem, wir verstecken deutsches Frollein in meine Privatwagen und dann ich bringen nach Genua“, sagte Daniele.

Das hatte Judith hören wollen. „Und wie verstecken?“, fragte sie.

„Ganz einfach, wir machen Tor zu hinter mir und dann ich stellen Laster direkt vor Auto, Sie aussteigen und einsteigen und ducken vorne in meine Auto. Sie gesehen rote Fiat Punto vor Haus?“

Judith nickte. Ja, sie hatte das rote Auto gesehen, das vor einem flachen Gebäude parkte. Daniele nahm eine Fernbedienung und drückte einen gelben Knopf.

„Klappe zu“, sagte er, „Judith in Sicherheit.“ Er rangierte den großen Lastwagen so hin und her, dass er die Sicht auf das Auto versperrte. Dann reichte er Judith ein Schlüsselbund. „Hier, und nun schnell raus und rein da. Aber bitte Geduld, ich noch müssen Papiere erledigen und Laster parken“, sagte Daniele.

Das ließ sich Judith nicht zweimal sagen. Sie öffnete die Tür und sprang aus dem Führerhaus.

Im Schatten des Lkws öffnete sie die Beifahrertür des roten Fiats und ließ sich schnell auf den Beifahrersitz gleiten. Dann schloss sie die Tür und glitt unter das Armaturenbrett. Verdammt, sie musste unbedingt abnehmen, Bauch und Busen waren ihr wirklich im Weg. In dem Fiat Punto roch es anders als in dem LKW, irgendwie nach Klostein. Als Judith nach oben blickte, wusste sie auch warum. Am Rückspiegel hing ein ganzer Wald von diesen Duftbäumchen, vorwiegend Geruchsmuster Fichtennadel. Aber der Geruch war ihr jetzt egal, wenn es nur nicht so verdammt heiß in dieser Konservendose gewesen wäre. Judith schloss die Augen und ließ das Geschehen der letzten Stunden Revue passieren.

Sie war wie eine Irre weggerannt, als sie gesehen hatte, dass Carlotta wie tot auf der Erde ihrer Küche gelegen hatte. Nils hatte neben ihr gesessen. Untätig neben ihr. Aber er musste vorher einen Krankenwagen oder die Feuerwehr oder die Polizei angerufen haben, sonst wären die ja nicht gekommen. Wie lange hatte er schon in der Küche gesessen? Und war Carlotta wirklich tot? Sie versuchte sich zu erinnern, ob sie jemand von Anfang an verfolgt hatte, als sie durch die Gartenpforte geschlüpft war. Wann hatte sie den schwarzen Scenic zuerst gesehen? In Juan-les-Pins. Als sie Richtung Hotel gelaufen war. Zufall? Klar, es konnte auch ein Zufall sein.

Ihr wurde immer heißer in dieser Sardinenbüchse. Wann kam Daniele endlich? Vor einer Stunde hätte sie noch mit Grausen daran gedacht, mit Daniele auch nur einhundert Meter weiterzufahren als bis zum Bahnhof von Ventimiglia. Die Fahrt über die Corniche steckte ihr noch in den Knochen. Aber alles ist relativ.

Endlich wurde die Fahrertür geöffnet. Er hatte sich sogar gekämmt. Seine Haare waren nass, hatte der Kerl etwa geduscht, während sie hier wie ein zitterndes Häufchen Elend zwischen Sitz und Handschuhfach eingeklemmt war? Oh, oh, das ließ nichts Gutes ahnen. Aber mit dem Problem würde sie sich später befassen.

„Alles klar?“, fragte er, als er den Motor anließ.

Judith sah, wie er eine Fernbedienung griff und das Tor öffnete. War irgendwo ein schwarzer Scenic zu sehen? Sie musste natürlich unten bleiben. Langsam rollte der Fiat vom Hof, bog links in die Straße ein und gab Gas.

„Nichts zu sehen“, sagte Daniele. „Keine schwarze Renault. Auch sonst nichts. Können komme hoch“, sagte er.

Die Verlockung war groß. Aber Judith hatte so viel Angst, dass sie lieber noch ein wenig in ihrer Embryohaltung auf dem Boden des Kleinwagens hocken bleiben wollte.

„Das ist bestimmt ein Trick, ich warte lieber noch“, sagte sie.

„Isse nicht zu ungemütlich?“, fragte Daniele. Er fuhr mit Vollgas los, um gleich darauf wieder heftig zu bremsen. Männer fahren immer so, wie sie poppen, hatte ihre Freundin Gesine mal gesagt. Wenn das stimmte, dann war dieses Exemplar Mann absolut unbrauchbar. Doch sie brauchte ihn ja auch nicht fürs Bett, sondern für die Flucht. Aber ein wenig sanfter könnte er ruhig fahren, sie würde bestimmt übersät sein mit blauen Flecken.

„Wir fahren jetzt auf Autostrada", verkündete er fröhlich. „Keine Renault Scenic, keine schwarze Auto, keine garnix", sagte er.

Judith stemmte sich hoch. Sie versuchte ihre schmerzenden Gelenke von der Steifheit zu befreien, in dem sie sich ein wenig streckte. Aua! Im Seitenspiegel sah sie einen schwarzen Renault Scenic auf sich zurasen. Daniele fuhr natürlich auf der linken Seite der Autobahn. Instinktiv duckte sich Judith.

„Hurensohn, du", schrie Daniele und trat auf die Bremse. Der schwarze Scenic hatte ihn rechts überholt und brauste jetzt von dannen. „Waren nixe ihre Verlobte, ware nur Verrückter", sagte Daniele.

Judith hatte Angst in diesem Auto an einem Herzstillstand zu verenden. Aber bis Genua ging alles gut. Daniele fuhr zwar wie ein Henker, aber sie wurden nicht verfolgt. Und auch Daniele wurde nicht übergriffig. Wahrscheinlich wollte er von Judith für seine Wahnsinnsfahrkünste gelobt werden. Das würde sie sich aufheben für später, dachte sie. Kurz vor Genua war der Flughafen ausgeschildert. Daniele setzte den Blinker.

„Wir fahren direkt zum Flughafen, Judith holen Flugkarte und wenn Zeit, dann ich laden schöne Frau ein zum Essen“, sagte er. Judith nickte Gott ergeben. Das hatte sich Daniele wohl verdient.

Linda schläft ein

Linda spürte, wie sie immer schläfriger wurde. Roch es nicht doch nach Gas, fragt sie sich? Es war wohl eine Sinnestäuschung, sagte sie sich und hustete. Das Schlucken fiel ihr immer schwerer. Der Durst, vermutlich. Sie war bereits seit über zwanzig Stunden hier eingesperrt. Aber so schnell halluzinierte man nicht. Ihr Kopf dröhnte.

Linda merkte, dass das Atmen ihr immer schwerer fiel. Das kann doch eigentlich nicht sein, dachte sie, hier läuft schließlich eine Klimaanlage. Dann hatte sie eine Idee, bei der es ihr heiß wurde. Und wenn die mich hier einfach vergasen?, fragte sie sich. Ich werde an einer Gasvergiftung sterben, dachte sie. Aber das ist Blödsinn, was haben die davon, ich verhungere und verdurste hier, da braucht man sich nicht so eine Mühe zu machen.

„Oh doch, Lindi, die Mühe müssen sie sich machen, denn du könntest ja in letzter Minute noch gerettet werden."

„Du willst, dass wir bald wieder zusammen sind, was, Siggi“, sagte sie laut.

„Ja, Lindi, so wie früher, bevor Sabine alles versaut hat“, *sagte er.* Linda nickte müde.

Sie versuchte sich zu erinnern, wie es angefangen hatte. Beziehungsweise, was zuerst da war. War es Siggis Leidenschaft für die Bilder, oder war es die Leidenschaft ihrer Schwägerin für Linda? Siggi hatte angefangen, sich für Kunst zu interessieren. Und nicht nur für die Gemälde, die sie von ihren Vorfahren geerbt hatten, sondern auch für moderne Kunst, die er plötzlich zu sammeln begann. Linda fand die Dinger zwar scheußlich, aber die mussten ja nicht in ihrer Wohnung hängen, sondern verschwanden sofort in diesem Loch hier. Siggi reiste immer häufiger zu Auktionen in die USA, er hatte sich vorgenommen, die Suche ihres Vaters nach Nora Braun fortzusetzen. Und wie fand man Nora Braun am besten? Natürlich über die Bilder, mit denen ihr Vater Richard Braun abgefunden hatte. Aber die Bilder blieben verschwunden, ebenso wie Nora Braun.

Über Nora Braun hatten die Geschwister ihren einzigen wirklichen Streit. Linda war Nora Braun herzlich egal. Und es war ihr egal, was aus den Bildern geworden war, in wessen klimatisierten Gefängnis sie wohl hängen würden. Sie konnte nicht eine Sekunde nachvollziehen, wieso jemand Millionen ausgab, um sich ein Gemälde zu kaufen, das dann in einem dunklen, klimatisierten Raum ohne Zugang zur Außenwelt verschwand. Für Linda gehörten alte und neue Meister ins Museum.

Je mehr sie sich gegen seine Käufe und seine Nora Braun-Manie stemmte, desto obsessiver wurde Siggi, es war, als ob er die Leidenschaft, die er einmal für Linda empfunden hatte, auf die Bilder verlagert hätte. Ja, Linda war eifersüchtig, dass es etwas außerhalb ihrer Welt für ihn gab. Gleichzeitig fing er an, sich für verschiedene karitative Vereine stark zu machen. WorldKidAid, Linda musste lachen, als er damit ankam.

Hatte er mit seinen riesigen Spenden versucht, sein Gewissen rein zu waschen? Dafür hatte er sich aber herzlich wenig um seine eigenen Kinder gekümmert.

Linda übernahm die Erziehung von Nils, während Biene sich um Carlotta kümmerte. Carlotta kam mehr nach Biene, sie war ein fast durchscheinendes Wesen, das Linda nie so ganz geheuer war. Im Gegensatz zu ihrer Mutter als sie jung war, fehlte Carlotta das Weiche, das Plüschige, sie war so eckig und wirkte so verletzlich, dass Linda mit ihr kaum umgehen konnte. Linda hatte Angst, sie zu zerbrechen.

Nils war ein anderes Kaliber. Er sah nicht nur aus wie Siggi früher, er hatte auch seine Ernsthaftigkeit.

Sie schenkten ihm zu Weihnachten eine Geige. Linda würde nie seine leuchtenden Kinderaugen vergessen, als er mit dem Bogen dem Instrument den ersten Ton entlockte. „Hast du gehört, Tante Lindi …?"

Siggi ließ sie immer öfter allein in der Remise. Nach dem Tod des Vaters hatten sie das Ferienhaus auf Capri verkauft, dort hingen für sie zu viele bittere Erinnerungen dran. Dafür hatten sie ein Haus im Atriumstil in Juan-les-Pins gefunden, in das sie sich sofort verliebt hatten. Es war in diesem Sommerurlaub, den sie mit den Kindern und Biene dort verbrachte. Nachdem sie die Kinder ins Bett gebracht hatten, hatten Biene und Linda viel zu viel und viel zu schnell dem eisgekühlten Rosé zugesprochen, den sie dort unten immer tranken. Sie saßen in dem Atriumhof unter der Palme, sie waren in einer sentimentalen Stimmung. „Weißt du noch …?" Oh, wie schnell die Zeit verging, ihr Leben flog vorbei, Siggi war weit weg und sie beide fühlten sich so unendlich verlassen.

War es Sabine, die anfing zu heulen oder war sie es, bei der zuerst die Tränen kullerten? Linda wusste nicht mehr, wer wen zuerst in den Arm nahm, wer wen zuerst streichelte, wer wen zuerst küsste. Aber sie erinnerte sich, dass sie Bienes dicken Zopf löste, ihre seidenweichen Locken durch ihre Hände fließen ließ, mit ihrem Finger ihre schön geschwungenen Lippen nachzeichnete. In dieser Nacht landeten sie gemeinsam in Lindas Bett. Sie erkundeten sich, als ob es das erste Mal wäre, das sie sich sahen, sie streichelten und liebkosten sich, sie klammerten sich aneinander wie Ertrinkende. Linda hatte nie vorher eine Frau so berührt, nie an eine Frau gedacht, aber in dieser Nacht entführte sie die Frau ihres Bruders in eine andere Welt, sie katapultierte sie in eine andere Dimension. Sie flüsterten und stöhnten, ihr Körper schrie nach Sabine, oder war sie es, die schrie? Sie war in ihr mit ihren Fingern, mit ihrer Zunge, zum ersten Mal in ihrem Leben dachte sie nicht an ihren Bruder, als sie sich ihr zuckend und stöhnend ergab. Sabine hatte ein Wunder vollbracht. Fassungslos lag sie später neben ihr, vollkommen außer Atem, sie konnte nicht glauben, was da eben passiert war.

„Hast du das schon mal getan?“, fragte Linda sie später. Sabine hatte ihr diese Frage nie beantwortet. Sie hatte nur gelächelt, dieses süffisante Mona-Lisa-Lächeln, das sie sich in den letzten Jahren angewöhnt hatte. Diese Nacht war der Beginn eines anderen Lebens. Sabine wurde Lindas Geliebte.

Später, da hatte sie manchmal gedacht, es war gar nicht die Lust auf eine Frau, die diese Affäre mit Sabine ausgelöst hatte. Vielleicht brauchte sie einfach das Verbotene, das Geheime, um in Stimmung zu kommen. So wie bei ihrem Bruder.

Aber der hatte gerade Mort Eisenman kennengelernt. Mort Eisenman … Linda fielen die Augen zu. Sie hustete schwach. Es riecht doch nach Gas, war ihr letzter Gedanke.

Das Wettbüro ist eröffnet

„Judith!“ Oliwia fiel ihr als Erste um den Hals. Maria kam sofort aus ihrem Büro.

„Was, Judith ist wieder da? Willkommen zu Hause, Liebes“, sagte sie und umarmte Judith ebenfalls. Die beiden schoben sie zu Lady Kaa ins Zimmer. „Gucken Sie mal, wer hier kommt!“

„Ich wusste doch, dass Sie das schaffen!“, sagte ihre Chefin und drehte sich vom Computer weg zu ihr hin. „Wie geht es Ihnen?“, wollte sie wissen und überspielte diese Frage gleich mit der nächsten: „Wollen wir vielleicht zu Elke in die Küche gehen und einen Kaffee trinken? Dann können Sie erzählen, Judith“, sagte sie und stand auf. Judith dachte, dass Alice sie doch ein bisschen an ihre Mutter erinnerte. Die übersprach auch immer ihre Höflichkeitsfragen.

„Wie geht es Elke, ist sie wieder gesund?“, fragte Judith und das war keine Höflichkeitsfrage.

„Elke ist okay, Schätzchen, reichen Sie mir mal Ihren Arm.“

Judith führte Lady Kaa in die Küche. Genau wie beim ersten Mal, als ich hier herkam, dachte sie. Ist das wirklich erst drei Wochen her? Sie hatte das Gefühl, nach Hause zu kommen.

Elke stand am Herd und grillte Auberginen. „Judithliebling!“ Sie nahm die Grillpfanne vom Herd und wischte sich die Hände an der Schürze ab. Judith umarmte Elke herzlich.

„Wie geht es Ihrem Kopf?“, fragte Judith und schaute Elke besorgt an.

„Welchem Kopf?“, fragte Elke.

„Na Ihrem, Sie waren doch im Krankenhaus!“ Elke lachte und schob Judith an den Holztisch.

„Setzen Sie sich, Schätzchen. Wann sind Sie denn angekommen?“

Judith sagte, sie sei erst vor einer halben Stunde gelandet und dann sofort her gefahren. „Ich habe also wirklich ein Informationsdefizit.“

„Scheint so“, sagte Oliwia, setzte sich auf die andere Seite des Tisches und zündete sich eine Zigarette an. Lady Kaa ließ sich ebenfalls leise stöhnend auf ihrem Platz am Kopfende des Tisches nieder. Elke schmiss das funkelnde Ungetüm an, das sie zärtlich „mein kleines Kaffeescheißerle“ nannte.

„Haben Sie Hunger, Schätzchen?“, fragte sie Judith.

„Ein bisschen“, musste Judith zugeben, die bei dem eigentlich netten Mittagessen mit Daniele kaum etwas hatte essen können vor Aufregung. Aber Daniele war wirklich nur nett zu ihr gewesen, sie würde ihrem Retter noch einen Dankesbrief schreiben.

Sie war todmüde. Judith hatte einen Flug nach Berlin mit Umsteigen auf dem Leonardo-da-Vinci-Flughafen in Rom bekommen. Und die Zeit zum Umsteigen war knapp gewesen, deshalb hatte sie dort weder telefonieren noch etwas essen können.

Elke öffnete den Eisschrank und holte Butter, Käse und Aufschnitt heraus. Sie schnitt Judith ein paar Scheiben von dem frischen Kürbiskernbrot ab, das sie vor ein paar Stunden gebacken hatte.

„Wir haben auch Hunger", rief Maria und stand auf, um Elke zu helfen. So kam es, dass die ganze Crew zum Abendbrot am Kudamm blieb. Außer Hüsy natürlich, der noch in New York war.

„Wie gut, dass meine Kids heute Abend bei ihrem Vater sind", sagte Maria.

„Stell dir vor, Hüsy kriegt eine Ausstellung in New York", sagte Oliwia. „Ja, in einer jungen Galerie in TriBeCa", strahlte Alice.

„TriBeCa, was ist das?", fragte Judith.

„Ein Stadtteil von Manhattan, Triangle Below Canal Street. Sehr schick", erklärte Alice.

„Wow", war alles, was Judith dazu sagen konnte. Sie erzählte nicht ganz der Reihe nach, aber immerhin lückenlos, von ihrem Frankreich-Abenteuer. Elke schnitt frische Tomaten und Gurken auf, aromatisierte sie mit Schafskäse, Zwiebeln und Olivenöl und zauberte aus einer kalten Hähnchenbrust einen göttlichen Currysalat. Dazu gab es für Judith, Elke und Maria kaltes Bier, Oliwia und Alice tranken Mineralwasser.

Wahrscheinlich würde Judith von ihren Kolleginnen bis ans Ende ihrer Tage mit der Episode auf der Corniche aufgezogen werden. Sie war sich jetzt sicher, dass niemand sie verfolgt hatte, dass alles nur Einbildung war. Und erstaunlicherweise konnte sie es hier, an diesem Esstisch, sogar zugeben. Alice schüttelte lächelnd den Kopf.

„Wer weiß", sagte sie, „wer weiß. Vorsicht ist die Mutter der Porzellankiste." Noch so ein Ausspruch, der Judith an ihre Mutter erinnerte.

„Ich nehme jetzt Wetten an, wer den Mörder von Professor Sigurd Sprengler beauftragt hat", sagte Oliwia. Alice grinste. „Dann mal zu. Der Einsatz ist fünf Euro", sagte sie. „Aber vielleicht sollten Sie noch erwähnen, dass unsere Familie Sprengler finanziell nicht ganz so glänzend dasteht, wie das von außen aussieht."

„Oh ja, das habe ich vergessen Judith zu erzählen", sagte Oliwia. „Die meisten Bilder sind als Sicherheiten für Hypotheken auf die Immobilien verpfändet worden", ergänzte sie. „Der gute Siggi hatte tatsächlich Geld aufnehmen müssen, um sich die Bilder überhaupt leisten zu können. Wenn er die Bilder jetzt an WorldKidAid vermacht hätte, dann wären die Immobilien futsch gewesen, die Klinik übrigens auch."

„Aua!“, sagte Judith.

Elke strich sich ihre dicken grauen Haare aus der Stirn. „Schwierig. Ich fürchte, ich lasse mich da von meiner Antipathie leiten. Ich tippe auf Linda, die kann ich wirklich nicht leiden. Eine schreckliche Ziege. Die ist mit ihrer Klinik verheiratet. Sie hätte alles getan, um die Klinik zu retten. Also fünf Euro auf Lindibaby.“

„Oliwia?“, fragte Lady Kaa.

„Nein, ich glaube nicht, dass Linda es war. Die hat ihren Bruder viel zu sehr geliebt, sonst hätte sie nicht zugelassen, dass er Hypotheken auf ihren gemeinsamen Immobilienbesitz aufnimmt. Sie hat ja davon gewusst, sie musste das ja mitzeichnen. Nein, ich setze auf Nils. Denn Nils würde die Klinik verlieren. Er ist der Einzige, dem diese Klinik wichtig sein muss, denn sie ist seine berufliche Zukunft. Lindi hat darin nur eine Vergangenheit. Und er hatte die Gelegenheit, seine Schwester umzubringen. Wobei sein Motiv absolut klar ist, er will verhindern, dass sein Vater und Carlotta sie alle in wirtschaftliche Schwierigkeiten stürzen. Also ich setze fünf Euro auf Nils.“

„Maria? Was denken Sie?“, fragte Alice.

„Ich denke, es war Sabine“, sagte Maria.

„Waaas?“ Das kam gleichzeitig von Oliwia und Judith. „Wieso das denn, die ist doch viel zu blöd dazu“, sagte Oliwia.

Maria schüttelte den Kopf. „Dadurch, dass ich

die Aufnahme von Alice abgeschrieben habe, bin ich zu dem Schluss gekommen, dass Sabine nicht ganz so dumm ist, wie wir glauben. Sie will uns nur für dumm verkaufen. Man hört viele Zwischentöne bei einer Aufnahme."

„Das stimmt wohl", sagte Judith, die sich an die Ansage der Freundin ihrer Mutter erinnerte. „Aber sie hat doch überhaupt keine Ahnung von den Finanzen, jedenfalls tut sie so."

„Sie tut nicht nur so. Madamchen kann einfach nicht mit Geld umgehen, soviel kann ich aus dem Inneren des Hauses Sprengler berichten", sagte Elke. „Sie ist eine geradezu manische Einkäuferin. Da liegen überall Kreditkartenquittungen rum. Und Sabine war ziemlich häufig in New York. Zum Shoppen."

„Also ich setze fünf Euro auf Sabine", sagte Maria. Alice lächelte. „Und Sie, Judith?"

„Ich befürchte ja auch, dass es Nils war. Aber ich hoffe, dass es jemand anderer war, jemand, der überhaupt nicht zur Familie gehört. Ich hoffe nämlich, dass die Morde gar nichts mit der Familie, sondern mit den Bildern zu tun haben."

„Ach was!" Alice hatte fragend die Brauen in die Höhe gezogen.

„Ja, ich glaube, dieser Kunsthändler, dieser Mort Eisenman, ist der Auftraggeber."

„Und wieso das?", fragte Oliwia.

„Erstens, weil er in New York sitzt. Man muss

schon gute Beziehungen haben, um einen Auftragsmörder zu kaufen. Und wegen der Bilder. Irgendetwas stimmt mit den Bildern nicht, habe ich recht, Alice?“

Alice lächelte wieder. „Das werden wir hoffentlich bald erfahren. Also, Judith, Sie setzen auf Mort Eisenman? Fünf Euro?“ Judith nickte ergeben.

„Das ist gar nicht so dumm, vielleicht hat der Eisenman ja mit der Sabine zusammen gearbeitet. Denn Hüsy hat uns berichtet, dass Sabine öfter mit Eisenman auf Veranstaltungen aufgetaucht ist. Hüsy hat die Fotos von unseren Verdächtigen überall herumgezeigt. Vielleicht ist Eisenman ja das Verhältnis von Sabine, von dem Judith in Juan-les-Pins erfahren hat“, gab Maria zu bedenken.

Der Anruf kam kurz vor zehn, als eigentlich alle längst weg gewesen sein wollten. Elke war an den Apparat gegangen.

„Herr Schilling“, meldete sie und reichte den Hörer breit lächelnd an Alice weiter. Alice fixierte Judith mit ihrem Schlangenblick und fragte: „Und, hat er recht gehabt?“

Elke beobachtete Alice gespannt. Maria und Oliwia schienen nicht zu wissen, worum es ging. Am allerwenigsten verstand allerdings Judith. Was ging hier vor sich? Was hatte ihr Vater mit Alice zu schaffen? Da fiel ihr siedend heiß die Fälschung ein. Oder das Original? Der Gazlig. Ach so, ja, der Gazlig.

Alice nickte, sie zeigte mit ihrem verkrüppelten Daumen nach oben.

I like, okay, aber was?, fragte sich Judith.

„Super, Herr Schilling, ganz herzlichen Dank. Im Übrigen, Ihre Tochter ist noch hier, möchten Sie sie vielleicht sprechen?“

Rettungsversuche

Sie war also hier gewesen, dachte Nils. Und nun? Gas? Er lief die steile Wendeltreppe in den ersten Stock und schloss mit zitternden Fingern die Tür auf. Tatsächlich, es roch schwach nach Gas. Die Alte war zwar taub, aber sie hatte wohl einen ausgeprägten Geruchssinn.

Er ging in die Küche, und dann sah er es. Ein dünner Schlauch führte vom Gasboiler in die Speisekammer. Was sollte er tun? Ganz ruhig, Nils, versuchte er, seine Panik selbst in den Griff zu kriegen. Er öffnete das Küchenfenster. Ruhig, Nils, ganz ruhig. Ganz langsam. Er öffnete die Wohnungstür, damit nicht irgendjemand aus Versehen die Klingel drücken würde. Dann schaltete er den Boiler ab. Der Boiler war erst vor einigen Jahren eingebaut worden, als man von Kohleöfen auf Gasetagenheizung umgestellt hatte. Er musste unbedingt in den Keller, den Haupthahn abdrehen. Er zog den Schlauch vorsichtig aus dem Boiler und folgte ihm in die Speisekammer. Der Schlauch führte in die Klimaanlage.

Und jetzt? Nils rann eine Schweißperle ins Auge. Verdammt, wenn Tante Linda da unten eingeschlossen war, dann musste er sich auf das Schlimmste gefasst machen.

Nils traute sich nicht, die Klimaanlage abzustellen, ihm war klar, dass ein Funke genügte und er würde mitsamt Schlauch und Klimaanlage in die Luft fliegen. Die Treppe zum Tresorraum war heruntergelassen, das Licht brannte noch. Die konnten noch nicht lange weg sein. Bestimmt war Tante Linda im Tresorraum. Die hatten versucht, ihre Spuren zu verwischen. Was sollte er tun? Er traute sich auch nicht, das Telefon zu benutzen. Er musste versuchen, den Tresorraum zu öffnen. Wenn sie da drinnen eingeschlossen war, dann hatte er wenig Chancen. Denn den Code in den Tresor einzugeben, wäre wahrscheinlich ebenfalls lebensgefährlich. Ein Funke und alles würde explodieren.

Mit zitternden Knien stieg er die Hühnerleiter hinab. Der kleine Vorraum war leer. Nils schaute sich die Tresortür an. Der Code zum Öffnen war eingegeben. Danke, lieber Gott, danke, danke, danke, betete er im Stillen. Er hatte keine Zeit auf die Feuerwehr zu warten, er musste versuchen, die Tür zu öffnen. Vorsichtig drehte er das stählerne Kreuz nach rechts.

Die Tür öffnete sich leise ächzend. Gott sei Dank, das Licht war an. Tante Lindi lag auf dem Boden. War er zu spät gekommen? Er nahm ein Taschentuch aus seiner Hose und hielt es sich vor die Nase. Mit angehaltenem Atem lief er in den Raum. Seine Tante war noch ganz warm. Er bückte sich und hob sie unter den Armen an. Er hatte keine Zeit, ihren Puls zu fühlen. Nils wusste nur eins: Er musste raus hier mit Tante Linda und zwar sofort. Rückwärts laufend zog er seine Tante aus dem Marmorgrab. Er lehnte sie draußen gegen die Wand. Dann schloss er die dicke Stahltür wieder vorsichtig, damit die gasgeschwängerte Luft nicht entweichen konnte.

Das wäre geschafft. Nils beugte sich über seine Tante und fühlte am Hals ihren Puls. Er fühlte gar nichts. Tante Linda hatte keinen Puls mehr.

Das konnte nicht sein, bitte, lieber Gott, das darf nicht sein, nicht Tante Lindi, nicht auch noch Tante Lindi. Und da, da war er. Der Puls. Zwar ganz schwach, aber er fühlte das leichte Pochen an ihrer Halsschlagader.

Er musste seine Tante hoch an die Luft bringen. Aber wie? Wie sollte er diese schmale Hühnerleiter hochkommen mit seiner Tante im Arm? Nicht im Arm, das würde nicht gehen, er musste sich festhalten, sonst würde er Übergewicht bekommen. Er bückte sich und hob seine Tante hoch. Und dann warf er sich die leblose Frau über die Schulter. Er wäre fast unter ihrem Gewicht zusammengebrochen. Nachdem er sich selbst ein wenig stabilisiert hatte unter der schweren Last, versuchte er mit Tante Linda über der Schulter die Hühnerleiter hochzukommen. Die Verzweiflung verlieh ihm ungeahnte Kräfte. Aber er rutschte ab und fiel mit Tante Linda auf die Erde.

Sofort rappelte er sich wieder auf und versuchte es noch mal von vorn. Obwohl Tante Linda schlank war, wog sie doch einiges. Fast hätte er es geschafft, er war schon bis ganz nach oben gekommen. Aber er musste, um durch die Luke zu kommen, die Leiter loslassen und in diesem Moment stürzte er wieder mit seiner Tante in die Tiefe. Das Adrenalin machte ihn schmerzunempfindlich.

Wieder rappelte er sich auf, wieder nahm er seine Tante über die Schulter und wieder versuchte er die Treppe zu erklimmen. Dieses Mal hielt er sich mit der rechten Hand am Geländer fest und ließ seine Tante los, sie blieb auf seiner Schulter liegen, während er die linke Hand benutzte, um sich auf der Luke abzustützen. Mit letzter Kraft stemmte er sich zusammen mit seiner Tante hoch. Nils drehte sich ein wenig, so dass Tante Lindi auf dem Boden der Speisekammer sicher mit dem Oberkörper zu liegen kam. Wie viel Gas hatte er wohl eingeatmet? Sie mussten schnell raus aus dieser Wohnung.

Er packte Tante Linda unter den Armen und zog sie aus der Wohnung. Jetzt musste er sie nur noch die Treppe herunterkriegen. Er legte sich ihren Arm um den Hals und griff sie fest in der Taille. Mit der anderen Hand hielt er sich am Treppengeländer fest.

Keuchend schaffte er es, sie hinab und in den Hof zu ziehen, hinaus an die frische Luft.

Frau Lehmann schaute immer noch aus dem Fenster.

„Schnell, raus aus Ihrer Wohnung, los, Frau Lehmann, kommen Sie runter", rief er Frau Lehmann zu. Er hatte keine Ahnung, ob genug Gas ausgetreten war, dass die Wohnungen im ersten Stock in Mitleidenschaft gezogen wurden. Aber wenn überhaupt, so war Frau Lehmann als direkte Nachbarin im ersten Stock gefährdet. Er schaute, ob seine Tante noch atmete. Sicher war er sich nicht. Aber er musste sie auf die Straße ziehen, weg aus diesem Hof, der vielleicht gleich in die Luft fliegen würde. Er zog die leblose Frau durch den Hauseingang hinaus auf die Großgörschenstraße.

Als sie auf der Straße angekommen waren, legte er seine Tante zunächst auf die Erde und begann dann, sie zu beatmen. Mit einer Hand holte er sein Handy raus und rief die Feuerwehr an.

„Gas ausgetreten, Gasvergiftung", schrie er ins Telefon.

Er traute sich nicht, bei Frau Lehmann zu klingeln, wer weiß, wie viel Gas zu ihr herübergezogen war. Das musste er auch nicht, denn in diesem Moment stand die Frau in der Eingangstür.

„Was ist passiert?", fragte sie. „Der Mann ist erst vor 'ner Viertelstunde weg, was ist mit Ihrer Tante?"

Okay, dachte Nils, eine Viertelstunde. Da sich viel

Sauerstoff dort unten befand und das Gas zusammen mit der Luft angesaugt wurde, hatte Tante Lindi vielleicht noch eine Chance.

Der Krankenwagen kam als Erster. Nils übergab den Rettungskräften seine Tante mit gebrüllten Anweisungen.

„Gasvergiftung! Sauerstoff geben, Hydroxocobolamin!"

Dann kam auch die Feuerwehr, die er sofort instruierte, während der Krankenwagen seine Tante mit Blaulicht in die Auguste-Viktoria-Klinik brachte.

Der letzte Auftritt

Wie Judith erst später erfuhr, liebte Alice den letzten großen Auftritt. Das Drama. Na klar, das passte zu ihr. Ganz in der Tradition ihrer literarischen Vorbilder. Agatha Christie und Rex Stout ließen grüßen.

Frau Dr. Porn bereitete sorgfältig die Bühne für Lady Kaas großen Auftritt vor. Sie sammelte alle Stühle zusammen, die für den schnellen Gedankenaustausch gegenüber von den Schreibtischen standen, und verfrachtete sie in Alices Zimmer. In der Mitte stand der grüne Designersessel, der, laut Maria, dem Hauptakteur des Spektakels vorbehalten war. Aber wer war denn nun der Hauptakteur? Maria verriet Judith, dass die Platzierung der Gäste jedes Mal ein Geheimnis war, das Alice bis zur letzten Minuten bewahrte. Die Leute vom Kudamm 216 waren immer noch ahnungslos, wie dieser Fall aufgelöst werden sollte, die Wetten waren auf die Verdächtigten gleichmäßig verteilt.

Um drei Uhr trafen die ersten Gäste ein. Maria spielte das Empfangskomitee, sie war die Einzige, die die Gästeliste kannte. Sabine Sprengler war die Erste, Judith hörte, wie Maria ihr einen Stuhl zuwies. Sie hatte die Beerdigung ihrer Tochter Carlotta gerade hinter sich.

Als Nächstes hörte Judith die Stimme von Nils. Ihr Puls beschleunigte sich. Maria wies ihm ebenfalls einen der Stühle zu. Als es wieder klingelte, glaubte Judith ihren Ohren nicht zu trauen. Sie hörte die vertrauten Stimmen ihres Vaters und seines Freundes Egon.

Als es kurz darauf klingelte, hörte Judith, wie Maria Prof. Dr. Holtheimer und seinen Assistenten Timo Gazlig bat, einzutreten. Und wieder klingelte es. Linda. Von Sabine wussten die Leute vom Kudamm, dass Linda knapp mit dem Leben davongekommen war. Alice hatte sie sogar im Krankenhaus besucht. Sie musste gerade entlassen worden sein.

„So", sagte Maria, als sie den Kopf in Judiths Büro steckte, „unsere Berliner Gäste sind vorerst vollzählig, kommst du?"

Als Judith den Raum betrat, war sie erstaunt, dass der grüne Designerstuhl frei geblieben war. Nils schaute sie überrascht an.

„Was machst du denn hier?", fragte er.

„Ich arbeite hier", sagte Judith kleinlaut und nahm auf einem der Stühle, die an der Wand standen, Platz. Sie hatte Angst vor diesem Tag gehabt, Angst, dass die Wahrheit ans Licht kommen würde, welche Wahrheit auch immer das war. Und wenn es nur die Wahrheit war, dass sie Nils belogen hatte.

Maria hatte vorher allen Mitarbeitern gesagt, wo sie zu sitzen hatten. Maria selbst setzte sich an das runde Ende des riesigen Schreibtisches von Alice, sie musste das Protokoll verfassen. Elke betrat den Raum mit einem Tablett mit frisch gebrühtem Kaffee und Tee. Tassen und Softdrinks waren großzügig im Raum verteilt. Linda und Nils schauten Elke verständnislos an.

„Sie?“, fragte Linda. Oliwia setzte sich in die Ecke gegenüber von Judith, wo ein kleines Technikpult und eine Kamera aufgebaut waren.

Im Raum war es fast still, niemand redete, es lag eine spürbare Spannung in der Luft.

Und dann: Auftritt Lady Kaa. Sie öffnete die Tür und humpelte, auf ihren Stock mit dem silbernen Knauf gestützt, auf ihren Platz hinter dem Kirschholz-Schreibtisch zu. Mit einem Lächeln begrüßte sie ihre Gäste.

„Ich bedanke mich bei euch, bei Ihnen, dass Sie heute vollzählig gekommen sind. Der Grund unseres Zusammenseins: Sabine Sprengler hat mich vor einigen Wochen gebeten, den Mord an ihrem Ehemann Sigurd Sprengler aufzuklären. Ich bin sicher, dass uns das heute Abend gelingen wird.“

„Wie bitte, du hast Alice gebeten …?“, fragte Linda Sprengler fassungslos ihre Schwägerin.

Lady Kaa schaute wie die Schlange Kaa in Rudyard Kiplings Roman mit hypnotischem Blick auf die beiden Frauen. Ob die beiden wussten, dass Alice nichts mehr hasste, als unterbrochen zu werden?

„Fangen wir doch einfach mit den Fakten an“, sagte Alice und setzte eine halbe, grüne Lesebrille auf. Judith bemerkte, dass sogar die Lesebrille farblich perfekt auf den Designerstuhl abgestimmt war.

„Fakt ist“, sagte Alice, „dass die Leiche von meinem alten Freund Professor Dr. Sigurd Sprengler am 3. Mai um 5.30 Uhr morgens in New York im Central Park von dem joggenden Investmentbanker Jonathan McGill unter einem Busch aufgefunden wurde.

Was Jonathan McGill unter dem Busch gefunden hatte, war kein schöner Anblick. Der Leichnam eines weißen, älteren Mannes, der mit mehreren Messerstichen getötet wurde, ist nie ein schöner Anblick. Für die New Yorker Cops aber war es vor allem ein ziemlich aussichtsloser Fall von Raubmord. Außer der teuren, zum Teil europäischen Kleidung, wies nichts auf die Identität des Opfers hin. Keine Uhr, kein Schmuck, keine Geldbörse, keine Kreditkarten, keine ID-Karte, kein Führerschein, kein Handy. Aber dann zeigte sich, dass die Maßnahmen der Heimatschutzbehörde bei der Einreise nach New York effektiv waren: Anhand seiner Fingerabdrücke und seiner biometrischen Daten konnte der Ermordete als Prof. Dr. Sigurd Sprengler aus Berlin ermittelt werden.

Bernhard Goldsmith war außer einem Taxifahrer der Letzte, der Sigurd Sprengler lebend gesehen hatte. Dabei freute sich Sprengler auf den kommenden Tag, als er das Apartment von Bernie im *San Remo* am Central Park West gegen 23.00 Uhr verlassen hatte. Anhand von Sprenglers Mageninhalt konnte die Todeszeit auf circa 1.00 Uhr festsetzt werden.

Der Taxifahrer, den die Polizei ermitteln konnte, war nach mehreren eher unverständlichen Wutanfällen bereit, eine Aussage zu machen. Nein, er war mit keinem Fahrgast an dem bewussten Abend zur Wohnung von Sprengler in Morningside Heights gefahren. Der Europäer, der aus dem *San Remo* gekommen war, hatte sich in der Höhe 108. Straße West absetzen lassen.

Für den Zeitpunkt des Todes von Sigurd Sprengler hatte der in Haiti geborene Taxifahrer allerdings ein Alibi, das sich in den Aufzeichnungen des Polizeireviers in der 119. Straße befand. Der cholerische Kutscher hatte zu diesem Zeitpunkt in der Madison Avenue die Stoßstange eines nicht minder cholerischen Kollegen pakistanischer Herkunft geküsst. Der Streit über das bereits vorher zerbeulte Stück Blech war dermaßen eskaliert, dass die Cops diese zwei Perlen des New Yorker Taxigewerbes mit Gewalt trennen mussten.

Obwohl der Polizeichef seinen Beamten reichlich Bestäubung gab, verlor sich die Spur des Opfers in Höhe 108. Straße Central Park West. Nur ein Zufall, wie zum Beispiel das Auftauchen der Philippe Patek von Sprengler oder der Gebrauch seiner Kreditkarten, hätte die Cops noch vor der

Kapitulation retten können. Oder eine Aussage von Bernie Goldsmith. Aber der hatte gute Gründe, seine Vermutungen für sich zu behalten. Sein Name, so fand er, gehörte in die Feuilletons dieser Welt und nicht in die Polizeinachrichten und schon gar nicht in die Skandalblättchen.

Und so wurde der Leichnam von meinem alten Freund Professor Dr. Sigurd Sprengler von den Behörden freigegeben und nach Berlin überführt. Als Sprengler in Berlin auf dem Waldfriedhof unter großer Anteilnahme der Berliner Gesellschaft und der Neugier der Berliner Medien beigesetzt wurde, spielte Bernie Goldsmith mit Nils Sprengler Bach.

Stimmen wir soweit überein?“

Alle Anwesenden hatten gelauscht, allerdings hatte Lady Kaa nichts berichtet, was nicht allgemein bekannt war.

Würde sie irgendein Kaninchen aus dem Hut zaubern?

„Bernhard Goldsmith, bekanntlich Exmann Nummer Zwei, hatte mich bereits vor der Beerdigung gebeten, im Fall Sprengler zu ermitteln.“

„Wieso das denn?“, fragte Sabine Sprengler.

„Weil mein Exer etwas von Siggi erfahren hatte, was er nicht der Polizei mitteilen wollte.“

„Und das wäre?“, fragte Linda.

„Bitte, Oliwia“, sagte Lady Kaa, setzte die grüne Brille ab und lehnte sich in ihrem Stuhl zurück. Oliwia schaltete den Bildschirm ein.

„Hallo, Berlin!“ Bernie Goldsmith saß auf seiner Couch im San Remo.

„Hallo Bernie.“

„Onkel Bernie.“

Die in Berlin Versammelten sahen auf dem Bildschirm Bernhard Goldsmith in seinem Apartment sitzen.

„Wir haben uns zu einer kleinen Videokonferenz entschlossen und begrüßen unseren Kollegen Hüseyin Aydin hinter der Kamera.“

„In Berlin bedient Oliwia die Technik.“

Oliwia erfasste mit der Kamera alle Besucher und stellte diese vor.

„Hier ist außer mir und Bernie noch Mort Eisenman“, sagte Hüseyin und schwenkte auf den Kunsthändler.

„Fein“, sagte Alice, „dann können wir ja getrost anfangen. Ich bitte euch, Sie alle, um die Erlaubnis, unser transatlantisches Gespräch aufzuzeichnen. Ist jemand dagegen?“

Offensichtlich traute sich niemand, dagegen zu stimmen. „Dann können wir ja weitermachen. Also, ich sagte bereits, dass sowohl Sabine als auch Bernie mich gebeten haben, unauffällige Ermittlungen im Mordfall Sprengler anzustellen.“

„Aber wieso Bernie?“, fragte Linda.

„Bernie, willst du?“

Bernie berichtete von seinem letzten Treffen mit Siggi. „Er wollte am nächsten Tag dem Aufsichtsrat von WorldKidAid mitteilen, dass er sich entschlossen hatte, sein Testament zu ändern und seine gesamte Gemäldesammlung WorldKidAid zu vermachen."

Linda sog tief die Luft ein. Sabine setzte sich anders hin. Nils schob den Stuhl ein wenig nach vorne. Oliwia hielt ihre Reaktionen mit der Kamera fest. Aus New York sah man, wie Mort Eisenman stoisch in die Kamera blickte.

„Da hatten wir es also, unser Mordmotiv. Irgendjemand musste verhindern, dass Siggi sein Testament ändern würde. Es ging um einen Millionenbesitz an Kunstwerken, die nun nicht mehr der Familie zur Verfügung stehen sollten."

„Quatsch", sagte Linda, „wen interessieren die Bilder?"

Wie borniert muss man eigentlich sein, wie viel Geld muss man eigentlich haben, dass einen ein paar Milliönchen so total kalt lassen', fragte sich Judith.

„Es ging also darum, herauszubekommen, ob die Familie etwas von der bevorstehenden Testamentsänderung wusste. Denn wie Siggi sagte, hatte er die Familie nicht über seinen Plan in Kenntnis gesetzt. Wie also stand die Familie zu den Bildern. Dazu haben wir zunächst unsere neue Mitarbeiterin Judith Schilling als Journalistin getarnt in die Klinik geschickt."

Man hörte, wie Nils laut durchatmete. „Sie kam zu einem unglücklichen Zeitpunkt, nämlich genau in dem Moment, in dem Linda Sprengler überfallen wurde. Was Judith eine Platzwunde am Kopf einbrachte und sie auf die erste Spur unseres Mörders setzte."

Judith war rot geworden, als ihre Chefin so von ihr sprach. Sie war auf die Spur des Mörders gekommen?

„Die Frage, die wir uns anschließend stellten, war: Was haben die Männer, die Linda überfallen und Judith niedergeschlagen haben, in dem Haus gesucht? Der erste Gedanke war natürlich: die Bilder. Aber die waren ja sicher irgendwo aufbewahrt. Den Zugang zu dem Ort, wo die Bilder aufbewahrt wurden?

Und da entdeckte Judith den ersten Widerspruch. Linda hatte gesagt, dass die Männer maskiert gewesen waren. Beziehungsweise Nils hatte angegeben, seine Tante hätte gesagt, dass sie von Maskierten überfallen worden wäre. Aber Judith hatte ein, wenn auch unscharfes, Foto gemacht, auf dem der blonde Haarschopf eines Mannes und sein Profil deutlich zu erkennen waren. Linda hatte also gelogen."

„Also wirklich, ich glaube nicht, dass ich mir das anhören muss", protestierte Linda. Nils legte seine Hand auf Lindas Arm.

„Beruhige dich, Tante Lindi", sagte er.

„Was den Fall wirklich ins Rollen brachte, war allerdings eine andere Begebenheit an diesem unglückseligen Nachmittag. Judith, geschwächt von dem Schlag auf ihren Kopf, hatte eine leichte Gehirnerschütterung. Sie sackte auf der Treppe des Sprenglerschen Hauses zusammen. Instinktiv versuchte sie, sich an etwas festzuhalten. Es war ein Bilderrahmen, der nun mitsamt Judith ein paar Stufen die Treppe runterpurzelte und brach.

Nils fuhr Judith nach Hause. Wenig später wurde Judith in ihrer eigenen Wohnung überfallen, die Täter hatten ihre Handtasche aus dem Sprenglerschen Haus mitgehen lassen. Dabei hatten sie das Smartphone übersehen, auf das Judith offensichtlich gefallen war und mit dem sie das verräterische Foto gemacht hatte. Die Täter fuhren also zu ihr, betäubten sie erneut und nahmen das Handy mit. Allerdings hatte Judith uns das Foto zuvor gesendet. Da ich meine Mitarbeiter angewiesen hatte, auf Judith aufzupassen, konnte Oliwia die Täter verfolgen und wir später so ihre Identität feststellen lassen. Es handelte sich um drei polnische Staatsbürger, die Namen und die Adressen liegen uns vor.

Was also wollten die Männer bei Linda? Zugang zu den Bildern? Ich habe meine Kontakte spielen lassen. Bei den Männern, die Judith niedergeschlagen haben, handelt es sich um Mitglieder einer deutsch-polnischen Bande, die Auftragsarbeiten aller Art erledigt. Und hier stießen wir auf ein weiteres Mordmotiv, was im weiteren Verlauf der Geschichte noch eine Rolle spielen wird.

Der Chef dieser Bande, ein Mann namens Marek

Machowina, ein zu lebenslanger Haft verurteilter Verbrecher, konnte vor einigen Jahren aus der Hamburger Strafanstalt Santa Fu fliehen. Seitdem ist er untergetaucht. Man munkelt, dass Marek Machowina sich das Gesicht hat operieren und eine Fingerhauttransplantation hat vornehmen lassen. Bilderdiebstahl gehört definitiv nicht in sein Repertoire und auch nicht in das der Bande. Sie verfügen nicht über die Absatzkanäle, die für solches Diebesgut erforderlich wären. Was also wollten Bandenmitglieder von Frau Professor Dr. Linda Sprengler?“

Lady Kaa konzentrierte ihren Blick auf Linda. Oliwias Kamera fing Lindas Gesicht in Großformat ein.

„Linda?“, fragte Alice, „Möchtest du dazu etwas sagen?“

Linda schüttelte den Kopf.

Sabine rief: „Verdammt noch mal, du wärst fast gestorben, was soll das, nun sag schon, was die von dir wollten!“

Nils legte wieder seine Hand auf den Arm seiner Tante. „Tante Lindi, es wäre besser, du würdest jetzt was dazu sagen. Es ist doch klar, dass du etwas zu verbergen hattest, sonst hättest du die Männer doch sofort angezeigt.“

„Ich rede nicht vor Fremden“, sagte Linda und guckte angelegentlich aus dem Fenster.

„Das solltest du aber, Linda“, sagte Alice, „sonst

musst du nämlich vor Gericht eine Aussage unter Eid machen. Alle, die hier im Raum sind, haben im weitesten Sinne mit dem Fall zu tun, es wird Zeit, dass du redest."

Linda schüttelte den Kopf.

„Nun denn, dann werde ich das für dich übernehmen. Korrigiere mich bitte, wenn ich die Tatsachen nicht korrekt wiedergebe, Linda", sagte Alice.

Woher weiß sie so viel?, fragte sich Judith.

„Siggi und Linda, Linda und Siggi – wir haben euch immer als Einheit wahrgenommen, stimmt's, Bernie?"

Bernhard Goldsmith nickte im fernen New York. „Stimmt."

„Es gab euch nur im Doppelpack, ich würde das eine echte Geschwisterliebe nennen", sagte Alice süffisant.

Linda schaute weiter angelegentlich aus dem Fenster.

„Ihr hattet zusammen eine Klinik, die bereits Weltruf genoss, als sie noch von eurem Vater betrieben wurde. Seitdem ihr beide dort operiert habt, hat sich der gute Ruf eurer Klinik nur noch vergrößert. Allerdings ist auch an euch die Zeit nicht spurlos vorbeigegangen. Im Gegensatz zu dir Linda, schwand das Interesse an der Klinik und dem Weltruhm bei Siggi ein wenig im Laufe der Jahre. Sein Interesse verlagerte sich immer mehr Richtung Kunst. Ein teures Hobby, ich möchte sagen, ein wahrhaft teures

Hobby. Ich habe meine Mitarbeiterin Oliwia mal eure Finanzen überprüfen lassen." Drei Leute im Raum sogen hörbar die Luft ein.

„Und das sieht doch sehr komisch aus. Bis in die 90er Jahre hinein standet ihr glänzend da. Was nachgerade auch kein Wunder ist, ihr habt wirklich ein Vermögen geerbt, das sich sehen lassen kann. Mal ganz abgesehen von den Bildern, die bereits euer Urgroßvater mit viel Kunstverstand für wenig Geld gekauft hatte, hattet ihr einen weltweiten Immobilienbesitz. Ich nenne mal hier nur ein paar Eckpunkte: Die Klinik und die Remise in Berlin, ein Wohnhaus in Schöneberg, ein Häuserblock in Berlin-Wedding, eine große Wohnanlage in Wolfenbüttel, ein 6-Zimmer-Apartment in New York City, ein Apartment in Boston und eine Villa in Brewster, Massachusetts, eine Villa in Juan-les-Pins, eine Shoppingmall in North Conway, New Hampshire. Wobei ihr außer der Wohnung in New York die anderen Immobilien in den USA nicht geerbt, sondern später als Investitionen gekauft habt. Darüber hinaus habt ihr in verschiedene Fonds und Aktien investiert. Kompliment, ihr habt gut gewirtschaftet."

„Ich weiß nicht, was unsere Finanzen dich angehen sollten", sagte Linda, die jetzt Alice wütend anfunkelte.

„Du hast recht, Linda, sie gehen mich nichts an. Allerdings fiel uns auf, dass sich euer Vermögen seit den späten 90er Jahren erheblich reduziert hat."

„Blödsinn!“, rief Linda.

„Quatsch“, sagte Nils, „es ist nur umgeschichtet worden.“

„Umgeschichtet“, sagte Alice, „ist genau das richtige Wort. Ihr habt eure Immobilien nach und nach verkauft oder Hypotheken darauf aufgenommen. Dafür hat Siggi Bilder gekauft. Zurückgekauft, wie wir wissen. Es handelte sich um die Bilder, die euer Vater Walter seinem Kompagnon Richard Braun abgetreten hatte. Stimmt es so, Linda?“

Linda nickte. „So weit, so gut.“

„Übrig blieben an Immobilien nur noch die Klinik mit der Remise, das Wohnhaus in Schöneberg, die Wohnung in New York und das Haus in Juan-les-Pins, in dem bis vor kurzem Carlotta wohnte. Stimmt das so?“

„Das stimmt“, sagte Nils.

„Allerdings stimmt das nur auf dem Papier so.“

„Was?“, fragte Sabine entgeistert.

„Sowohl die Klinik als auch die New Yorker Wohnung und das Haus in Juan-les-Pins sind bis zur Halskrause belastet, das Wohnhaus in der Großgörschenstraße ist bereits in der Zwangsversteigerung.“

„Hast du das gewusst?“, fragte Sabine ihre Schwägerin.

„Natürlich habe ich das gewusst“, zischte Linda.

„Tatsache war, dass Siggi krank war. Sehr krank. Er hatte seit einigen Jahren Parkinson.“

„Wie bitte? Das hätte ich gemerkt!“, sagte Sabine.

Alice bedachte Linda mit ihrem Schlangenblick.

„Du hättest nicht mal gemerkt, wenn er tot neben dir im Bett gelegen hätte“, zischte Linda.

„Also hör’ mal, jetzt reicht’s aber!“, schrie Sabine.

„Ja, er hatte Parkinson. Er konnte nicht mehr operieren. So, nun wisst ihr es“, sagte Linda. „Na und?“

Alice setzte wieder ihre Brille auf. „Ich habe mich ein wenig schlau gemacht über die Krankheit. Aber wir haben hier zwei Ärzte im Raum, wenn ich also Quatsch erzähle, bitte ich, mich zu korrigieren.“

„Nicht nötig, Alice, ich werde das zusammenfassen“, sagte Nils. „Mein Vater hatte seit über fünfzehn Jahren Parkinson. In den ersten Jahren konnte die Krankheit sehr gut mit Medikamenten niedergedrückt werden, man nennt es auch die Honeymoon-Zeit bei Parkinson. In den letzten Jahren kam es dann zum On- und Off-Syndrom, das heißt, es gab Phasen, in denen man ihm nichts angemerkt hat, die sich mit Phasen abwechselten, in denen die Tabletten, die er nahm, unerwünschte Nebenwirkungen zeigten. Neben motorischen Störungen war es vor allem eine Kaufsucht, die ihn befallen hatte. Er kaufte Bilder wie unter Zwang. Solche Zwangshandlungen sind ein typisches Parkinson-Syndrom.“

„So und nun kommen wir zum Kern des Problems“, sagte Alice. „Linda hat seine Kaufsucht mitgetragen, so wie sie alles teilte in ihrer Beziehung zu ihrem Bruder. Vielleicht war es auch dein schlechtes Gewissen gegenüber deinem Bruder, weil du ein Verhältnis mit seiner Ehefrau angefangen hast, Linda?"

„Wer hat das denn gesagt?", rief Sabine entsetzt.

„Was du alles weißt", sagte Linda.

„War es das schlechte Gewissen?", fragte Alice noch mal.

„Quatsch, ich hatte kein schlechtes Gewissen. Ich wollte, dass Siggi glücklich ist, trotz allem, das ist alles", sagte sie. Judith stellte fest, dass sie Linda glaubte.

„Ja, ihr habt alles miteinander geteilt. Und nachdem Siggi nicht mehr operieren konnte, hast du doppelt so viel gearbeitet. Aber auch du wurdest nicht jünger und Nils hatte seine Facharztausbildung noch nicht abgeschlossen. Wer also kam auf die glorreiche Idee, die ein oder andere geheime Operation durchzuführen?"

„Was?" Das war Nils. Linda schwieg beharrlich.

„Ich vermute mal, es war Siggi. Der dich zunächst nicht einweihte. Habe ich Recht? Es wäre einfach nur logisch."

Linda verbarg ihr Gesicht in ihren Händen.

„Linda?" Alice wartete auf eine Antwort von ihr, die nicht kam.

„Nun, dann wollen wir mal weiterspinnen. Du kamst dahinter, dass dein Bruder jemandem ein anderes Gesicht gegeben hatte, um Geld für einen Kunstkauf zu bekommen."

„Das stimmt so nicht“, rief Linda. „Das ist so nicht ganz richtig.“

„Ach nein? Dann lass uns mal deine Version hören!“

„Siggi hatte keine Ahnung, wen er operieren sollte. Es ging gar nicht um ein neues Gesicht, sondern um eine Geschlechtsumwandlung.“

„Um eine Geschlechtsumwandlung?“ Jetzt war sogar Alice verblüfft.

„Siggi hatte wirklich keine Ahnung, wen er da operieren sollte. Als er dahinter kam, war es bereits zu spät. Er hatte die Operation schon durchgeführt.“

„Heißt das, dass unser Freund Marek Machowina jetzt als Maruschka durch die Gegend läuft?“, fragte Alice.

„Nein, nein, nicht Marek Machowina. Woher kennst du denn den Namen, Alice?“

Alice schwieg beharrlich. Und richtig, Linda fuhr fort: „Nein, es war ein Bekannter von Machowina, ein Kumpel. Er ist bei der Operation gestorben.“

Nils und Sabine schauten Linda fassungslos an.

„Siggi hatte einen Fehler gemacht. Und Marek Machowina hat Siggi daraufhin erpresst. Er musste ihm ein neues Gesicht verpassen.“

„Was er dir erzählt hat, nehme ich an“, sagte Alice.

„Nein, das hat er nicht. Zunächst nicht“, sagte Linda. „Aber als er mit dem Lesser Ury ankam, war klar, dass er irgendwo Bargeld aufgetrieben haben musste. Ich habe ihn so lange mit Fragen gelöchert, bis er mir gestanden hat, woher das Geld kam.“

„Jetzt wird ein Schuh draus“, sagte Alice. „Darüber gibt es in einem ordentlichen Haushalt Akten, nehme ich an“, sagte sie.

Linda nickte.

„Und diese Akten hast du als treusorgende Schwester in den Bildertresorraum geschafft, stimmt’s?“

Linda nickte wieder. Ihr liefen die Tränen runter. „Siggi hatte auch eine Hypothek auf die Klinik aufgenommen. Er war süchtig, er konnte nicht Nein sagen. Und wir konnten die Hypothek nicht mehr bedienen. Er hatte jeden Bezug zur Realität verloren, wir waren Geldsorgen einfach nicht gewöhnt. Aber wir hätten die Klinik verloren, wenn ich nicht gehandelt hätte.“

„Und so hast du Marek Machowina nun deinerseits erpresst. Stimmt’s?“

Es war ganz still geworden in dem Raum. Dann nickte Linda.

„Ja, das stimmt, ich habe in Siggis Namen Marek Machowina seine Akte zum Kauf angeboten.“ Jetzt flossen bei Linda noch mehr Tränen.

„Wusstest du, dass du dich mit einem der brutalsten Verbrecher Europas eingelassen hattest?“, fragte Alice.

Linda nickte in ihre Hände. „Ich habe Siggi so sehr geliebt. Zum Schluss habe ich ihn umgebracht. Aber ich musste doch die Klinik retten, für unseren Sohn.“

Im Raum brach ein kleiner Tumult aus.

„Was heißt hier, für euren Sohn?“, schrie Sabine. „Nils ist mein Sohn, soviel steht fest. Und glaube ja nicht, dass ich nicht gewusst habe, dass ihr mich nur als Container für euer Kind ausgesucht habt. Nur als Container. Ich habe euch belauscht. Ihr habt tatsächlich Container gesagt. Wie ich euch gehasst habe, all die Jahre. Ihr seid ein verlogenes, verkommenes Pack!“

„Und weil du Linda und Siggi so gehasst hast, hast du Siggi mit Linda betrogen, stimmt's?“, fragte Alice.

„Oh ja! Ich habe ihm das Liebste genommen, was er hatte. Jawohl, die beiden haben geglaubt, dass sie mich für dumm verkaufen können, dabei habe ich all die Jahre gewusst, was da abgegangen ist in der Klinik. Ich bin weder blind noch blöd. Inzest nennt man so was. Inzest!“

„Du bist so blöd, dass es weh tut“, sagte Linda gefährlich leise.

Im Raum wurde es ganz still. Sabine heulte, auch Linda liefen die Tränen runter. Nils reichte Linda ein Taschentuch.

„Ich rekapituliere. Linda, du hast Marek Machowina erpresst. Die Leute von Machowina haben geglaubt, dass Siggi ihn erpresst hat. Sie haben dich zweimal überfallen, um an die Akte heranzukommen. Beim ersten Mal ist Judith dazwischen gekommen. Beim zweiten Mal hast du nachgegeben und die Männer von Machowina in den Bildertresorraum geführt, wo du die Akte versteckt hattest. Ist das soweit richtig?“

Linda war aufgesprungen: „Verdammt noch mal, nun lass mich doch schon verhaften, ich habe meinen Bruder umgebracht, ich gebe es ja zu. Ich habe die Leute von Machowina auf ihn gehetzt.“ Sie brach weinend über ihrem Stuhl zusammen. Diesmal beruhigte Nils sie nicht.

„Linda, setz dich bitte wieder hin“, sagte Alice in einem Ton, wie eine Lehrerin, die eine Erstklässlerin ermahnt.

„Du hättest, wenn Nils dich nicht gerettet hätte, diese Episode mit deinem Leben bezahlt. Aber gehen wir doch noch ein bisschen zurück in der Zeit. Linda, kannst du dich noch erinnern, ab wann Siggi anfing, euer gesamtes Vermögen in Kunst zu investieren?“

„Es begann etwa vor fünfzehn Jahren. Als er Mort Eisenman kennenlernte. Auf einer Auktion in New York. Er hatte auch schon vorher Bilder gekauft, aber nicht die ganz großen Meister, nichts, was uns ruiniert hätte.“

„Oliwia hat festgestellt, dass die großen Verkäufe von Immobilien erst begannen, als Siggi Mort Eisenman in New York getroffen hat.“

Judith fragte sich, wie Oliwia dahinter gekommen war. Wahrscheinlich war alles eine Frage der Technik. Aber was für eine Technik? Hackte sie sich vielleicht in irgendwelche Computer?

Linda nickte in ihre Hände.

„Zur selben Zeit begann eure kleine Affäre unter Schwägerinnen?“, fragte Alice.

„Was bildest du dir eigentlich ein?“, schrie Sabine, „ich habe dich beauftragt Siggis Mörder zu finden. Unsere Affäre hat damit überhaupt nichts zu tun!“

„Sicher nicht“, sagte Alice. Judith war sich nicht ganz sicher, ob das eine Feststellung oder eine Frage gewesen war.

„Ich gehe mal davon aus, dass eure kleine Affäre mit dem Beginn der Parkinson-Krankheit beziehungsweise deren Vorboten zusammenfiel. Siggis Appetit auf Sex ließ wohl etwas nach“, sagte Alice.

„Der hatte nie Appetit auf Sex“, sagte Sabine.

Linda weinte immer noch in ihre Hände.

„Und deshalb hast du, liebe Sabine, es mit jedem getrieben, der deinem Mann nahestand.“

„Was heißt das denn? Wieso mit jedem?“, fragte Sabine.

„Ich meine zum Beispiel deine jahrelange Affäre mit Mort Eisenman.“

Hüseyin war schnell genug, um das Gesicht von Eisenman mit der Kamera einzufangen.

„Woher zum Teufel ...“, fluchte Eisenman.

„Du hast es gerade nötig hier den Moralapostel zu spielen“, giftete Sabine Alice an. „Du hast doch alles gebumst, was nicht schnell genug weggelaufen ist“, rief sie.

Man hörte Bernie laut lachen.

„So, also das wäre bestätigt. Seit wann seid ihr denn schon ein Paar?"

Sabine antwortete nicht. Linda hob den Kopf und sagte: „Ach so, die ganzen Einkaufstrips nach New York. Ich verstehe. Die Wochenenden in Stony Brook. Du und Mort auf Long Island. Jetzt macht das alles Sinn. Ich würde sagen, seit dem Renoir. Vor ungefähr zehn Jahren. Stimmt's?"

„Ja, der Renoir", sagte Alice. „Der Anfang vom Ende. Das Ende vom Anfang. Liegen wir da richtig, Mort?"

„Was soll der Quatsch?", sagte Mort.

„Das lässt sich nachprüfen, Stony Brook ist ein Nest, wir brauchen nur die Nachbarn zu fragen."

Eisenman sagte: „Ja, ja, ungefähr vor zehn Jahren."

„Zehn Jahre, was für eine lange Zeit."

„Schnee von gestern", sagte Sabine.

„Ach so?" Alice tat ehrlich erstaunt. „Und ich dachte, dass ihr jetzt endlich heiraten könnt."

Sabine schwieg. Eisenman auch.

„Vielleicht gehen wir noch ein wenig zurück in der Zeit. Mort Eisenman, nicht allen hier im Raum sind Sie bekannt. Sie wurden, wenn meine Unterlagen stimmen, 1940 in Los Angeles geboren. Ist das richtig?"

„Das ist kein Geheimnis, oder?"

„Als Sohn von Elly Eisenman, geborene Löbel, ist das richtig?"

„Das ist richtig."

„Ihr Vater Isaac war Kunsthändler, wenn ich mich nicht irre. Er hat im Laufe seines Lebens ein weltberühmtes Kunsthaus aufgebaut, während er in Los Angeles, Paris und in London tätig war, haben Sie seine Geschäfte später in New York übernommen. Stimmt das so?"

„Das kann jeder auf meiner Webseite nachlesen."

„Ihre Mutter war Deutsche, wie ihr Mädchenname Eleonore Löbel schon sagt."

„Auch das ist kein Verbrechen, mein Vater war ebenfalls deutschstämmig."

„Das ist so nicht ganz richtig, Isaac Eisenman war nicht Ihr richtiger Vater, Ihr richtiger Vater war ebenso wie ihre Mutter Deutscher. Er hieß Richard Braun."

Man hörte, wie einige im Raum laut durchatmeten. Und dann brachen die Fragen los.

„Wie bitte?", fragte Bernie.

„Was, du bist der Sohn von Nora?", fragte Linda, während sie sich die Tränen abwischte.

„Wieso hast du denn nie etwas gesagt, du wusstest doch, dass Siggi wie besessen Nora Braun gesucht hat?", fragte Nils.

Eisenman sagte nichts.

„Mort, sag doch was", rief Sabine. Sie sah ehrlich schockiert aus, fand Judith. Sie hat es auch nicht gewusst, dachte sie.

Statt Eisenman redete Alice.

„Die Recherchen von Siggi und seinem Vater Walter hatten ergeben, dass die schwangere Nora Braun mit ihrem Ehemann Richard 1940 in New York an Land gegangen war. Sie hatten offensichtlich, wie verabredet, die von Walter hinterlegten Bilder gefunden, ebenso die Expertisen. Die Kaufunterlagen hatten sie dabei. Kurz darauf ist Richard Braun an einer Lungenentzündung gestorben. Nora Braun hat dann die Bilder an Isaac Eisenman zum Verkauf gegeben, das ist durch die Herkunftsnachweise der inzwischen von Siggi zurückgekauften Bilder belegt. Danach verlor sich jede Spur von Nora Braun. Nora Braun war hochschwanger, ist aber niemals in New York niedergekommen. Weil Isaac Eisenman sie nach Los Angeles geholt hat. Habe ich recht, Mort?" Alle Blicke waren auf den Bildschirm gerichtet.

„Ja, so what?", sagte der Kunsthändler achselzuckend.

„Warum haben Sie Siggi nicht gesagt, dass Sie der Sohn von Nora Braun sind?", fragte Alice.

„Ist doch egal, oder?", sagte Eisenman.

„Wir wären nie darauf gekommen, warum Sie das verheimlicht haben, wenn uns in Berlin nicht mehrere kleine Missgeschicke auf den Grund gebracht hätten."

„Da ich bin aber sehr gespannt", sagte Mort Eisenman, der ein gutes, aber nicht akzentfreies Deutsch sprach.

„Wir erinnern uns", sagte Alice, „dass Judith an

ihrem ersten Arbeitstag auf der Treppe der Sprenglerschen Klinik schwarz vor Augen wurde. Instinktiv hatte sie sich an der Wand festgehalten und dabei ein Bild heruntergerissen. Der Zufall wollte es, dass Judiths Vater ein renommierter Möbelrestaurator ist. Judith bat Nils also darum, ihren Vater den Schaden beheben zu lassen.“

„Ja klar, war doch kein Problem, es war schließlich nur ein altes, nachgemaltes Bild in einem zugegeben sehr hübschen Rahmen“, sagte Nils.

„Judith brachte das Bild also ihrem Vater. Und hier passierte nun das zweite kleine Missgeschick. Ihr Vater hatte das Bild an seine Werkbank gelehnt. Beim Zurechtrücken eines Sofas, das er gerade restauriert hatte, stolperte er und trat mit dem Absatz in das Bild in dem leicht ramponierten Rahmen. Die Leinwand des Bildes riss. Habe ich das so richtig wiedergegeben, Herr Schilling?“

Judiths Vater nickte.

„Dann erzählen Sie doch bitte weiter, was passiert ist“, sagte Alice.

Judiths Vater räusperte sich. „Ich war völlig außer mir, ich wollte doch, dass meine Tochter Ehre einlegt mit meiner Arbeit, stattdessen habe ich das Ding kaputt gemacht. Der Rahmen war nicht das Problem, wenn der meine Werkstatt verlässt, sieht er besser aus als vorher. Aber die Leinwand des Bildes war gerissen. Auch wenn Judith gesagt hatte, dass das Bild an sich wertlos sei, es sah gut aus und alt war es auch, also, ich war in Panik. Und deshalb habe ich das Bild zu Egon Romanowski gebracht.“ Wolfgang Schilling zeigte auf den Mann neben sich.

„Wir haben früher am Gorki-Theater zusammen gearbeitet, Egon hat sich in seiner Freizeit auf die Restaurierung von alten Gemälden spezialisiert.“

„Und das hat den Stein ins Rollen gebracht“, sagte Alice. „Aber bevor wir hören, was Egon zu sagen hat, gab es eine andere Begebenheit, die uns alle erschüttert hat. Carlotta hatte eines der von ihr namentlich geerbten Bilder zur Versteigerung freigegeben. Gehe ich richtig in der Annahme, Nils, dass du Carlotta umstimmen wolltest, als du zusammen mit Judith nach Juan-les-Pins gefahren bist?“

Nils nickte. „Ich konnte doch nicht zulassen, dass sie so kurz nach dem Tod unseres Vaters das Familienvermögen verschleudert“, sagte er. „Carlotta war rauschgiftsüchtig, sie hätte das Geld aus dem Verkauf des Bildes innerhalb kürzester Zeit in Heroin umgesetzt.“

„Carlotta ist in der Nacht, in der ihr in Juan-les-Pins wart, an einer Überdosis Rauschgift gestorben. Ist das richtig so?“

„Ja, leider“, sagte er mit belegter Stimme.

„Du bist Arzt. Und du konntest ihr nicht mehr helfen?“, fragte Alice mit hochgezogener Augenbraue.

„Nein, als ich sie gefunden habe, war sie bereits tot. Sie hatte sich den goldenen Schuss gesetzt. Die

Polizei ermittelt noch, von wem sie den offensichtlich unverschnittenen Stoff erhalten hatte", sagte er.

Alice nickte. „Ja, das war eine Frage, die wir uns auch gestellt haben. Und vor allem haben wir uns die Frage gestellt, wer hatte etwas davon, dass Carlotta starb. Judith hat in jener Nacht sehr schnell getickt und dich, Nils, als Verdächtigten ausgemacht.

War es möglich, dass du deine Schwester getötet hast, damit sie nicht euer Erbe verschwendet? Ja, es war möglich. Und in Anbetracht der Tatsache, dass du Judith mitgenommen hast nach Juan-les-Pins, auch durchaus wahrscheinlich. So konntest du dir ein wunderbares Alibi verschaffen. Pech nur, dass Judith aufgewacht war.

War es vielleicht sogar möglich, dass du es warst, der den Mord an deinem Vater in Auftrag gegeben hat, damit er nicht die Sammlung an WorldKidAid vermacht? Judith hatte dich an dem Abend angerufen, als Elke, die im Übrigen ebenfalls meine Mitarbeiterin ist, überfallen wurde. Und du hast so getan, als ob nichts passiert sei. Das hat Judith stutzig gemacht, aber sie konnte wohl nicht mehr zurück. Wieso hast du Judith den Überfall eigentlich verheimlicht?", fragte Alice.

„Ich wollte nicht, dass sie Angst kriegt", sagte Nils.

„Deshalb hat Judith sich auch vollkommen richtig verhalten, indem sie die Flucht antrat", sagte Alice.

Judith war rot geworden, die Flucht nach Genua

würde wohl ihr ganzes Leben lang als Peinlichkeit in ihrem Gedächtnis kleben bleiben wie die Loriotsche Nudel. Aus Alices Mund hörte es sich allerdings gar nicht mehr so peinlich, sondern eher vernünftig an.

„Natürlich hätte das mit Carlotta auch ein Unfall sein können, aber das wären ein paar zu viele der Zufälle gewesen."

„Es war kein Unfall", sagte Linda. „Die Männer von Marek haben mir gesagt, das mit Carlotta sei eine Warnung gewesen. Da wusste ich aber noch nicht, dass Carlotta tot ist."

„Marek hat in vielen Geschäften seine Hände drin, auch im Handel mit Heroin und Koks", erklärte Alice den Anwesenden.

Woher sie das wohl wusste?, fragte sich Judith.

Sabine war aufgesprungen und stürzte sich auf Linda. Schreiend schlug sie auf sie ein. Nils stand auf und versuchte, seine total hysterische Mutter zurückzuhalten.

„Sabine, beruhige dich, Linda konnte nun wirklich nichts dafür. Setz dich! Es kommt nämlich noch schlimmer", sagte Alice. „Wir waren inzwischen auf des Pudels Kern gestoßen. Denn wir erfuhren, was sich zur selben Zeit jenseits der Berliner Stadtgrenze in Blankenfelde abgespielt hatte."

Sabine hatte sich schluchzend in den grünen Designersessel geworfen.

„Egon Romanowski machte sich noch am selben Abend, als Judiths Vater ihm das Bild brachte, an die Arbeit. Vielleicht können Sie uns erzählen, was Sie gemacht haben, Herr Romanowski."

Egon Romanowski, der sich sichtlich unwohl in der Versammlung fühlte, räusperte sich. „Ja, also, normalerweise zieht man sich am Rand des Bildes einen Faden aus der Leinwand, um den Riss zu nähen. Dann säubert man die Kanten, vernäht den Riss, und übermalt das Stück drum herum, das man vorher freigelegt hat. Dafür muss man das Alter des Bildes bestimmen, denn es kommt darauf an, mit welchen Farben so ein Bild gemalt worden ist."

„Und wie bestimmt man das?"

„Man kratzt ein Stück der Farbe am Riss ab, am besten weiß. Es war ganz klar eine wasserlösliche Farbe, also kein Problem, diese abzuwaschen. Ich habe sofort gesehen, dass sich unter dem Bild ein weiteres Bild befand."

„Und das war ungewöhnlich?", fragte Alice.

„Ganz und gar nicht. Leinwand ist teuer. Und viele Künstler, gestern so wie heute, übermalen dann einfach mal ein Bild, das sie als nicht gelungen ansehen."

„Was passierte dann?"

„Ich habe also die Farbe rund um den Riss abgewaschen."

„Und was haben Sie darunter gesehen?"

„Einen Teil der Signatur von Claude Monet. Und zwar fast direkt unter der Signatur auf der Übermalung. Aber das war auch nicht weiter ungewöhnlich, denn wenn der Maler ein anderes Bild vorher abgekupfert hatte und es ihm nicht so recht gelungen war, dann lag es nahe, das Ding zu übermalen und sich an einem anderen Werk zu versuchen. Aber das Werk, das unten drunter war, war eindeutig sehr viel älter als die Übermalung. Die Leinwand entsprach in etwa dem Alter des Monetschen Originals. Wolfgang fragte mir ein Loch in den Bauch, wie man rauskriegen könnte, was darunter ist. Also habe ich mich breitschlagen lassen und habe das Ding zu meinem Schwager gebracht. Das ist Professor Peter Holtheimer."

„Der heute hier auch anwesend ist, vielen Dank, dass Sie gekommen sind, Herr Professor Holtheimer."

Der Professor nickte gnädig. Er war Judith bereits auf den ersten Blick unsympathisch gewesen.

„Ja, mein Schwager hat mich darum gebeten, nachzuschauen, was sich unter dieser wirklich schlechten Claude Monet-Kopie befindet. Ich mache so etwas normalerweise nicht. Ich hatte ein paar Tage nicht an das Bild gedacht, aber dann habe ich es mit ins Institut genommen und meinem Doktoranden, Herrn Gazlig, als Übungsobjekt zur Analyse gegeben."

„Können Sie für unsere Freunde in New York erklären, was Ihr Doktorand mit dem Bild tun sollte?"

„Er sollte das Bild unter der Übermalung sichtbar machen", sagte der Professor. „Gazlig, Sie haben doch selbst einen Mund, berichten Sie."

Timo Gazlig war die ganze Zeit unruhig auf seinem Stuhl hin und her gerutscht.

„Bitte, Herr Gazlig“, sagte Alice, „berichten Sie uns.“

„Ich habe eine Reflektografie angefertigt, also mit Infrarot das Bild, das unter der Übermalung lag, sichtbar gemacht.“

„Und was haben Sie darunter gefunden?“

„Ein Bild von Claude Monet. Aus der Serie ‚Die Hütte des Zollwärters in Varengeville‘.“

„Haben Sie das Ihrem Doktorvater gesagt?“

„Ja, er hat gesagt, dass das Quatsch sei.“

„Was haben Sie dann gemacht, Herr Professor?“, fragte Alice.

„Was soll ich gemacht haben? Ich hatte keinen offiziellen Auftrag, so ein Gutachten kostet Geld, Zeit, Personal. Ich wollte das Bild meinem Schwager zurückgegeben, damit er es restaurieren kann. Aber mein ehrgeiziger Herr Gazlig hatte die gesamte Kopie abgewaschen, nur um unten drunter eine weitere Kopie zu finden. Ich habe ihm gesagt, dass er das mal lieber selbst meinem Schwager beichten solle, ich hatte wirklich keine Lust auf seine Vorträge.“

„Und, Herr Gazlig, haben Sie Herrn Romanowski Ihre sogenannte Schandtat gebeichtet?“

Gazlig war rot geworden. Er räusperte sich, wobei sein spitzer Adamsapfel Fahrstuhl fuhr. „Als ich Herrn Romanowski anrief, fragte er mich, ob er recht gehabt hätte, es wäre doch wohl das Original. Das habe ich ihm bestätigt.“

„Herr Romanowski: Wieso waren Sie sich so sicher, dass unter der schlechten Kopie ein Original steckte?"

„Bauchgefühl", brummte er.

„Herr Professor Holtheimer, war ‚Die Hütte des Zollwärters in Varengeville' das Original des Bildes von Monet?"

„Mein verehrter Herr Schwager behauptet das. Und mein Doktorand behauptet das. Es konnte aber gar nicht das Original sein, denn das Original sollte bei Sotheby's versteigert werden", sagte der Professor.

„Wussten Sie, wo sich zu diesem Zeitpunkt das Original befand?"

„Ich habe absolut keine Ahnung", sagte der Professor.

„Wozu muss ich mir das eigentlich alles anhören?", fragte Mort Eisenman in New York.

„Bitte haben Sie noch ein wenig Geduld, Mort, wir kommen gleich auf Sie zurück."

„Ich habe einen Termin!"

„Bitte, bleiben Sie noch, wir haben noch das eine oder andere zu klären", sagte Lady Kaa und bedachte die Kamera mit ihrem hypnotischen Blick.

„Wir haben von Herrn Gazlig noch am selben Abend erfahren, dass es sich seiner Meinung nach um das Original handelte", sagte Alice.

„Quatsch, der Junge hat doch überhaupt keine Ahnung!", sagte der Professor. „Der ist nur so ehrgeizig, dass er hinter jeder billigen Kopie den sensationellsten Kunstfund aller Zeiten vermutet."

„Das haben wir auch vermutet. Zunächst. Aber wir mussten sicher gehen. Nils, Sabine, Linda, habt ihr euch eigentlich nicht gewundert, dass plötzlich eine Lesser Ury-Kopie in der Klinik geklaut wurde? Ich hatte meine liebe Freundin Elke bei Sabine als Haushälterin untergebracht, damit sie euch unauffällig im Auge behalten und beschützen kann, falls notwendig. Nun aber musste Elke für uns eine Kleinigkeit erledigen. Sie musste unauffällig eine Lesser Ury-Kopie ausleihen, damit auch diese von Timo Gazlig untersucht werden konnte.

Würde er beim zweiten Bild ebenfalls fündig werden, wäre seine Theorie damit erhärtet. Aber so ganz unauffällig kann man so ein großes Bild nicht ausleihen, deshalb hat Elke zusammen mit einem Spezialisten einen Einbruch vorgetäuscht. Einmal Schauspielerin, immer Schauspielerin und die Verletzte gab Elke schon immer hervorragend.

Deshalb musste sie auch unbedingt in ein Krankenhaus gebracht werden, damit du, Nils, nicht merkst, dass die Wunde an ihrem Kopf Theaterschminke war. Unser Spezialist hat dann das Bild mit Hilfe von Judiths Vater und Egon Romanowski zu Timo Gazlig gebracht, der sofort herausfand, dass sich darunter ebenfalls ein anderer Lesser Ury befand. Die Drei haben dann das Bild in die Werkstatt von Romanowski gebracht und dort in

Ruhe freigelegt. Es gibt absolut keinen Zweifel, auch bei diesem Bild handelt es sich um ein Original. Wir können davon ausgehen, dass alle Bilder, die in der Klinik hängen, übermalte Originale sind."

Judith sah, wie Eisenman immer unruhiger wurde in New York. Hüseyin hatte ihn ins Visier genommen. Jetzt war auch Alice aufgefallen, dass Eisenman dabei war, aufzustehen.

„Mort, ich möchte Sie dringend bitten, bevor Sie gehen, uns noch die spannende Geschichte Ihrer Mutter zu erzählen."

„Ich weiß nicht, was an der Geschichte meiner Mutter so spannend ist", sagte Eisenman.

„Ich sagte bereits vor einiger Zeit, dass wir noch nicht des Pudels Kern gefunden hatten. Ich bin davon überzeugt, dass dieser Fall weit in die Vergangenheit hineinreicht. Ihre Mutter, Eleonore, ging also mit Ihnen nach Los Angeles und heiratete Isaac Eisenman, der Sie adoptierte. Die Bilder, die Walter Sprengler für die Brauns in New York deponiert hatte, waren, wenn die Recherchen von Hüseyin zutreffen, sozusagen der Grundstein der internationalen Galerie Eisenman. Ihr Vater hat damit seinen Weltruhm begründet. Sind wir uns soweit einig, Mort?"

„Ja und?", fragte Mort, sichtlich schlecht gelaunt.

„‚Die Hütte des Zollwärters in Varengeville', die demnächst bei Sotheby's angeboten wird, stammt aus diesem Konvolut. Ihre Mutter Nora war im Besitz der Echtheitszertifikate. Wie also konnte der Doktorand von Professor Holtheimer ‚Die Hütte des Zollwärters in Varengeville' freilegen und für echt befinden?"

„Weil er ein Doktorand ist und von Tuten und Blasen keine Ahnung hat", sagte Holtheimer.

„Ein blutiger Anfänger", sagte Mort Eisenman.

„So, ein Anfänger. Das genau ist nämlich das Problem, Mort Eisenman. Ihr Vater hatte sehr bald erkannt, dass die Bilder, die sich in Noras Besitz befanden, Fälschungen waren. Da Nora aber über die Echtheitszertifikate verfügte, konnte Ihr Vater die Bilder auch als echt verkaufen. Der Erfolg und Reichtum Ihrer Firma und Familie, lieber Mort, ist mit Fälschungen begründet worden. Ihre Mutter Nora hat das Walter Sprengler nie verziehen. Ihr Vater Isaac musste nur dafür sorgen, dass die Originale nie auftauchen würden. Was also lag näher, als die Kopien dem Sohn von Walter Sprengler zurück zu verkaufen? Damit waren Sie aus der Gefahrenzone heraus. Denn sollten irgendwo die echten Werke auftauchen, wäre der gute Ruf des Hauses Eisenman dahin gewesen. So ist es doch gewesen, Mort, oder?"

Hüseyin hatte die Kamera auf Mort gerichtet. Man sah an seinen Wangen, wie es in ihm arbeitete.

„Dieser Scheißkerl hat betrogen meine Eltern. Erst er hat unter dem Deckmäntelchen des Wohltäters meinem Vater abgenommen die Klinik, und dann er hat gegeben meinen Eltern Fälschungen als Tauschobjekt. Er war ein Nazischwein. Meine Mutter ihn hat gehasst abgrundtief. Mort, hat sie zu mir gesagt, es nie darf herauskommen, wie wir haben überlebt, aber wenn es dir gelingt diese Sippe zu ruinieren, dann ist das nichts als ausgleichende Gerechtigkeit. Jawoll, ich habe Sigurd Sprengler die Fälschungen zurück verkauft, die sein Vater meinen Eltern angedreht hat."

Die anwesenden Sprenglers waren durch die Bank blass geworden.

„Bist du verrückt geworden, du hast dir unser gesamtes Vermögen mit Fälschungen unter den Nagel gerissen?", schrie Sabine.

Linda saß zunächst starr in ihrem Sessel. Dann fing sie an zu lachen. Sie lachte so lange, bis ihr die Tränen herunter kullerten. Nils starrte fassungslos in die Kamera. Er war wohl der Erste, der das soeben Gesagte in seiner ganzen Tragweite begriff.

„Ich fasse also mal zusammen", sagte er, ungläubig den Kopf schüttelnd, „mein Großvater Walter hat der Familie Braun Fälschungen angedreht. Ich bin mir im Übrigen gar nicht so sicher, dass mein Großvater wusste, dass es sich dabei um Fälschungen handelte. Und wenn er es gewusst hat, könnte es vielleicht sein, dass er die Originale schützen wollte und sie nach der Naziherrschaft gegen die Fälschungen austauschen wollte? Ihm muss doch klar gewesen sein, dass man mit einer echten Expertise jede halbwegs gute Fälschung verkaufen kann."

„Er hat es nicht gewusst, Nils“, sagte Linda. „Er kann es nicht gewusst haben, denn er hat jahrzehntelang nach Nora gesucht.“

„Ja, vielleicht, um ihr die echten Bilder zu geben.“

„Nein, die Fälschungen waren ja bereits verkauft und Nora war wie vom Erdboden verschluckt“, sagte Linda.

„Moment mal“, sagte Professor Holtheimer. „Darf ich mal fragen, wann Ihr Vater die Bilder nach Amerika gebracht hat?“

Linda überlegte. „Mein Vater hat immer erzählt, dass Richard Braun 1940 gestorben sei und Nora die Bilder danach abgeholt hatte.“

„Aber 1940 konnte Ihr Vater auf gar keinen Fall irgendeinen Kunstbesitz aus Deutschland herausschmuggeln“, sagte Holtheimer. „Deutschland befand sich bereits im Krieg und glauben Sie mir, die Nazis waren mit dem deutschen Kunstbesitz sehr eigen. Wann sind denn Ihre Eltern nach Amerika gekommen?“, fragte Holtheimer in Richtung Mort Eisenman.

„Meine Eltern waren über Prag, Paris und Lissabon nach Amerika gekommen, sie landeten noch vor meiner Geburt 1940 in New York.“

„Wissen Sie, wann Ihre Eltern aus Berlin geflohen sind?“, fragte Holtheimer.

„Ich glaube, 1937“, sagte Eisenman.

„Wenn die Bilder zu diesem Zeitpunkt nach Amerika geschafft worden waren, dann gab es auch 1937 nur eine Möglichkeit: Die Bilder mussten bereits im Ausland gelagert gewesen sein“, sagte Holtheimer.

„Capri“, sagte Linda. „Wäre es möglich, dass mein Großvater die Bilder in Capri gelagert hatte?“

„Capri? Ja, Capri war damals bereits eine Künstlerkolonie. Und 1937 hätte man es vielleicht auch noch geschafft, Gemälde von Capri nach Amerika zu verschiffen. Ja, das wäre realistisch“, sagte der Professor.

„Und was wäre, wenn die Originale, die ja offensichtlich, um sie zu verstecken, mit Kopien übermalt waren, mit den einfachen Kopien aus Versehen beim Verschiffen vertauscht worden sind?“, fragte Linda.

Der Professor fing an, schallend zu lachen. „Was für eine Idee! Sie meinen, Ihr Vater wollte gleichzeitig Kopien der Gemälde als Souvenir nach Berlin bringen lassen? Wahrscheinlich hat er für den Zoll sowohl die übermalten Originale als auch die Fälschungen als Kopien deklariert.“

„Niemand von uns hat es gewusst, mein Vater bestimmt auch nicht, er hätte sonst dazu etwas in seinem Testament vermerkt“, sagte Linda. „Siggi hätte die Bilder nicht gekauft, ich hätte ihm nicht auch noch Geld für Fälschungen beschafft. Und wir hätten die Fälschungen nicht in unserem einbruchsicheren Tresor für viel Geld gelagert. Unser Vater hat uns zwar ganz oft die Geschichte von Richard und Nora erzählt, aber er hat uns nie erzählt, wie er die Bilder aus Deutschland herausgebracht hat. Wir haben treu und brav die zurückgekauften Bilder in unserem Tresorkeller gelagert, der im Krieg ja als Luftschutzkeller gedient hatte und das, was wir für Kopien gehalten haben, hing immer schon an den Wänden der Villa. Wir haben nicht eine Sekunde geahnt, dass sich unter den Kopien im Haus die Originale befinden."

„Genauso ist es. Die Frage, die wir hier und heute zu lösen haben, ist aber nicht, ob Walter Sprengler seinen Kompagnon wissentlich betrogen hat, sondern wer Sigurd Sprengler umgebracht hat", sagte Alice.

„Ganz schön viele Motive auf einen Haufen", sagte Bernie. „Wenn ich mal fasse zusammen, dann haben alle Erben von Siggi ein Motiv und auch Mort, Sie haben eine Motiv."

„Wieso sollte ich Siggi töten? Ich hatte kein Motiv", rief Mort Eisenman, der zunehmend nervöser wurde.

„Bernie, was wäre passiert, wenn die Bilder WorldKidAid vermacht worden wären?", fragte Alice.

„Wir hätten sie gegeben selbstverständlich in eine Auktionshaus. Ich bin sicher, dass Museen die Bilder gekauft hätten. Die Möglichkeit bestand, diese Bilder als Fälschungen zu identifizieren, richtig?"

„Heißt das, dass Sie mich beschuldigen, Sigurd Sprengler ermordet zu haben? Ich habe eine Alibi für die Tatzeit!", rief Mort Eisenman.

„Selbstverständlich, Mort, haben Sie ein Alibi", sagte Alice. „In unseren Kreisen arbeitet man nicht selbst. Aber niemand will Sie des Mordes bezichtigen, obwohl Sie fast Schuld waren an dem Tod von Linda Sprengler. Das wäre dann lupenreiner Totschlag gewesen. Linda hat nur durch Glück und die schnelle und gute Reaktion von Nils überlebt. Natürlich konnten Sie nicht wissen, Mort, dass sich zu dem Zeitpunkt, den sich Ihre Handlanger ausgesucht hatten, Linda in dem Tresorraum befand. Fast wären sämtliche Kunstwerke vernichtet worden."

„Das ist doch …"

„Das ist doch besser als für einen Mord gerade zu stehen. Nein, Mort, Sie sind nicht der Auftraggeber für einen Mord, Sie brauchten niemanden aus dem Weg zu räumen, Sie hätten nur für einen kleinen Brand sorgen müssen. Die Fahndung nach den Mittelsmännern läuft. Es gibt eine ziemlich gute Beschreibung des Täters von einer Zeugin. Mort, Sie sollten vorerst von Besuchen in Deutschland Abstand nehmen.

Aber von irgendjemandem musste Mort auch erfahren haben, wie man in den Tresorraum kam. Den Zugangscode zu dem Kellerverlies, den hatten Sie von Ihrer Geliebten, nicht wahr, Sabine?"

„Du elender Idiot", kreischte Sabine.

„Aber wer hat denn nun den Auftrag gegeben, an diesem Abend Siggi Sprengler zu töten? Mort scheidet also aus", sagte Alice. „Linda? Sie hatte dazu keinen Grund, sie hat ihren Bruder abgöttisch geliebt. Nils? Nils wusste nicht, dass sein Vater vorhatte, die Bilder WorldKidAid zu vererben, wie wir gesichert von Bernie wissen. Wir hätten ihm das gern nachgewiesen und nachdem Carlotta so plötzlich verschieden ist, stand Nils auf Platz eins unserer Verdächtigenliste.

Mort, Sie waren der Letzte, der mit Siggi telefoniert hat. Sie wussten genau, wo Siggi sich befand, er wollte Sie an diesem Abend noch sehen. Sie hatten an diesem Abend noch einen Anruf aus Deutschland. Aus dem Hause Sprengler. Ist das richtig?"

„Das kann man nachprüfen. Oh mein Gott! Soll das heißen, dass du …?"

„Halt's Maul", schrie Sabine, sie war aufgesprungen.

„Sabine, bleib doch einfach in dem gemütlichen, grünen Sessel sitzen und dann erzähl uns mal, worüber ihr am Todestag von Siggi so geplaudert habt."

„Das geht euch gar nichts an", sagte sie, während sich ihre Augen mit Tränen füllten.

„Mama?" Nils war aufgesprungen. „Aber, das kann doch nicht wahr sein, sag, dass es nicht stimmt …"

„Setz dich, Nils." Lady Kaa hörte sich jetzt wirklich an wie eine Grundschullehrerin, fand Judith.

„Ihr habt mich alle für dumm gehalten. Wie oft habt ihr so getan, als ob ich gar nicht da bin, weil ich ja sowieso zu dämlich bin, eurer Unterhaltung zu folgen. Zum Schluss brauchtet ihr mich, um eurer ganzes verdammtes Vermögen behalten zu können. Ich habe euch so gehasst, Siggi und Lindi. Ich könnte stundenlang auf den Tisch kotzen, wenn ich nur eure Namen höre. Stundenlang. Das habe ich doch für meine Tochter getan", sagte Sabine und brach dann weinend im grünen Sessel zusammen. „Für Carlotta, und jetzt ist Carlotta tot und …"

„Was und, Mama?", fragte Nils. „Bist du eigentlich wahnsinnig geworden?"

„Sag mal, Sabine, wie bist du denn überhaupt an einen Auftragskiller gekommen?", fragte Alice. „Das ist ja doch eine beachtliche Leistung, wenn man bedenkt, dass du in Deutschland wohnst."

„Ich hatte einen Kontakt über eine deutsche Freundin in Brewster", sagte Sabine schluchzend. „Aber jetzt ist meine Tochter tot und wir haben nichts mehr, keine Bilder, kein Geld, nichts, nichts. Die Klinik wirst du wohl auch verlieren, Nils."

„Das wird er nicht!", sagte Linda. „Er ist ein brillanter Chirurg. Und die Original-Bilder, die hängen, wie wir soeben erfahren haben, bei uns an den Wänden."

„Vielleicht solltet ihr den letzten Willen von Sigurd Sprengler erfüllen und versuchen, eine alte Schuld wieder gutzumachen – ob das mit den Kopien nun böswillige Absicht oder vorausschauende Hilfe oder einfach nur eine Verwechslung gewesen ist, lassen wir einmal beiseite. Ich finde, die Originale sollten für WorldKidAid versteigert werden. Ich bin sicher, dass Mort euch dabei gut unterstützen wird", sagte Bernie.

Judith fasste es nicht. Sollte das heißen, dass Mort so ganz ungeschoren davon kommen sollte? Hätte er nicht fast Lindas Tod verschuldet?

Linda legte eine Hand auf den Arm von Nils. „So sollten wir es machen, Nils", sagte sie.

Judith sah, wie Nils nickte. Ihr Herz tat einen kleinen Sprung. „Wenn du von einer Anzeige Abstand nimmst?", sagte er.

Alice lächelte. „Ich bin sicher, dass Mort uns noch den einen oder anderen Gefallen tun kann", sagte sie süffisant. „Ich spende freiwillig eine Million Dollar für WorldKidAid", sagte Mort kleinlaut.

„Ich hatte da eher an fünf Millionen Dollar gedacht, Mort", sagte Alice. „Wir haben das überprüft, Sie können sich das leisten."

„Fünf Millionen? Aus versteuertem Geld? Das ist viel zu viel, danach bin ich pleite!", sagte Mort.

„Eben. Angemessen. Wenn Linda von einer Anzeige Abstand nimmt", sagte Alice.

Linda nickt. „Okay, wenn Mort damit einverstanden ist."

Judith sah, wie der Kunsthändler die Zähne zusammenbiss. Hatte er eine andere Wahl?

Sabine saß heulend auf dem grünen Stuhl.

„Es bleibt die Frage, was wir jetzt mit dir machen, Sabine", sagte Alice. „Soweit es mich betrifft, habe ich den Auftrag, den du mir gegeben hast, erfüllt. Vielleicht solltest du dich selbst anzeigen. Genug mildernde Umstände können wir dir schließlich bescheinigen. Trotzdem war es kaltblütiger Mord. Mit Totschlag wirst du da nicht wegkommen."

„Ich werde darüber nachdenken", sagte Sabine und erhob sich. Langsam, rückwärtsgehend, verließ sie den Raum. Niemand hielt sie auf.

Epilog

Beerdigungen waren in Judiths Arbeitsvertrag nicht vorgesehen. Sie stand fröstelnd in ihrem schwarzen, ärmellosen Kleid vor der Kapelle und schaute in die bleichen Gesichter der kleinen Trauergemeinde. Selbst am Himmel schien Geiz geil zu sein, die Sonne hatte in diesem Sommer jedenfalls keine Lust, auch nur annähernd ihr Arbeitspensum zu schaffen. Judith wickelte die selbst gehäkelte Stola fester um ihre Schultern und fragte sich, ob es wirklich erst sechs Wochen her war, dass sie diesen Arbeitsvertrag bei Alice von Kaldenberg unterzeichnet hatte. Und jetzt stand sie am Grab von Sabine Sprengler. Nachdem Sabine durch Alice und ihr Team als Mörderin enttarnt wurde, hatte sie sich selbst gerichtet.

Judith schaute zu Nils, der zusammen mit seiner Tante Linda die Beileidsbekundungen entgegen nahm. Nein, sie gehörte nicht zu Nils, nicht zu dieser Familie, das fühlte sie hier auf diesem Friedhof ganz deutlich.

Was für eine komplizierte Geschichte es doch gewesen war. „Drei Handlungsstränge, die erst zum

Schluss einen Sinn ergaben, so wie in einem guten Krimi“, hatte Alice gesagt, als der Wettpott verteilt wurde.

Da war die Geschichte von Siggi und Linda, die zunächst nichts mit dem Mord zu tun hatte. Die Geschichte von Walter Sprengler, dem Vater der beiden, und seinem Kompagnon Richard Braun, die ebenfalls nichts mit dem Mord zu tun hatte und zur Geschichte von Mort Eisenman wurde. Aber es war die Geschichte von Sabine, der enttäuschten, im wahrsten Sinne missbrauchten Ehefrau, eines todkranken Mannes, der ihr das schwer erworbene Erbe vorenthalten wollte, die schlussendlich zum Mord geführt hatte. Doch ohne die Geschichten von Siggi und Linda und der ihres Vaters und der von Mort Eisenman wäre es nie dazu gekommen. Alles hing mit allem zusammen.

Judith stand zusammen mit Oliwia und Maria, mit Elke und Alice, die heute im Rollstuhl saß. Hüsy hatte beschützend seinen Arm um Judith gelegt. Das war jetzt ihre Welt, Männer wie Nils gehörten nicht dazu.

„Werden Sie Nils wiedersehen?“, fragte Alice. Judith zuckte mit den Schultern: „Ich weiß nicht, ich glaube, das lasse ich lieber.“

„Herzchen“, gab Alice zu bedenken, „ich habe nie bedauert, was ich getan habe, sondern immer nur das, was ich gelassen habe.“

Sie hatte tatsächlich Herzchen gesagt.

Danke

Kudamm 216 ist meiner verstorbenen Freundin Regine von Ramin gewidmet.

Herzlichen Dank an den Kunstmaler und Restaurator Jürgen Ruprecht für die Nachhilfe zur Echtheitsbestimmung von Kunstwerken: http://www.jürgen-ruprecht.eu/

Mein Dank geht auch an den Klimatechniker Edward Lind, er hat ein Plotproblem für mich genial gelöst.

Und last but not least: Vielen lieben Dank, dass Sie dieses Buch gekauft haben. Gern möchte ich wissen, wie es Ihnen gefallen hat.

Ich freue mich über Ihre E-Mail an
Nikalubitsch@yahoo.de
Ich verspreche, diese auch zu beantworten.

Über eine Rezension unter
http://www.amazon.de/dp/B00FDOGF8O
freue ich mich natürlich besonders.

Besuchen Sie mich auf https://www.facebook.com/NikaLubitsch

Oder lesen Sie mehr über meinen Kampf mit Protagonisten, Plots und Perspektiven unter
http://nikalubitsch.blog.de/

Nika Lubitsch liest:
Der 7. Tag
Kriminalroman
Das Hörbuch zum Kindle-Bestseller
Print!t | 4 CDs

Nika Lubitsch

Das 5. Gebot

Die Engländerin Vicky findet im Berliner Grunewald eine Leiche, die aussieht wie ihre Zwillingsschwester. Als ihre Mutter in England getötet wird und Vicky mit viel Glück einen Mordanschlag überlebt, ahnt sie, dass es ein dunkles Familiengeheimnis geben muss. Die Suche nach der Wahrheit führt Vicky quer durch Europa und weit zurück in die Vergangenheit. Es beginnt ein Wettlauf mit dem Tod.

286 Seiten · Preis 9,99 €
ISBN 978-3-86882-465-0
Vertrieb: mvg

„Das 5. Gebot“ ist der zweite Kriminalroman von Nika Lubitsch, der ebenso wie „Der 7. Tag“ Platz 1 der Kindle-Bestsellerliste erobern konnte.

Print!t

352 Seiten
Preis: 19,99 €
ISBN 978-3-86883-249-5

Mary Roach
DIE FABELHAFTE WELT DER LEICHEN

Mit dem Tod ist keinesfalls alles vorbei. Leichen sind auf vielfältige Weise nützlich, indem sie Forschung und Wissenschaft zur Verfügung stehen. Sie helfen dabei, Autos sicherer zu machen, dienen als Anschauungs- und Übungsobjekte für angehende Ärzte und geben Gerichtsmedizinern wichtige Hinweise, mit denen Verbrechen aufgeklärt werden können. Sie wurden ins All geschossen, haben die ersten Guillotinen und sogar die Echtheit des Turiner Grabtuchs getestet.

Mary Roach hat die vielfältigen postmortalen Verwendungsformen recherchiert und mit Ärzten, Wissenschaftlern und Leichenbestattern darüber gesprochen, was man mit Leichen alles anfangen kann. Daraus ist ein überaus unterhaltsames, faszinierendes und skurriles Buch entstanden, auch wenn die Hauptakteure in Anatomiesälen, Laboratorien und Krematorien zu finden sind.

riva